novum pro

Elisabeth Vinera

FESTUNG DES TEUFELS

Band 1

novum pro

Bibliografische Information
der Deutschen Nationalbibliothek:

Die Deutsche Nationalbibliothek verzeichnet diese Publikation in der Deutschen Nationalbibliografie. Detaillierte bibliografische Daten sind im Internet über http://www.d-nb.de abrufbar.

ISBN 978-3-99038-443-5
Lektorat: Susanne Schilp
Umschlagfotos: Ekaterina Yudina, Philcold | Dreamstime.com, Elisabeth Vinera
Umschlaggestaltung, Layout & Satz: novum publishing gmbh
Innenabbildungen:
Elisabeth Vinera (2)
Ornament:
Lyotta | Dreamstime.com

Gedruckt in der Europäischen Union auf umweltfreundlichem, chlor- und säurefrei gebleichtem Papier.

www.novumverlag.com

Elf Clane
drei Auserwählte
ein Schicksal

INHALTSVERZEICHNIS

In der unendlichen Weite des Weltalls gibt es noch so viele unentdeckte Planeten, die darauf warten, gefunden zu werden, um ihre Geschichten weitergeben zu können. Denn in den Geschichten leben Orte und Personen fort, solange sie erzählt werden.

Weitab von der Erde und fernöstlich von Faja befindet sich ein solcher Planet namens Ziron, der seine Geschichte in alle Gefilde tragen möchte. Denn all das, was sich auf Ziron ereignet und den Menschen dort zustößt, ist zu bedeutsam, als dass es einfach in Vergessenheit geraten dürfte.

Dreizehn Kontinente erstrecken sich über Ziron. Zeder ist einer von ihnen, der kleinste, aber ebenso der geheimnisvollste von allen.

Zeders Klima ist wie von einem Schnitt in zwei Hälften geteilt. Der blühende Norden ist reich an fruchtbarem Boden und üppigen Wiesen, während im kahlen Süden Dürre herrscht.

Aber nicht nur dies ist das Einzigartige an Zeder, sondern auch die Tatsache, dass sich die elf Hauptclane mit ihren Hauptsitzen auf diesem Kontinent angesiedelt haben. Gut und Böse an einem Ort …

Kapitel 1

Abtei des Mondes

Dreizehnter des Fairus im Jahre des Drachenblutes 56.

Ein dunkler, nicht enden wollender Regen legte sich seit Tagen über die sanften Hügel Monshires, durchnässte die sattgrünen Wiesen und Wälder und ließ die kleinen Bäche zu reißenden Strömen anschwellen.

Die Frühjahrsstürme kamen zeitiger und mit einer ungewohnten Gewalt. Teile der aufgeweichten Erde wälzten sich in dunkelbraunen, trägen Lachen in die Täler hinab und machten die wenigen Pfade unpassierbar.

Der Orkan schlug tiefe Schneisen in die Wälder. Auf diesen Schneisen floss das Regenwasser so rasant ab, dass es weit verzweigte Rinnen in den Boden grub. Es schien, als wollte sich die Erde dem Unwetter ergeben.

Seit den Abendstunden zog der Sturm ein weiteres Register seines Könnens: Unaufhörlich jagten sich Blitz und Donner in einem Tempo, welches die Menschen hierzulande zusammenrücken ließ. Ihre Sorge galt nicht mehr der weggeschwemmten Ackerkrume. Vielmehr hatte die rohe Naturgewalt die Bewohner überrascht. Irgendetwas war anders als bisher und dieses „Anders“ grub die Furcht mit jedem Donnerschlag tiefer in die Gesichter der Menschen.

Hoch oben, auf einem der größten Hügel Monshires, trotzte ein massives Gebäude wacker dem Sturm. Das Unwetter ließ das Anwesen anhand seiner Umrisse erahnen, die immer dann für einen Wimpernschlag aufleuchteten, wenn die Blitze am düsteren Himmel zuckten.

Es war die „Abtei des Mondes“, die von den „Priestern der alten Zeit“ bewirtschaftet wurde. Keiner außerhalb des Walls, der die Abtei umgab, wusste Genaues über das Kloster. Das Einzige, was bekannt war, war die Tatsache, dass die Priester der Mondgöttin Selene unterstanden.

Fröstelnd patrouillierte ein junger Mann auf dem drei Meter hohen Wall. Er sprang hin und wieder von einem Fuß auf den anderen, um sich ein wenig warmzuhalten. Rotz tropfte seit einer Ewigkeit aus seiner roten Nase. Die Gesichtsmuskeln waren dermaßen unterkühlt, dass er sie kaum noch bewegen, geschweige denn überhaupt großartig spüren konnte.

Das Einzige, was ihn einigermaßen vor dem unnachgiebigen Dauerregen und dem kalten Wind, der ihm um die Ohren pfiff, behütete, war sein Priestergewand. Im Vergleich zu den Gewändern der meisten anderen war seines jedoch nicht blau und prunkvoll gestaltet, sondern grün und schlicht.

Die Farbe der Kleidung gab Aufschluss über den Stand, welchen er innerhalb des Clans hatte. Der Bursche war mit neun Jahren von seinen Eltern hierher geschickt worden und lebte inzwischen sechs Jahre hier. Er befand sich inmitten der Ausbildung und hatte noch eine lange Lehrzeit vor sich, um so weise und besonnen zu werden wie die Meister in ihren blauen Gewändern.

Nur einer trug die Farbe des Abendrotes, das Oberhaupt des Clans, der Hohepriester Sa de Fra.

Die linke Hand hatte der Jüngling namens Jin tief in dem langen Trompetenärmel seiner Kutte verborgen. Die vor Kälte tauben Finger der rechten Hand krallten sich verzweifelt in sein Hütchen, um es im Sturm nicht zu verlieren.

Das gewaltige Grollen des Himmels ließ seinen Körper erzittern. Solch eine Naturmacht war ihm nicht geheuer.

Es fiel ihm schwer mit offenen Augen Ausschau zu halten. Regen und Wind peitschten ihm ununterbrochen ins Antlitz. Fast die gesamte Zeit blinzelte er durch die Augenschlitze und versuchte, bestmöglich die Umgebung zu überwachen. Und da seine Augen zu den schärfsten gehörten – immerhin war die Mehrheit der ansässigen Männer alt und ihre Sicht bereits getrübt –, war er der Erste, der eine Veränderung außerhalb der Mauer bemerkte. *Da draußen ist wer …*

Kraftlos näherte sich eine bis aufs Mark durchnässte Person dem Kloster. „Noch ein Stückchen …“, murmelte sie erschöpft.

Jin beugte sich etwas über die steinige Brüstung, um festzustellen, ob seine Augen ihm am Ende nicht ein Schauspiel vorgaukelten. Eine Person bei diesem Wetter an diesem Ort?

Dennoch, tatsächlich. Da kam jemand.

Jins erste Worte glichen einem Piepsen. Er hörte sich selbst kaum, räusperte sich kräftig und schrie diesmal lauthals: „Öffnet die Pforten!“

Der Bursche erntete verwunderte Blicke seiner Kameraden. Nichts tat sich, weil Jin auf Grund seines Status als Grünschnabel galt, und sie in der Dunkelheit und dem Gewitter nichts erkannt hatten.

„Dort draußen ist ein Mädchen!!!“, drängte Jin verzweifelt, forderte beinahe, ihr unverzüglich Einlass zu gewähren.

Er konzentrierte sich völlig auf die Näherkommende, deren Haare wild vom Sturm zerzaust wurden.

Kurzzeitig verlor er seine Körperbeherrschung. Die Finger lockerten sich. Das Hütchen wurde ihm fortgerissen. Er wollte danach greifen, musste stattdessen Acht geben, dabei nicht über die Brüstung zu fallen.

Den Wachposten am großen Tor entging die Aufregung des Jungen nicht. Sie schienen sich recht sicher zu sein, dass es sich um keinen Scherz handelte. Deshalb lockerten sie die Seile, um den waagerechten Balken abnehmen zu können, der das Tor verbarrikadierte. Er war so schwer, dass vier starke Männer Probleme hatten, ihn beiseitezuschaffen.

„Wartet!", erhob sich eine entschiedene Stimme. Sie gehörte einem der Ältesten, dessen Worte dementsprechend mehr Beachtung fanden. „Vielleicht ist es ein Hinterhalt … Womöglich wieder dieses Dreckspack von Gaunern." Für seine misstrauische Haltung und abschätzigen Worte war der Greis wohl bekannt, weshalb ihn alle heimlich Grimm nannten. Er musste ständig seine grimmige Ader ausleben.

Der Alte war ein verbitterter Mann, seitdem er sein linkes Bein vor langer Zeit in einem sinnlosen Krieg verloren hatte. Aus Kummer zog er sich zurück und fand den Weg ins Kloster. Das fehlende Bein wurde durch ein einfaches Holzbein ersetzt. Das regelmäßige Aufschlagen des Stockes am Boden kündigte sein Kommen an, bevor er zu sehen war.

Grimm war über achtzig Jahre alt und trug ein blaues Gewand. Er ließ von seiner Weisheit wenig erkennen, wenn überhaupt etwas davon vorhanden war, wie die Jünglinge ab und zu spotteten.

Grimm wartete auf den Tod, und bis dieser Tag kommen würde, ging er seinem einzigen Lebenstrieb nach, seiner selbstzugewiesenen Aufgabe: Kontrolle und Ordnung schaffen. Grimm war hart, gerade was die Verletzung von Regeln betraf. Würde man ihn so frei walten lassen, wie er wollte, wäre die Welt seines Erachtens nach ein bisschen besser.

„Sie benötigt Hilfe! Schaut doch, sie muss vollkommen unterkühlt sein! Wer weiß, wie lange sie unterwegs ist …" Grimm blockte den Protest des in seinen Augen gänzlich unerfahrenen Jin mit einer strikten Handbewegung ab. Murrend verstummte dieser.

Aus der Richtung, in der das Abteigebäude lag, sah man die kleine Flamme eines Windlichtes. Wie ein Hoffnungsschimmer kämpfte sie tapfer gegen das Unwetter an. Ihr Licht war bis zu den Posten der Männer am Tor des Walls zu erkennen.

Ein weiterer Priester kam zu der unruhigen Truppe, mit einer Laterne in der linken Hand. „Was ist hier los? Warum wurde das Tor entriegelt?"

Jins Augen erhellten sich vor Freude und Erleichterung, als er die Stimme seines Meisters vernahm. Wegen des spärlichen Lichts ließen sich die ernsten Gesichtszüge des großen Mannes nur erahnen.

Jin hastete die glitschige, steinerne Treppe der Mauer hinab, rutschte auf den letzten Stufen aus und polterte hinunter, bis er letztlich im Matsch vor seinem Meister auf dem Boden lag.

Er rappelte sich innerhalb weniger Sekunden wieder hoch, spuckte den Dreck aus, wischte sich nebenbei über das beschmutzte Gesicht und sprach abgehetzt: „Meister Olong, da draußen ist ein Mädchen. Sie braucht bestimmt Hilfe."

Grimm stand immer noch oberhalb der Mauer und spitzte seine Ohren, um ja alles oder zumindest vieles zu belauschen. „Vielleicht wandert sie", warf der Greis ermahnend ein. Wenn Grimm zur Wache eingeteilt war, sollten seine Anweisungen gefälligst befolgt werden. Hier lebten ausschließlich Männer. Frauen hatten seiner Meinung nach in dieser Örtlichkeit nichts zu suchen.

Jins erwartungsvolle Augen starrten den Gläubigen mit dem Windlicht an. „Meister Olong, bitte helft ihr!“, beharrte der Junge flüsternd. Dieser nickte und verkündete laut: „Macht das Tor auf!“

Der verbitterte Grimm knirschte wütend mit den Zähnen. Was war aus der einstigen Disziplin geworden? Warum hatte nicht er die höchste Gewalt? Warum musste dieser Olong ihm so oft in die Quere kommen?

Grimm sah seit zig Jahren in dem weitaus jüngeren Olong seinen Rivalen. Der Alte weigerte sich beharrlich einzusehen, dass die Befehle eines jüngeren Lehrmeisters mehr Bedeutung hatten als seine. Dabei hatte dies seinen Grund.

Olong war mit vier Jahren vor dem Tor der Abtei gefunden worden. Der Clan nahm ihn auf, unterrichtete ihn, machte einen hervorragenden Schüler und noch einen viel besseren Lehrer aus ihm. Denn Olong besaß, was viele Menschen verloren hatten: Herzlichkeit. Olong war gütig, weise und stark. Einige munkelten, dass er womöglich der zukünftige Hohepriester sei, auch wenn diese Stelle bereits einem anderen versprochen war.

Die beiden schweren Flügel des schwarzen Tores ächzten, als zwei Männer sie mühsam nach innen öffneten.

Olong, dicht gefolgt von Jin, lief zügig aus dem Schutz der Abtei hinaus ins Freie. „Wo ist sie?“, rief er mit kräftiger Stimme, sodass sein Lehrling ihn recht gut verstehen konnte.

Vier aufmerksame Augen durchsuchten ungeduldig die stürmische Umgebung. Olong schwang die Laterne von einer Richtung in die andere.

Der Sturm wurde zunehmend stärker.

„Dort, Meister!", Jin entdeckte die junge Frau. Sie konnte sich kaum noch auf den Beinen halten.

Die letzten Meter stolperte sie und landete in Olongs Armen, der einen großen Ausfallschritt eingelegt hatte, um sie überhaupt noch greifen zu können. Während sie in seine starken Arme sank, bedankte sich das Mädchen mit einem kraftlosen Lächeln.

„Halt das, Jin!", Olong drückte ihm die Laterne in die Hände. Das schwache Licht zeichnete sich auf dem Gesicht der Fremden ab. Sie war blass und mager.

Während Olong das Mädchen auf seine Arme nahm, bemerkte Jin dunkelrote Flecken auf ihrer eingerissenen Kleidung. War das Blut?

Ermattet bewegten sich ihre Lippen, ohne dass ein Wort hervordrang. Der Meister sprach sanft: „Du bist in Sicherheit."

Ihre Augenlider öffneten sich ein Stückchen mehr, als wollte, als müsste sie unbedingt etwas sagen. Ihre Finger versuchten, einen leichten Druck auf seinen Oberarm auszuüben.

Olong blieb stehen und hielt sein Ohr dicht an ihre Lippen. Flüsternd brachte sie hervor: „Ich muss zum Hohepriester. *Er* ist erwacht."

Olongs Augen weiteten sich erschrocken. Jin entging dieser Blick nicht.

Länger konnte das Mädchen nicht gegen die Erschöpfung ankämpfen. Die Umgebung verschwamm. Dunkelheit breitete sich aus. Sie verlor das Bewusstsein.

Das Knistern des Kamins war deutlich zu hören. Innerhalb des kalten, steinernen Gemäuers war er die einzige Wärmequelle.

Der Regen hatte aufgehört und die dunklen Wolken hatten sich verzogen. Sonnenstrahlen und Vogelgezwitscher drangen durch das offene Fenster in den stillen Raum. Eine leichte Brise spielte mit den weißen Vorhängen.

Das Mädchen befand sich in einem Burggemach.

Sie öffnete schläfrig die Augen, nahm das kühlende Tuch von ihrer Stirn und richtete sich auf. Ihr Kopf schmerzte. Einen flüchtigen Moment lang schien sich alles um sie zu drehen. Nur allmählich nahm sie die Umrisse des Raumes wahr.

Sie kannte dieses Zimmer nicht. Wo war sie? Was machte sie hier? Die Erinnerungen an Vergangenes waren vage.

Sie erhob sich von dem harten Bett, spürte deutlich, dass ihr Rücken schmerzte, und tapste wackelig zu einem Holzstuhl. Dort stützte sie sich auf, um nicht das Gleichgewicht zu verlieren.

Auf der Sitzfläche lagen ihre trockenen Sachen – gesäubert, geflickt und ordentlich zusammengelegt. Sie strich behutsam über das gelbe Oberteil, hob es hoch und stellte fest, dass die rötlichen Flecken selbst nach der Reinigung noch schwach sichtbar waren. Sie glaubte zumindest, solche erkennen zu können. Die verblassten Blutflecken waren die düsteren Schatten der Vergangenheit.

Diese Flecken … Blutbesudelt. Stimmt. Sie erinnerte sich an einen Kampf.

Gorlois, der Anführer ihres Clans, war es, der seine Hand auf ihre Schulter legte, als die Kunde über den Einfall der Feinde bereits in aller Munde war. „Sarai, du bist unsere Hoffnung. Du bist das Licht. Und heute ist nicht der Tag, an dem deine Lebenskerze erlöschen wird. Großes liegt vor dir. Wir alle vertrauen dir und stehen jederzeit hinter dir. Aber jetzt ist es an der Zeit für dich, die Prophezeiung zu erfüllen." Mit bedächtigem Ton richtete er diese

Worte an die junge Frau, die erstmals Widerrede einlegte: „Ich lasse euch nicht im Stich! Ich möchte bei euch bleiben! Lass mich hier!" Gorlois antwortete mit einem kaum wahrnehmbaren Kopfschütteln und erklärte: „Wenn du nicht gehst, werden alle umsonst sterben." Dieser Satz fraß sich so in Sarais Herz, dass es schmerzte.

Tränen liefen über ihre Wangen. Der Hauptsitz Clifftown war zu ihrer Heimat geworden. Diese Menschen waren jetzt ihre Familie, nachdem sie ihre eigene verloren hatte. Das alles sollte sie verlassen? Das alles sollte sie im Stich lassen?

Kämpfe. Immer nur Kämpfe. Macht. Ruhm. Absolute Herrschaft. Wozu das alles?

Gorlois hörte ein Bersten. Die Tür zu dem Haus wurde aufgebrochen. Lärmendes Kampfgeschrei.

Gorlois wehrte die zwei hereinstürzenden Krieger ab. Ein letztes Mal blickte er zu Sarai zurück und erteilte ihr mit großer Ernsthaftigkeit den Rat: „Überlebe!"

Betroffen kniff Sarai die Augen zusammen. Was war wohl aus ihren Freunden geworden? Diese Frage könnte sie sich sicherlich beantworten aber sie traute es sich nicht. Die Wahrheit sollte so lange verborgen bleiben, bis diese sie eiskalt einholen würde.

Sarai fühlte einen Stich in ihrem rechten Unterarm. Erst jetzt bemerkte sie, dass dieser bandagiert war. Zudem trug sie ein aschgraues, riesiges Hemd mit zwei baumelnden Schnüren am Halsansatz. Das Hemd war dermaßen groß, dass sie gut zwei- oder gar dreimal hineingepasst hätte. Es verdeckte fast komplett die tannengrüne, locker sitzende Baumwollhose, welche ihr bis zu den Knien reichte.

Diese eigenwillige Kleidung brachte sie wieder zu der Frage, was eigentlich geschehen war. Wo war sie?

Angestrengt versuchte sie sich zu erinnern. Verschwommenes wurde klarer. *Ein Schatten hatte sie aufgefangen und sich über sie gebeugt. Diese Person … sie schien besorgt. Es* war ein Priester. Genau.

Ruckartig bewegte sie sich zum Fenster. Unten war ein weiter Hof, in dessen Mitte sich die Statue einer nackten Frau befand. Einzelne Priester hielten vor dem Abbild inne und beteten. Ihre blauen Kutten mit den Trompetenärmeln waren am Rücken mit einem Halbmond geschmückt, das Symbol der Göttin Selene. Die kahlen Köpfe der Männer wurden von einem dreieckigen Hütchen bedeckt. Jede der Personen wirkte allein auf Grund der edlen Kleidung heilig.

In der Ferne erstreckten sich prächtige Hügel und Felder.

Es war kein Traum gewesen. „Monshire …", wisperte Sarai glücklich. Sie hatte die Abtei und somit das Gebiet der „Priester der alten Zeit" erreicht. Voller Freude leuchteten ihre meerblauen Augen.

Monshire war heiliges Land. Der Glaube an Götter war weit verbreitet. Die Göttin Selene sollte einst diesen Fleck Erde geküsst und gesegnet haben. Seither wanderten viele Pilger durch das grüne Land.

Großen Wohlstand gab es in dieser Gegend nicht. Hier setzte man nicht auf materielle Kostbarkeiten, sondern lebte friedlich im Einklang mit der Natur.

Die drei Dutzend Menschen, die weit verstreut über die umliegenden Täler in schlichten Dörfern lebten, brachten Jahr um Jahr ihre Ernte ein. Über die Jahrhunderte hinweg hatten sie gelernt, den fruchtbaren Boden zu nutzen.

Die Priester trieben bescheidenen Handel zur Vorratshaltung der Abtei. Dieser Handel wurde fernab des Klosters getätigt. Es war immer derselbe Priester, dem diese Aufgabe zuteil wurde – ein Lehrmeister, der den Namen Olong van Ga trug. Er wickelte die Alltagsgeschäfte mit den Einheimischen einmal pro Woche ab. Er sprach dabei bloß das Notwendigste, kaufte mit Bedacht, aber zahlte zu fairen Konditionen.Angesichts dieser Tatsachen wirbelten Mutmaßungen, Legenden und Sagen wie ein beständiger Wirbelsturm über die Lande, ohne dass eine dieser Spekulationen das Wesen und den Zweck des Klosters erklären konnte.

Hastig entledigte Sarai sich ihrer notdürftigen Bekleidung und warf sie auf das Bett.

Mit schnellen Schritten, wobei es sich fast um zwei große Sprünge handelte, eilte sie zu einem Waschtisch, um sich zurechtzumachen. Das Mädchen griff nach dem Krug, goss kaltes Wasser in die Schale, verschüttete ein paar Tropfen und tauchte ihr Gesicht in das kühle Nass.

Als sie aufsah, blickte sie in einen vergilbten Wandspiegel. Ein kleiner Sprung zog sich über die rechte Hälfte des Glases.

Erschrocken verharrte sie. Ihr zartes Gesicht war schmaler geworden, die Haut fahl. Sie schluckte. *Belanglos …*

Mit den Fingern fuhr sich das Mädchen geschickt durch ihre schulterlangen, braunen Haare, um sie zu glätten.

Umständlich zwängte sie sich in ihr gelbes Oberteil, das sich eng an ihren Körper schmiegte. Der weinrote Rock aus Kräuselkrepp umspielte ihre zerkratzten Knie. Ein braunes Beutelchen baumelte an seinem Gürtel. Um die Hüfte band sie ihre dunkelblaue Jacke. Die schwarzen Halbschuhe sahen alt und abgetragen aus, waren aber dennoch geputzt.

Zaghaft öffnete sie die Tür der Kammer und lugte vorsichtig hinaus. Keine Menschenseele befand sich auf dem langen Gang. Fackeln brannten an den bemalten Wänden.

Sie lief den Flur entlang. Beeindruckt musterte sie die gewölbte Decke weit über ihr.

Ungefähr alle zehn Meter kam Sarai an einem Gemälde mit dem Motiv der Selene vorbei. Auf jedem Bild war die Göttin in voller Schönheit dargestellt, mit goldschimmernden Haaren und schneeweißer Haut. Als Hüterin des Mondes besuchte sie der Legende nach zu jeder Vollmondnacht in ihrer silbernen Kutsche die Menschen.

Auf vielen der Porträts wirkte die Göttin sehnsuchtsvoll. Kein Wunder, dort wo sie herrschte, war sie einsam.

Der Korridor nahm allmählich ein Ende und mündete in einen Saal. Die linke Seite der Halle bestand aus einem riesigen Fenster. Unzählige, farbenfrohe Glasscheibchen formten einen riesigen Halbmond, der das Sonnenlicht in tausend Farben brach und das triste Mauerwerk leuchten ließ.

Das unerwartete Farbenspiel raubte Sarai Atem und Sprache. Stumm taufte sie den lichtdurchfluteten Raum auf den Namen „Regenbogensaal".

Die Decke des Regenbogensaals lag weit, sehr weit über Sarai und gab den Blick auf höher gelegene Etagen frei. Die Stockwerke waren ebenfalls halbmondförmig angelegt.

Ein Springbrunnen plätscherte. Während Sarai einen Schluck von dem klaren Wasser nahm, spürte sie, wie ein warnendes Gefühl ihr Innerstes erfasste. Seit sie von Clifftown hatte fliehen müssen, um sich nach Monshire durchzuschlagen, hatten sich ihre Sinne geschärft, und wenn sie auf etwas vertrauen konnte, dann war das ihre Intuition.

Ganz sicher, jemand war hier. Sie war nicht allein. Jemand beobachtete sie.

Gänsehaut. Ein Schauer lief ihr über den Rücken.

Sie versuchte sich innerlich zu beruhigen und wischte sich mit dem Handrücken über die feuchten Lippen.

Dann wandte sie ihren Blick gezielt nach oben zu einem der Korridore. Dort, von der Dunkelheit beinahe gänzlich verborgen, stand eine Person und blickte auf sie nieder. Augen, die vor Stärke und Macht leuchteten, hatten Sarai im Visier.

„Du bist wach?!“

Sarai zuckte erschrocken zusammen. Olong van Ga, der hochgewachsene Meister mit dem männlich markanten Gesicht, schritt fröhlich auf sie zu, begrüßte sie mit einem festen Händedruck und stellte sich vor. Das Mädchen erwiderte: „Ich bin Sarai.“

„Du hast drei Tage geschlafen. Wir versuchten, währenddessen deine Wunden zu heilen.“ Sein Mund bewegte sich zwar, doch Sarai nahm seine Stimme nicht mehr wahr. Drei Tage?! So viel Zeit hatte sie inzwischen verloren?

„Bleibe so lange du willst.“

„Ich muss den Hohepriester sprechen, sofort!“, unterbrach sie ihn mit fester Stimme. Olong sah sie schweigend an. Er ließ seinen Blick für den Bruchteil einer Sekunde an ihr vorbeischweifen, bevor er unerwartet beide Handflächen wie zum Gebet schloss, als wollte er die Göttin anrufen, und beugte sein Haupt.

Sarai blickte über ihre Schulter und entdeckte einen zweiten Priester hinter ihrem Rücken. Er hatte soeben die Halle betreten. Seine Gesichtszüge waren von den fast sechzig Lebensjahren gekennzeichnet. Sein Dreitagebart betonte das schmal-kantige Antlitz zusätzlich. Die spitze Nase ragte zwischen den kleinen Schlitzaugen hervor, die Sarai unter buschig-dichten Brauen unverhohlen begutachteten.

Im Gegensatz zum Großteil der ansässigen Männer hatte Rassu, der eben eingetretene Priester, rabenschwarze Haare und nicht wie die anderen einen kahlgeschorenen Kopf. War das ein Privileg?

„Welchem Clan gehörst du an?", fragte Rassu sie ernst und presste nach den Worten seine Lippen gleich wieder zusammen, um weder freundlich zu wirken noch ein Lächeln zuzulassen.

„Schrei der Welt", antwortete Sarai vorsichtig und wich seinem forschen Blick aus. Er kam ihr näher. „Zeige es mir!", forderte Rassu strikt. Sarai schien nicht erstaunt.

„Ich weiß, was Ihr sucht." Sie blinzelte kurz hinauf zum Korridor und stellte fest, dass die Person mit den ausdrucksstarken Augen verschwunden war.

Sarai streifte ihr Oberteil ein Stück herunter. Olong sah aus Anstand fort, während Rassu sie beharrlich fixierte. Sie wandte den zwei Mönchen ihren unbedeckten Rücken zu.

„Olong, beginne!", wies Rassu an. *Möglicherweise ist sie das Weib, das uns das Orakel vorhersagte.*

Anfangs verdutzt über die plötzliche Anordnung, fasste Olong sich schnell und voller Konzentration flüsterte der jüngere Gelehrte Worte in einer geheimnisvollen Sprache, die den meisten Menschen unverständlich war.

Olongs Hände waren gefaltet, bis auf die gestreckten Zeigefinger. „… isim go varek arza …" Sarai kannte die magische Beschwörungsformel. Früher diente sie dazu, den Teufel zu preisen. Seine Mitstreiter waren es, die ihn in höchstem Maße lobten und ihm treu ergeben waren. Irgendwann geriet die Sprache in Vergessenheit, und nur wenige beherrschten sie noch. „… akum se obal mi nu …" Sarai war weder eine Freundin des Verhassten noch eine Verfluchte. Vielmehr gehörte sie unfreiwillig zu den Auserwählten, die gegen den Herrn der Finsternis in den Kampf ziehen sollten. Dabei wollte Sarai die Welt *friedlich* beschützen. Nun musste sie jedoch bereit sein zu töten.

Ihr Herzschlag wurde umso schneller, desto näher die Beschwörung ihrem Höhepunkt kam. Sie spürte Stiche in der Brust. Die Luft wurde stickiger, als schnüre man ihr den Brustkorb enger. Sie glaubte, nicht mehr atmen zu können. Diese körperliche Tortur war nötig, damit der Hinweis sichtbar wurde, der sie als wahre Auserkorene kennzeichnete. „… raschi dü mol TADUR!“ Kraftvoll betonte Olong das letzte Wort.

Sarai hatte das Gefühl, dass ihr Puls stillstand. Ein Windstoß zerzauste die Haare des Mädchens, obwohl alle Fenster im Saal geschlossen waren. Sarais blaue Augen färbten sich plötzlich schwarz, jeglicher Funke an Wärme und Menschlichkeit erlosch. Ihr Rücken schien in grünen Flammen aufzugehen, die sich zu zwei gebogenen Hörnern formierten. Ein großes X und ein blitzförmiger Strahl verbanden die Hörner, aus ihnen ragte jeweils ein Pfeil empor, sodass kein Zweifel mehr bestand: das Symbol des Teufels.

Sekunden später verblasste das Symbol. Sarais Seele kehrte in ihren Körper zurück. Außer Atem sank das Mädchen auf die Knie und rang nach Luft. Olong hastete zu ihr. Geschickte Handgriffe an ihrem Hals ließen sie zur Ruhe kommen.

„Freut mich dich kennenzulernen, Sarai, Auserwählte. Mein Name ist Rassu le Pier. Ich werde in naher Zukunft der Hohepriester sein.“

Oh ja … Von seinem zukünftigen Posten erzählte er jedermann. Um Anerkennung oder Neid zu erhaschen? War er für dieses Amt wirklich der Richtige? Wie auch immer … Diese Entscheidung lag einzig und allein beim jetzigen Hohepriester Sa de Fra. Er würde wissen, was er tat, wen er einsetzte.

„Ich muss zu …“, keuchte Sarai heiser. Rassu schaute mit strenger Miene auf sie herab und sprach: „Er erwartet dich bereits.“

Ein Flur folgte dem nächsten. Endlos wirkte der Pfad zum Geistlichen. Wie groß mochte diese Abtei wohl sein?

Sarai lief hinter dem schweigenden Rassu le Pier. Olong wich nicht von ihrer Seite, wie ein Schutzengel.

„Wie lange warst du unterwegs?", fragte der große Priester sie neugierig. „Seit dem Sechsundzwanzigsten der Vil Cemie. Fast drei Wochen."

Olong verbarg sein Staunen. *So genau kann sie sich daran erinnern? Dann muss dieser Tag eine besondere Bedeutung für sie haben.*

Rassu wies sie zischend zurecht. Ab jetzt sollten sie leise sein. Sie näherten sich der heiligen Empfangshalle.

Zwei Priester bewachten die drei Meter hohen, nach oben hin abgerundeten Türen. Die Männer huldigten Rassu auf dieselbe Weise, wie Olong es zuvor in der Halle getan hatte. Gemeinsam schoben die beiden Wachen die Türen nach innen hin auf und gaben den Weg zum Hohepriester Sa de Fra frei.

Marmorsteine pflasterten den Boden. Ein schmaler, hellblauer Läufer wies den Weg vom Eingang des Saals bis zum Thron, dessen Lehne sich erhaben in die Höhe reckte.

Die Decke wölbte sich zwanzig Meter über ihren Köpfen und glich einer Kuppel. Dunkelblaue Vorhänge schufen eine künstliche Nacht. Kerzen spendeten schwaches Licht. Bedächtige Gesänge von Mönchen hallten verzaubernd durch den Saal und verliehen dem Raum eine mystische Atmosphäre.

Von Selene fand man hier kein Abbild. Aber ihre mentale Anwesenheit war spürbar.

Mit einigem Abstand blieben die drei vor dem Oberhaupt Sa de Fra stehen, der mit einer roten Robe und einem gleichfarbigen Hütchen, unter dem vereinzelt weiße Haarsträhnen hervorlugten, bekleidet war. Rassu le Pier und Olong van Ga knieten vor dem Weisen nieder. Sarai tat es ihnen gleich.

Sie senkte ihr Haupt und verharrte eine Weile in dieser Position. Nichts geschah. Etliche Sekunden verstrichen.

Zaghaft lugte Sarai zu Olong hinüber, dessen Stirn den Boden berührte. Rassus Kopf hingegen schwebte, wie ihrer, ein paar Zentimeter über dem Läufer.

Sie wollte nicht unhöflich sein, keineswegs, aber ihre Zeit war kostbar und nicht leichtfertig zu vergeuden. Zudem rannte sie ihr allmählich davon. Sie hob vorsichtig ihren Kopf. Der Hohepriester hielt seine Augen fest geschlossen. Schlief er?!

Gerade in dem Moment, als sie Atem holte, um mit dem Reden zu beginnen, kam er ihr zuvor: „Sprich, Mädchen!"

Sa de Fras Stimme war rau und dennoch sanft. Es kostete ihn viel Mühe zu sprechen. Er war einer der Ältesten in diesem Kloster. Seine Haut war faltig und weiß wie Schnee, den es schon seit Jahren nicht mehr auf Zeder gegeben hatte.

Tiefe Tränensäcke und gerötete Auge erzählten von den zweiundachtzig Jahren seines Lebens.

Die Wangen waren eingefallen. Sein grauer Bart reichte tief hinab. Dieser Mann würde bald sterben.

Sa de Fra hatte vieles erlebt, vieles durchgemacht. Seine Kindheit war zu Ende, als er als Zweijähriger von seinen Eltern verkauft und wenige Monate später in der Abtei abgegeben wurde. Mit sechzehn wurde er zum Hohepriester ernannt. Ein so junges Oberhaupt hatte es in der Geschichte des Klosters noch nie gegeben, aber Hosch Ha Han, der damalige Hohepriester, erkannte in dem Jungen die Zukunft seines Clans. Hosch verstarb im Alter von sechsundneunzig Jahren, drei Tage nach der Ernennung Sa de Fras.

Es gab viele Attacken auf den hiesigen Hauptsitz Monshire. Menschen wollten das Land erobern oder den Clan zerstören. Sa de Fra musste beinahe sein ganzes Leben lang kämpfen, nicht mit Waffen, sondern mit seinem Verstand.

Sarai erhob sich und tat einen Schritt auf den Hohepriester zu. „Ich bringe Botschaft über die Auferstehung Tadurs."

Stille.

„Der Teufel regt sich und will seine Macht zurück. Mein Clan wurde von seinen Fechtern angegriffen. Sie wollen all jene auslöschen, die ihrem Herrscher schaden könnten. Das Heer wird alle Vereinigungen, Dörfer und Städte zugrunde richten, bis es uns, die Auserwählten, findet. Gorlois, der Anführer meines Clans ‚Schrei der Welt', schickte mich zu Euch."

„Sa de Fra ist ein weiser Mann. Er hat die Gabe der Vorhersehung und gute Verbindungen zum Orakel. Er könnte dir Antworten geben. Wenn es einer kann, dann er. Also geh zu ihm! Nach Monshire, dem Gebiet der ‚Priester der alten Zeit'!", gab Gorlois Sarai mit auf den Weg.

„Sa de Fra, Hohepriester, wo halten sich meine beiden Verbündeten auf?" Eine mutige Frage, für die manche Kreaturen Sarai schonungslos getötet hätten, denn durch diese Erkundigung verriet sie ihr Geheimnis, das sie wohl hüten sollte.

Lispelnd besann sich der Greis: „Die alten Schriften behielten Recht." Sarais Gesichtsausdruck war angespannt.

„Holt den Jungen!", wies Sa de Fra mit mattem Ton und einer schwachen Handbewegung an. Olong erwachte unverzüglich aus seiner Starre, verbeugte sich noch einmal und verließ raschen Schrittes die Empfangshalle.

Mit einem nahezu hilflosen Unterton erinnerte Sarai das Oberhaupt: „Mein Herr, jeden Moment gewinnt *Er* an Kraft.“ Ihre Äußerung schien einer Bitte gleichzukommen, einem Wunsch, der Hohepriester solle versuchen, die Minuten anzuhalten und ihr einen Vorsprung zu geben.

„Was wirst du tun?“, flüsterte Sa de Fra. „Was die Aufgabe von mir verlangt.“ Der hartnäckige Klang ihrer Stimme ließ nach. Ja, Sarai würde alles geben, um den Planeten Ziron vor dem Bösen zu bewahren. Doch könnte sie wirklich morden?

Sa de Fra wandte sich seinem Nachfolger zu: „Rassu, mein Teurer, triff die Vorbereitungen! Gib ihr mit, was sie benötigt!“

„Wie Ihr wünscht“, reagierte der Angesprochene und ging hinaus.

Sarai stand nun allein vor dem Hohepriester. Behutsam erzählte Sa de Fra: „Etliche sind der Dunkelheit verfallen. Offenbare deine Bestimmung nur, wenn es wahrlich wichtig ist. Wecke keine schlafenden Hunde! Du hast viele Feinde, die sich hinter einer freundlichen Maske verbergen. Vertraue lediglich deinen Begleitern! Was zusammengehört, wird sich finden.“ Sa de Fra wusste, dass sie tief in ihrem Inneren vor dem Unbekannten zitterte. Die Furcht wollte er ihr nicht nehmen, sondern bloß beschwichtigen, denn im Allgemeinen rettete gerade die Angst einem das Leben.

Der Hohepriester fügte hinzu: „Würde man eine Armee in die Schlacht schicken, wäre sie einzig imstande, die Handlanger des Fürsten zu besiegen. Zutritt zum Inneren der Festung und zu Tadur könnte sie sich nie verschaffen. Kein Soldat käme bei dem Versuch, in die Burg einzudringen, wieder heil nach Hause. So steht es in den Schriftrollen geschrieben. Ich habe mich oft gefragt, warum gerade ausschließlich drei junge Menschen fähig sein sollen, den

Teufel zu besiegen. Unsere Urväter verfügten über die Gabe der Voraussicht. Sie vererbten uns ihr Wissen durch Visionen oder das geschriebene Wort. Sie kannten die Straße zur Erlösung und glauben wir weiterhin an sie, haben wir eine gute Chance gegen das Böse."

Vor einigen Wochen hätte Sarai nicht einmal daran gedacht, in Monshire sein zu können. Normalerweise befände sie sich weiterhin in Clifftown, dem Hauptsitz ihres Clans. Ein Ort, in dem Bedürftige Zuflucht und Hilfe fanden. Sie würde Nahrung verteilen, Kleidung flicken, sich um elternlose Kinder kümmern und Wunden behandeln. Sie würde den Menschen helfen, wo sie konnte. War nicht auch diese jetzige Aufgabe eine Art von Hilfe?

„Schrei der Welt", ihr Clan, entstand vor etwa vierzig Jahren. Die Gemeinschaft zählte zu den neuzeitlichen Clanen, da die ersten sich bereits vor vielen Jahrhunderten entwickelten. Wie die anderen Clane war „Schrei der Welt" ebenfalls auf den übrigen Kontinenten zahlreich vertreten.

Von ihrer Bestimmung als Auserwählte erfuhr Sarai erst unmittelbar vor der feindlichen Attacke auf Clifftown. Gorlois offenbarte Sarai ihr Schicksal. Woher wusste er darüber Bescheid, wenn es nicht einmal ihr selbst zuvor bekannt war?

Sarai hatte die Mythen um den Teufel verinnerlicht. Als Kind kamen ihr viele Geschichten zu Ohren. Tadur, wie man den Lord einst nannte, führte eine Schreckensherrschaft. Er knechtete die einfachen Leute und brachte Düsternis über die Länder. Der Schutzgöttin dieses Planeten, Seraphin, gelang es, den grausamen Herrscher in seiner Festung zu versiegeln. Auf dass er in dieser gefangen wäre, zu niemandem mehr Kontakt haben könnte sowie elendig und einsam sterben würde. Er könnte keinen Schaden mehr anrichten. Er sei tot, hieß es. Falsch. Die jetzigen Erkenntnisse bewiesen, dass er nur geschlafen hatte. Wie lange war er schon wach?

Olong kam zurück und mit ihm ein junger Priester. Dessen Blick galt einzig Sa de Fra. Ritterlich kniete der Junge links neben Sarai vor dem Hohepriester nieder: „Ihr wolltet mich sehen."

„Stehe auf!", gestattete Sa de Fra mit einer erhebenden Handbewegung.

Der leicht gebräunte Bursche war einen Kopf größer als Sarai. Interessiert musterte sie ihn von der Seite. Er trug die Tracht der Priester. Die Farbe seines Gewands war grün, denn er befand sich in der Ausbildung.

Ein glitzernder Ohrring, dünn wie ein feiner Faden, berührte seine Schulter.

Warum hatte Sa de Fra nach ihm schicken lassen? Sollte er sie womöglich als Schutzpatron begleiten, bis sie die anderen Auserwählten finden würde?

Der Hohepriester versuchte, sich zu erheben, suchte Halt auf den massiven Armlehnen und sank schließlich erschöpft auf dem Thron nieder. Seine Kraft reichte nicht aus. Er winkte ab, als Olong gerade unterstützend zu ihm eilen wollte.

Sa de Fra lehnte sich etwas nach vorn und verkündete: „Mädchen, sein Schicksal ist mit dem deinigen verbunden. Er wird fortan mit dir gehen."

Verbunden? Wie war das gemeint?

Der junge Priester, der etwa in ihrem Alter war, wandte seinen Blick von Sa de Fra ab. Seine ausdrucksstarken Augen richteten sich auf Sarai. Und sofort erkannte sie diese markanten, fast schon durch die Seele eines Menschen dringenden Augen wieder. Es waren dieselben, die sie hoch oben vom Korridor in der Regenbogenhalle beobachtet hatten. Diese Augen würde sie überall wiedererkennen, denn sie besaßen eine Ausstrahlung, die einen völlig bannte.

Der Gleichaltrige nahm sein dreieckiges Hütchen ab. Sein kahler Kopf kam gänzlich zum Vorschein.

Er schloss die Augen. Seine Lippen bewegten sich.

Sarai spürte das verhasste Pochen in sich, ein wenig schwächer als zuvor, als würde die Beschwörungsformel in der Luft liegen, aber an ihr vorbeiziehen.

Das Zeichen des Teufels leuchtete auf der Stirn des jungen Priesters auf. Er konnte es selbst hervorrufen?

„Ich bin Akira", stellte er sich vor.

Sarai war für einige Sekunden sprachlos, schluckte und stotterte dann vor Verblüffung: „Du, du … bist …?"

Ein freudiges Lächeln, ein regelrechtes Strahlen, breitete sich auf ihrem Mund aus. Ein Auserwählter. Einer, der das gleiche Schicksal wie sie teilte.

Die Tatsache, einen Gleichgesinnten gefunden zu haben, überwältigte Sarai, sodass sie gedankenlos und überglücklich beide Arme um Akira schlang und ihn vor Freude drückte.

Die Küche befand sich im Erdgeschoss. Sie führte unmittelbar in einen der hellsten Räume der Abtei, in den Speisesaal.

In dem stattlichen Saal speisten alle einhundertsechsundzwanzig Mönche mit eventuellen Gästen.

Von den vier Esstischen waren drei nebeneinander angeordnet, während der vierte Tisch eine Sonderposition einnahm. Mit seinen geschätzten zehn Metern war jeder der drei Esstische so lang wie ein Buckelwal. Der vierte Tisch, nicht ganz so lang wie die anderen, war waagerecht vor sie gestellt und den höherrangigen Priestern vorbehalten, damit diese das Geschehen und die Gläubigen überblicken konnten.

Auf der rechten Tafel, die neben den Fenstern stand und das meiste Sonnenlicht abbekam, lagen drei braune Beutel.

Rassu le Pier hatte sich um die Versorgung für Sarais und Akiras bevorstehende Reise gekümmert, so wie Sa de Fra es ihm aufgetragen hatte.

„In diesen zwei Beuteln findet ihr eure Essensvorräte und in dem hier Verbände und Salben. Besitzt du Waffen?“

„Nein.“

Rassu stutzte. „Wie willst du kämpfen?“

Eine gute Frage, am liebsten gar nicht, hätte Sarai gern entgegnet. Sie blieb jedoch stumm.

„Ich gebe dir Pfeil und Bogen mit. Akira wird dich unterrichten.“ Ein Mönch wusste mit tödlichen Waffen umzugehen?

Ein Klappern ertönte. Ein junger Mönch ohne Hütchen kam in den Speisesaal. Er trug einen vollen Teller, in dem heiße Suppe schwappte und hatte den Löffel aus Versehen fallen lassen.

Den Burschen begleitete ein beständiges Klack-Klack-Klack. Grimm trottete hinter ihm her und schimpfte: „Jin de Gross, du Taugenichts! Zurück in die Küche mit dir und bring einen neuen Löffel!“

Jin stellte den Teller eiligst auf dem Tisch vor Sarai ab. Er schüttelte seine Hände und pustete die Fingerspitzen an. „Vorsicht, sehr heiß“, warnte er Sarai und spurtete an Grimm vorbei hinaus.

„Na Grimm, spukst du wieder durch die Abtei?“, grinste Rassu und ging auf den Bruder zu. Während die beiden alten Männer sich unterhielten, kehrte Jin mit einem sauberen Löffel zurück. Diesen legte er neben den Teller, lächelte Sarai an und wünschte ihr einen guten Appetit. Sie bedankte sich herzlich und setzte sich.

„Kennst du mich noch???“, fragte Jin sie neugierig und nahm ihr gegenüber Platz. Sarai blickte mit unsicherer Miene von ihrer duftenden Hühnersuppe auf. Umsichtig fragte sie: „Sind wir uns schon begegnet?“ Jin nickte eifrig. „Oh ja! Ich habe dich als Erster von meinem Posten aus gesichtet. Das war wirklich ein stürmischer Tag. Woher kommst du? Und vor allem, was hast du bei diesem Wetter draußen gemacht?“

Fragen, auf die Sarai gewiss keine Antworten mehr geben durfte. Wem kann man vertrauen und wem nicht?

„Was geschieht in der Welt?“, flüsterte Sarai gedankenvoll vor sich hin. Eine Weile starrte sie in die Suppe und wartete darauf, dass diese ein bisschen auskühlte, damit sie sich nicht die Zunge verbrannte.

Jin grübelte. „Hmm … Momentan recht viel. Ich habe neulich ein Gespräch zwischen den Meistern und einem Boten des Clans Subaru mitbekommen. Ist dir Clifftown ein Begriff?“ Sarai horchte auf.

Jin plauderte: „Es ist der Sitz eines Clans. Das habe ich von Meister Olong gelernt. Er unterrichtet uns über die Welt und die Menschen.“

Sarai wagte kaum zu fragen: „Was ist geschehen mit Clifftown?“ Sie spürte bereits, wie sich ihr Körper verkrampfte und Kälte sie durchzog.

„Zerstört. Völlig niedergebrannt. Ausgelöscht. Das sind die Worte, welche ich deutlich vernehmen konnte. Die Meister meinten zudem, dass es keine Überlebenden nach dem Angriff gab. Sie erzählen sich von einer gewaltigen Macht, die sich erheben wird.“

Der Löffel fiel in die Suppe. Da war sie, die grausame Wahrheit. Sarai verbarg ihr Gesicht in den Handflächen und weinte bitterlich.

Sarai lief schweigend hinter Rassu le Pier her. Ab und an hörte er ein leises Schluchzen.

Der Mönch gab sich keine Mühe, sie zu trösten. Nach Rassus Meinung musste jeder selbst mit seinem Schmerz und Kummer fertig werden, um daran zu wachsen.

Er führte sie in den Keller hinab. Brennende Fackeln an den Wänden ersetzen mit Mühe das fehlende Tageslicht.

Sarai war tief in ihrer Trauer gefangen. Sie hatte den Ausgang des Überfalls instinktiv geahnt, aber die Gewissheit zu haben, dass alle tot waren, dass alles vernichtet war, woran sie geglaubt hatte, das tat weh.

Rassu blieb unerwartet stehen. Sarai reagierte zu langsam und stieß unbeabsichtigt mit seinem Rücken zusammen. Rassu warf ihr einen strengen Blick zu.

Die beiden standen vor einer Wand, die einem wabenförmigen Gitter ähnelte, einem Spalier, und Einblick in ein Gemach bot.

Ein Waffenarsenal machte es Sarai leicht zu erkennen, dass es sich hier um eine Ausbildungsstätte für Kampfkunst handeln musste. Wozu das? Aus welchem Grund wurde Mönchen das Kämpfen gelehrt? Worauf bereiteten sie sich vor? Welch eine dumme Frage …

Das Spalier diente dazu, das Training zwischen Schüler und Lehrer von außen zu verfolgen.

Akira, Olong und ein weiterer Priester waren die Einzigen innerhalb des Gemaches.

Der Auserwählte hatte sein grünes Gewand abgelegt und reichte es dem Priester.

Statt der Kutte trug Akira nun eine blaue, zugeknöpfte Weste, die das weiße, kurzärmlige Hemd mit Kragen darunter beinahe vollständig verbarg. Die knöchellange Hose und das feste Schuhwerk waren in dunklen Farben gehalten.

Schwermütig, so deutete Sarai seinen ernsten Gesichtsausdruck, setzte Akira die Kappe ab und bettete sie auf seine abgelegte Kleidung, die sich immer noch in den Händen des Priesters befand. Ebenso verfuhr er mit dem Ohrring. Wie Sarai musste auch er sich von seinem Clan lossagen. Nichts sollte ihn binden oder halten.

Der Klosterbruder, mit Akiras Tracht in den Händen, nickte dem Jungen aufmunternd zu und verließ das Gemach.

Rassu hatte den Auserwählten im Visier. Akira war groß geworden, seitdem er dem Clan vor fünf Jahren beigetreten war.

Rassu erinnerte sich: „Im Alter von zwölf schloss Akira sich uns an. Davor irrte er monatelang ziellos durch die Gegend. Abgemagert und halbtot erreichte er die Abtei. Er redet nicht über seine Vergangenheit. Wir wissen wenig über ihn, nur das, was uns das Orakel offenbarte."

Gern hätte Sarai mehr über diese Prophezeiung erfahren, allerdings wollte sie Rassu nicht unterbrechen. Sie ließ ihn fortfahren: „Ist die Zeit gekommen, sollte er vorbereitet sein, hieß es. Olong war sein Meister. *‚Akira ist jemand überaus Besonderes und wird uns alle retten'*, sagte Sa de Fra. Der Junge vertraut nicht vielen und wirkt unnahbar. Ich hatte des Öfteren den Eindruck, dass er nicht in diese Örtlichkeit gehört. Er verweilte wie ein Wanderer, der Ausschau nach dem ihm vorbestimmten Weg hielt. Vielleicht hat er die ganze Zeit auf dein Kommen gewartet."

Olong van Ga stand vor seinem Schüler Akira. Alles um sie herum war still, bedrückend still.

Olong legte ihm zwei metallene Handgelenkschoner an und sprach: „Du kennst ihre geheime Stärke. Du weißt, zu was sie dich befähigen! Gebrauche sie klug!"

„Meister …", setzte Akira an. Olong unterbrach ihn durch ein Kopfschütteln. Der Lehrmeister löste die Kette mit Anhänger von seinem Hals. Beide bestanden aus reinem Silber und glänzten in voller Pracht.

Den Anhänger hatte jemand mit viel Liebe zum Detail gefertigt. Um ein Schwert, dessen Spitze abwärts zeigte, schlängelte sich eine Dornenranke. Auf dem Knauf des Schwertes thronte eine Rosenblüte vor einem Halbmond. Mit diesem Mond war die Kette verankert. Zwei weitere, weitaus kleinere Monde zierten die Parierstange der Waffe. In ihrer Mitte prangte ein kunstvoll eingraviertes „S". Ein Flügelpaar ragte geheimnisvoll aus der Querstange heraus.

„Dies ist Selenes Anhänger, den mein Urgroßvater mir vererbte. Er soll dir Glück und Schutz bringen", erklärte Olong.

Akira kniff die Augen fest zusammen, um seine Tränen zurückzuhalten. Er beugte sich leicht nach vorn, sodass Olong ihm den silbernen Talisman um den Hals legen konnte.

„Sein Name ist Pilgrim. Behandelt ihn anständig!", Olong klopfte auf das Hinterteil des braunen Pferdes und half Sarai zu Akira auf den breiten Pferderücken. Das Mädchen saß hinter dem Burschen und hielt sich zaghaft an seiner Hüfte fest. Akira zog ihre Hände fester um seinen Leib. „Sonst fällst du noch runter!"

Der Burghof war zu einem Ort des Abschieds geworden. Etliche Mönche hatten sich versammelt, um Akira und seiner Gefährtin Lebewohl zu sagen.

Sogar Sa de Fra hatte es mit viel Anstrengung bis nach draußen geschafft. Olong stützte den alten Hohepriester.

Rassu reichte Akira einen kleinen Geldbeutel hinauf. „Habt Dank", dieser nahm ihn entgegen.

Ein letztes Mal traf Akiras Blick den von Meister Olong. Würde er ihn je wieder zu Gesicht bekommen?

Pilgrim setzte sich allmählich in Bewegung.

„Auf Wiedersehen!", rief Sarai all den winkenden Mönchen zu.

Olong sprach sorgenvoll vor sich hin: „Kehrt wohlbehalten zurück!"

„Das entscheidet allein ihr Schicksal", wisperte Sa de Fra.

Rassu wandte sich ab und lief zum Eingang der Abtei. Erschüttert stellte er fest: „Wir schicken Kinder in die Schlacht …" Jin, der neben Grimm an der Tür lehnte, sah Rassu fragend nach. „Was meint er damit?", fragte der Junge den Grimmigen. „Sei nicht so neugierig, du Rotzbengel!"

Es war zur Mittagsstunde des Sechzehnten des Fairus, als die Tore des Walls geöffnet wurden und die beiden jungen Menschen, deren Schicksale verbunden waren, in die ungewisse Welt hinausritten.

Kapitel 2

Verschlungene Pfade

Ein kräftiger Wind zerzauste die schwere Mähne des stolzen Pferdes. Aus den breiten Nüstern drang heißer Atem. Seine Hufe polterten über unwegsame Pfade. Pilgrim war schnell. Akira spornte den Rotfuchs tüchtig an. Die Umgebung zog an ihnen vorbei.

Monshires Hügel und Nadelwälder lagen hinter ihnen. Felder und Wiesen mit unzähligen Mohnblumen breiteten sich vor ihnen aus und erstreckten sich in die weite Ferne.

Sarai spürte Akiras Wärme. In seiner Nähe fühlte sie sich sonderbar geborgen, wie bei einem langjährigen Freund. Sie kannten einander kaum und dennoch fühlte sie sich ihm durch ihr Schicksal befremdlich nah.

Pilgrim verlangsamte sein Tempo, fiel vom schwebenden Galopp in einen gleichmäßigen Trab und blieb schließlich an einem schmalen Fluss stehen. Akira stieg vom Pferd ab. Sarai dagegen blieb einfach auf dem edlen Ross sitzen. Mit einem mulmigen Gefühl sah sie auf den entfernten Erdboden hinunter.

Akira schmunzelte. „Komm!“, breitete er die Arme aus, um Sarai herabzuhelfen. Sie zögerte.

Vorsichtig glitt Sarai von Pilgrim direkt in Akiras starke Arme. Seine Hände umfassten ihre Hüften. Ein tiefer, inniger Blick. Er hatte wundervolle kastanienbraune Augen.

Akira räusperte sich und löste den Griff. Kaum spürte sie festen Boden unter den Füßen, lief Sarai zum Ufer, kniete nieder und erfrischte sich am klaren Wasser.

Der Fluss war in Ufernähe nicht sehr tief und von einer kristallenen Klarheit, die den Grund aus Kieselsteinen und Sand erkennen ließ. Fische tummelten sich fröhlich in dem klaren Gewässer.

Egal in welche Himmelsrichtung Akira schaute, mehr als die eintönige Ebene war nicht zu erkennen. Kein Baum, kein Hügel, nichts, das sich annähernd von den gepflügten Äckern unterschied und Orientierung bot.

Akira löste den angebundenen Köcher von Pilgrims Sattel. Dieser verfügte über einen Deckel, der die Pfeile vor Regen schützen würde. Dann nahm der Auserwählte den Bogen aus einem separaten Fach des Sattels.

Mit den Waffen in der rechten Hand fasste Akira das Pferd mit der linken am Halfter und führte es zur Wasserstelle. Dort befreite er den geduldigen Hengst vom Zaumzeug und ließ ihn trinken.

Sarai lehnte sich zurück und streckte sich genüsslich auf dem duftenden Gras aus. Akira trat zu ihr heran. „Siehst du den Beutel dort? Das ist unsere Zielscheibe."

Sarai guckte ihn verdutzt an. Akira hatte die Lebensmittel aus dem Vorratsbeutel entnommen und ihn mit Gras gefüllt. Das Gepäckstück hing an einem robusten Stab, den Akira gefunden und in die Erde gerammt hatte.

Kaum hatte sich Sarai zaghaft erhoben, übergab ihr Akira unvermittelt Pfeil und Bogen. In Sarais Händen lag etwas, womit sie töten könnte. Sie schauderte. Sie bekam Angst vor sich selbst. Angst vor dem, zu was sie möglicherweise fähig wäre. Wie weit würde, müsste sie gehen, um den Teufel zu entmachten?

Mit der hölzernen Waffe in der einen und dem spitzen Pfeil in der anderen Hand wurde Sarai schlagartig klar, dass es kein Zurück mehr gab. Der Zeitpunkt war gekommen, an dem sie ihr bisheriges Leben endgültig hinter sich lassen musste. Warum musste sie, die auf das Gute vertraute, zur Kriegerin werden?

Ich will das nicht, Akira!!! Bitte nicht!!!, wollte sie aus sich herausschreien, doch die Stimme versagte ihr.

Akira, dicht neben Sarai, leitete ihre verkrampften Bewegungen. Sein warmer Atem streifte ihr Ohr. Er fasste ihre rechte Hand, legte sie an die Sehne und zog sie zurück. Der Bogen spannte sich. Widerstandslos ließ sie es geschehen. *„Mörderin!"*, regte sich ihr Gewissen.

„Schieß!" Sie ließ die Sehne los und der Pfeil schnellte davon. Er bohrte sich nahezu senkrecht in die Wiese. Den Sack hatte er um einige Meter verfehlt.

Sarai senkte wehmütig ihr Haupt. Die Tage des Untergangs hatten begonnen und mit ihnen ihr neues Leben als Kämpferin.

Akira verbeugte sich ehrerbietig vor dem Hohepriester. Sa de Fra wies ihn an, sich zu erheben. Er wollte dem Jungen ins Antlitz sehen, denn Akiras Zeit im Kloster ging zu Ende.

Der weise Mann hatte den Schüler zu sich in die Halle bestellt. Eine letzte Botschaft gab er Akira mit auf den Weg: „Roskil liegt südöstlich von Monshire. Es ist der Hauptsitz der Subarus, den Boten der Könige aller dreizehn Kontinente. Versucht dort euer Glück! Vielleicht findet ihr den dritten Mitstreiter."

In Gedanken durchlebte Akira diese Szene, die vor wenigen Tagen stattgefunden hatte, noch einmal. Sie würden mindestens eine Woche brauchen, um in das besagte Gebiet vorzustoßen.

Der Nachthimmel hing voll funkelnder Sterne. Ein weißer, bezaubernder Schein umhüllte die Mondsichel.

Akira und Sarai lagerten an einem Findling, einer der wenigen, großflächigen Steine, die sich vereinzelt in der Ebene befanden. Woher kamen diese riesigen Gesteinsbrocken, die wohl schon seit Jahrtausenden herumlagen? Ein Rätsel der Vergangenheit.

Lobend klopfte Akira dem noch immer schnaubenden Pilgrim den starken Hals. Ein gutes Tier mit einer beneidenswerten Ausdauer. Ebenso wie die beiden Reiter hatte sich auch Pilgrim eine Pause redlich verdient.

Sarai fröstelte. Tagsüber war es angenehm warm, aber abends trieb der Wind die Kälte der Nachbarkontinente über das Meer, die das Land bis zum Morgengrauen erfrischte.

Das Mädchen kuschelte sich in seine Jacke. Obwohl es schon oft unter freiem Himmel schlafen musste, war sein Körper noch nicht an die plötzliche Kühle der Dämmerung gewöhnt.

Akira schlug zwei Steine mehrmals über trockenen Gräsern zusammen, bis sich ein Feuer entzündete. Um die Feuerstelle herum hatte er mit Steinen einen Kreis gebildet, damit die Flammen sich nicht unkontrolliert ausbreiten konnten. Mit diesem natürlichen Schutzwall hielt er das Element im Zaum.

Sarai rutschte näher an das knisternde Feuer heran. Sie umfasste die angewinkelten Beine mit den Armen. Ihr Kopf ruhte wie eine schwere Last auf den Knien. Die Augenlider wurden schwerer. Minuten später war sie eingeschlafen.

Noch vor Sonnenaufgang war alles bereit für den Aufbruch. Pilgrim scharrte ungeduldig mit den Hufen, während Akira den Sattelgurt festzurrte. Langsam erwachte auch

Sarai, die mit zusammengekniffenen Augen das geschäftige Treiben beobachtete. Die nunmehr erkaltete Feuerstelle roch nach verkohltem Holz.

Die Sonne flammte erst am Horizont auf, als die jungen Leute bereits wieder unterwegs waren. Minuten verflogen und wurden zu Stunden.

Nach einem langen Ritt hatten sie die Ödnis der Ebene hinter sich gebracht. Wälder erhoben sich vor ihnen.

Am Waldrand brachte Akira das Pferd zum Stehen. Ein einfaches Holzschild wies in drei Richtungen: Monshire, Maniek und Roskil. Monshire lag nördlich. Dies war der Pfad, den sie passiert hatten. Maniek war eine Stadt mit geringer Einwohnerzahl, die sich westlich befand. Eine Stunde würde der Ritt dorthin dauern.

Der Pfad nach Roskil führte durch den Wald.

Ein Buntspecht landete auf dem Fensterbrett, spähte kurz in den Lehrsaal hinein und flatterte eilig wieder davon.

Es war ein heißer Tag. Die warmen Sonnenstrahlen erhitzten den Raum. Die hölzernen Tische und Bänke, an denen die siebzehn Schüler in ihren grünen Kutten mit den passenden Kappen saßen, schienen regelrecht zu glühen.

Vor jedem Burschen befanden sich *ein Tintenfass, eine Schreibfeder und ein weißes Blatt Papier, das einige fleißig bekritzelten.*

Seit zwei Stunden folgten sie, mehr oder weniger aufmerksam, Olong van Gas Vortrag über die verschiedenen Clane. Er legte größten Wert auf die detaillierte Beschreibung der Clane, um den Jungen viel Wissen zu vermitteln.

„Eines Tages will ich alle elf Clane besuchen", verkündete ein kleiner Junge zielstrebig, nachdem er den weisen Worten des Priesters aufmerksam gelauscht hatte. *Ungeduldig und voller Vorfreude auf seine zukünftigen Expeditionen hielt es den Knaben*

kaum mehr auf dem Stuhl. Tobra de Leut war sein Name. Dieser junge Mönch war nicht nur der Eifrigste, sondern auch der Kleinste von allen. Er war von einem münzgroßen Muttermal am Hals gezeichnet.

Tobra hatte sich ein Pult in der vordersten Reihe ausgesucht. Er vergötterte Meister Olong, so interpretierten viele der Mitschüler die Wahl seines Platzes.

Im hinteren Bereich des Raumes kippelte ein Gleichaltriger teilnahmslos auf seinem Stuhl. Sein Blick war oft zum Fenster gerichtet, der Ferne entgegen.

„Schwachsinn!“, kommentierte er für sich die Idee des lebhaften Tobras. Er hatte zwar leise gesprochen, aber seine Stimme pflanzte sich dank der guten Akustik des kargen Studierzimmers bis in die vordersten Reihen fort.

Tobras Miene verfinsterte sich augenblicklich und er strafte den Mitschüler mit einem giftigen Blick. Die Zielperson musste den Kleinsten gar nicht anschauen, um zu wissen, welche Reaktion Tobra ihm auf seine missbilligenden Worte entgegenbrachte.

Der Junge in der hinteren Reihe hörte mit dem Kippeln auf und erklärte: „Niemand weiß, wo sich die gesamten Hauptsitze befinden. Fünf Standorte sind bekannt. Die anderen sind für Fremde unauffindbar. Einige würden dich allein für diesen Gedanken, JEDEN Clan ausfindig machen zu wollen, hinrichten. Vergiss nicht, dass nicht alle Clane gute Absichten haben oder gar gefunden werden wollen.“

Tobra konterte selbstsicher: „Pah, du bist doch nur zu feige. Ich werde es dir beweisen, Akira! Eines Tages weiß ich, wo sich die geheimen Gebiete befinden.“

Ein langer Glockenschlag unterbrach den aufkeimenden Streit. Olong van Ga beendete die Diskussion.

Die Lehrlinge verließen rasch das Zimmer, um rechtzeitig zur nächsten Unterrichtsstunde zu gelangen.

Einzig Akira blieb von der allgemeinen Unruhe unbeeindruckt auf seinem Stuhl sitzen, bis Olong ihn nach vorn rief.

Der Meister sah ihn ernst an: „Menschen setzen sich Ziele, um nach ihnen zu streben. Sie geben dem Leben einen Sinn und sind so wichtig wie ein eiserner Wille. Sage mir, was möchtest du erreichen?"

Frische Waldluft. Verhallende Tierlaute. Eng beieinanderstehende Nadelbäume. Lichtungen, die von schwachen Nebelschwaden durchzogen waren. Äste, die unter Pilgrims mächtigen Hufschlägen brachen.

Sarai liebte Wälder. Sie stellten für die Auserwählte das Herzstück der Natur dar. Hier fühlte sie sich lebendig und wohl.

Sie hatte die Augen geschlossen und lauschte den Stimmen des Waldes. Mehr und mehr versank sie im leisen Rauschen des Windes, der die Blätter der hohen Bäume, sanft und gleichmäßig wie Ammen die Kinder, in den Schlaf wog. Pilgrims Hufschläge klangen gedämpft. Sarai nutzte Akiras Rücken als Kopfkissen, während sie weiterritten.

Nach einer Weile sichtete Akira jemanden inmitten dieses weitläufigen Waldes. Ein Greis wanderte schwerfällig vor ihnen. Sein Oberkörper war krumm nach vorn gebeugt. Er stützte sich auf einen Stab. Wacklig hielt er sich auf den mageren Beinen.

Lumpen verhüllten notdürftig die dürre Gestalt des klapprigen Greises. Der graue Bart reichte ihm bis zum Brustkorb hinab. Sein blaues Hirtenhütchen hatte zahlreiche Löcher.

Akira trieb Pilgrim zu dem Alten. „Wohin wollt Ihr?", erkundigte sich der Junge. Sarai öffnete die Augen, als sie die Stimme ihres Gefährten vernahm. Erschreckt zuckte der

Greis zusammen, als er die Worte hörte. Er wollte davonlaufen, stolperte jedoch und fiel. Sarai kletterte geistesgegenwärtig vom Pferd herunter und eilte dem Gebrechlichen sofort zur Hilfe.

Ängstlich beobachtete der Alte sie aus den Augenwinkeln, wisperte sogar ein Gebet, als wäre sie eine Ausgeburt der Hölle. „Ich bin kein Dämon", versicherte sie mit sanfter Stimme. Erst jetzt kam er langsam zur Ruhe.

„Mein Name ist Sarai. Was ist Euch passiert?" Sie half dem Mann hoch. Er hatte mit keinem Menschen in diesem Wäldchen gerechnet und schien viel erlebt zu haben. Dies zumindest deutete Akira aus seinem scheuen Verhalten.

Der Greis war kaum zu verstehen, da seine verbliebenen vier Zahnstumpen klaffende Lücken ließen, die seine Worte in undeutliche Zischlaute verwandelten: „Sch woa ufa WEG tu MONSHIRE. Omst NIEMAND i da Wol. Ass mackst' e he?"

Fragend wandte sich Sarai an Akira, der ahnungslos die Schultern hob. Keiner hatte den Alten verstanden.

Akira stieg ab, nahm etwas aus der Satteltasche und schritt auf den Greis zu. Er reichte dem gebrechlichen Alten ein Stück Brot, deutete mit dem Zeigefinger in eine Richtung und versuchte, ihm begreiflich zu machen: „Dort geht es nach Monshire."

Die glanzlosen Augen des Greises wässerten sich vor Freude. Ein glückliches Lächeln breitete sich auf seinen blutleeren und rissigen Lippen aus.

Er küsste das Essen, daraufhin Akiras Hand und Sarais Stirn. „SEGEN möche ouf ech kom."

Der Alte wandte sich noch einmal um, bevor er aus der Sichtweite der beiden verschwand.

Zögerlich fragte Sarai: „Vielleicht sollten wir ihm …"

„Nein!“, unterbrach Akira sie schroff und half ihr auf Pilgrims Rücken. Er wusste, worauf sie hinauswollte und begründete: „Wir müssen uns beeilen. Bald bricht das Chaos aus.“

„Eine Entscheidung muss meistens innerhalb von Sekunden getroffen werden. Könntest du wählen, nur eine Person oder die gesamte Menschheit zu behüten, wie würde deine Wahl lauten?“ Rassu le Piers Frage wies einen seriösen Ton auf, von dem Akira sich in der Tat nicht verunsichern ließ. Der Schüler vermutete, was der Ältere hören wollte, und antwortete: „So viele Lebewesen wie möglich.“

„Doch würdest du die Eine lieben und diese müsste dann sterben, weil es für sie zu spät wäre. Selbst dann …?!“

Am späten Nachmittag des nächsten Tages ritten Akira und Sarai durch den unwirtlichen Dämmerwald. Das Gebiet galt als verflucht. Gerüchte rankten sich um sonderbare Gestalten und ihre dunklen Machenschaften.

Selten wagten sich Wanderer überhaupt bis an die Grenze dieses dunklen Gebietes. Unwissende hingegen spazierten unbedarft in die Düsternis und irrten fort ein Leben lang.

Anscheinend wusste Akira gut über den Ort der Verdammnis Bescheid. Immerhin gut genug, um zielstrebig das einzige Wirtshaus in dem sonst so verlassenen Areal anzusteuern. Es lag still und einsam mitten im Dämmerwald.

Woher hatte Akira seine Kenntnis über diese Ebene?

Das Holzhäuschen schien trotz seiner gewagten Lage gut besucht, lautes Gejohle drang bis nach draußen. Die tannengrünen Fensterläden waren geöffnet und boten freie Sicht auf die angeheiterten Gäste.

Auf einem schiefen Schild, das an einem rostigen Nagel notdürftig über der Eingangstür baumelte, buchstabierten tiefe, unregelmäßig geritzte Kerben den Namen der Gaststätte: „Henkers Hütte". *Wie einladend.*dachte Sarai ironisch.

Akira knotete Pilgrims Zügel um eine Stange am Haus und nahm die gesamten Beutel in seine Obhut. „Wir übernachten hier", eröffnete er der nicht gerade begeisterten Sarai. Gemeinsam betraten sie die Taverne.

„Und mein Weib steht hinterm Topf …"

„Mehr Bier!"

„… und kocht Tag ein, Tag aus 'nen Kohlkopf."

„Ruhe dahinten!"

„Bier!"

Gelallte Liedfetzen und Zurufe hallten durch die Schenke. Das Eintreten der neuen Gäste war in der lärmenden Geselligkeit untergegangen.

Akira schritt auf den Schanktisch zu. Sarai hielt sich dicht hinter ihm. Ihre verzerrte Miene verriet, dass sie sich zwischen den Betrunkenen unwohl fühlte, die ihr im Vorübergehen lüsterne Blicke aus ihren glasigen Augen zuwarfen.

„Was soll's sein?", begrüßte der dicke Wirt die beiden. Um den Bauch hatte er eine weiße Schürze gebunden. Auf dem bulligen Kopf und in seiner rosig-platten Schweinsnase kräuselten sich helle Härchen.

„Zwei Essen und eine Übernachtung", bestellte Akira.

„Könnt ihr zahlen?" Als Antwort ließ Akira ein Säckchen klimpern. Der Wirt nickte zufrieden.

„Bier!"

„Gleich!", brüllte der Kneipier rüber. „Setzt euch an den linken Tisch! Abendmahl wird gebracht."

Sarai beäugte von ihrem Platz aus skeptisch den Raum. Kerzen loderten. Teller mit Speiseresten häuften sich auf einigen Tafeln. Der Geruch von Braten und Alkohol schwängerte die stickige Luft.

Die meisten Kerle widmeten sich dem Kartenspiel, die restlichen versuchten, ihre noch vorhandenen Kräfte im Armdrücken zu beweisen. Unentwegt sangen sie dabei heillos durcheinander.

Sarai war die einzige weibliche Person in diesem Saal. Aufmerksamkeit wurde ihr zur Genüge zuteil.

Akira hielt seinen Becher, gefüllt mit Wasser, in der Hand und aß hin und wieder einen Happen von dem Fleisch, das man ihm vorgesetzt hatte. *Ein Mönch, der Fleisch isst?*, wunderte sich Sarai.

Akiras Augen waren starr auf sie, die ihm gegenübersaß, oder auf den Teller gerichtet. Das Umfeld interessierte ihn wahrlich wenig.

Sarai schauderte es bei dem Gedanken, an solch einem Ort schlafen zu müssen. Unter ihr die lärmende Meute, draußen womöglich Gespenster.

„Ziehn wir durch die Gassen …"

„Hunger!"

„Bier!"

„… und werfen uns in die Massen."

„Holdeho, Halihada!"

„Wollen zu unsren Frauen und mal wieder so richtig rumsauen!"

„Haha!"

„Gewonnen!"

„Nächster!"

„Mehr Fleisch!"

„… bis der Morgen graut!"

„Drei Mal!"

„Kommt doch rüber zu uns!"

Sarai schüttete das restliche Wasser zügig die Kehle runter. *Bloß weg!*, dachte sie.

„Hey, wie wär's denn mit uns?", einer der Gäste wackelte auf sie zu. Seine Trunkenheit war deutlich zu riechen.

„Geh weiter!", forderte Akira ihn bestimmt auf. Erneut zeigte der Auserwählte diesen Blick, der einem das Blut in den Adern gefrieren ließ. Der Fremde blieb unbeeindruckt und holte aus, um Sarais Arm zu packen. Doch in Sekundenschnelle umklammerte Akira die vorschnellende Hand des Unbekannten am Handgelenk und zog ihn entschlossen zu sich heran. Akira flüsterte ihm etwas zu, das Sarai nicht verstehen konnte. Daraufhin torkelte der Mann weiter.

Akira griff nach Sarais Hand und zog sie mit sich, an den Feiernden vorbei, zum Wirt.

„Vierundzwanzig", las der Besitzer von „Henkers Hütte" vor und reichte den beiden einen kleinen Schlüssel mit eingravierter Nummer. Er erklärte: „Treppe rauf, nach rechts und die fünfte Stube ist es." Ein Zimmer für zwei?

Die Treppenstufen knarrten bei jedem Schritt. Sarai übersprang eine der Stufen, weil sie befürchtete, dass diese sonst zusammenbrechen würde.

Ein schief hängendes Bild war die einzige Ausschmückung auf dem Weg vom Erdgeschoss ins obere Stockwerk.

Erst als sie die höher gelegene Etage erreichten, gab Akira Sarais Hand wieder frei. Seine warmen Finger lösten sich von den ihrigen.

Das Schloss ihres Zimmers klemmte und gab erst dann nach, als Akira den Schlüssel mit voller Kraft drehte.

Das Gemach war winzig und spärlich eingerichtet – ein Schränkchen und ein nicht außerordentlich großes Bett. Es roch muffig und wirkte düster.

Akira warf das Gepäck auf die Matratze. Sarai schob die verschmutzen Vorhänge beiseite und öffnete die quietschenden Fenster. Die Nacht war längst hereingebrochen.

Starker Wind tobte. Regen würde wahrscheinlich demnächst einsetzen.

Jetzt war Sarai doch froh, hier oben zu sein. Die Geräusche aus der Taverne waren zwar hörbar, aber gedämpft.

„Pilgrim muss in den Stall“, Akira stellte sich hinter sie und sah hinunter zum Pferd. Er war ihr angenehm nah, so nah, dass sie fast seinen Atem in ihrem Nacken spüren konnte.

Ich komme mit!, hätte sie am liebsten gesagt, aber vielleicht brauchte er einfach einmal eine Weile für sich allein.

Akira verließ den Raum und Sarai blieb zurück.

Sogar das Knacken des Holzes vernahm sie während des Alleinseins. Schatten spielten an den kahlen Wänden.

Sarai hatte sich auf dem harten Bett niedergelassen. *Der Waldboden ist weicher*, scherzte sie innerlich.

Minuten vergingen. Ihre Augenlider wurden schwerer. Müdigkeit überkam sie, aber noch fand sie keine Ruhe. Wo blieb *er*?

Behäbig erhob sie sich und schloss das Fenster. Der Schauer setzte ein. Beängstigende Dunkelheit.

Plötzlich pochte es dumpf an der Tür. Sarai fuhr erschrocken zusammen.

„Akira?“, wisperte sie. Wenn er es war, warum klopfte er dann? *Weil er es demnach nicht ist …*, schlussfolgerte sie beunruhigt.

Die Türklinke begann sich träge zu bewegen. Ein Spiel, um ihr Angst einzujagen oder ernst gemeinte Handlung?

Der Eingang öffnete sich einen Spalt. Ein schwaches Licht drang herein. Die Tür wurde gänzlich aufgestoßen.

Jemand stand vor ihr. Das erwartungsvolle Lächeln ihres Gegenübers schwand und pures Entsetzen breitete sich auf seinem Gesicht aus. Sarai hielt den gespannten Bogen und peilte ihn zitternd an.

Der verängstigte Wirt brachte keinen Ton hervor. Die Pfeilspitze war direkt auf ihn gerichtet.

Es war Akiras energische Stimme, die Sarai in die Realität zurückriss. Der Junge drängte sich an dem Hausherrn vorbei und drückte die Waffe seiner Gefährtin gen Boden.

„Alles in Ordnung", murmelte er ihr vertrauensvoll zu, drückte sie leicht schützend an sich und nahm ihr den Bogen samt Pfeil ab.

Sarai zitterte aus Furcht vor sich selbst am ganzen Leib. Akira spürte, wie die Wärme Stück für Stück aus ihrem Körper wich.

Wie viel hätte gefehlt, bis sie die Sehne des Bogens losgelassen hätte, bis der Pfeil seinen Flug angetreten und den Wirt durchbohrt hätte? Einzig wegen ihrer Angst könnte ein Unschuldiger tot sein. So behände lässt es sich morden.

Der kreidebleiche Wirt brachte stockend hervor: „Ich wollte nichts Böses. Nur wissen, wann ihr morgen abreist, wegen dem Frühstück."

Akira sprach mit ihm. Sarai kauerte währenddessen stumm auf der Bettkante und nahm die Worte der Unterhaltung nur bruchstückhaft wahr.

„Einen großen Schrecken …"

„… keine Sorge …"

„… Morgengrauen."

Die Tür schloss sich. Der Wirt war gegangen. Akira fragte sie nicht nach dem Vorfall.

„Ich …", setzte Sarai an, um sich zu rechtfertigen. Er kramte eine Decke aus dem großen Beutel und breitete sie auf dem Boden aus.

„Was tust du?" Sie beobachtete ihn verwundert. „Ich schlafe auf dem Boden und du …"

„Nein!“, sprang Sarai auf und versicherte: „Das Bett reicht für uns beide.“ *Behandle mich nicht anders, als dich selbst. Bitte.*

Sie war fest entschlossen und würde ebenfalls die Matratze meiden, würde er sich nicht zu ihr legen. Warum sollte er schlechter schlafen als sie? Weil sie eine Frau war? Oder einfach aus Höflichkeit?

Er sah sie an, überlegte einen Moment, hob dann das graue Laken auf und verstaute es wieder im Sack.

Akira knöpfte seine Weste auf und legte sie ordentlich in ein offenes Fach des Schranks. Das weiße Hemd mit dem weiten Kragenausschnitt war vollständig sichtbar. Es passte sich seinem trainierten Körper hervorragend an.

Sarai tat es ihm gleich, zog Schuhe und Jacke aus. Ihr Herzschlag wurde rasanter. Warum? Was war schon dabei? Er würde nur neben ihr verweilen, mehr nicht.

Er legte sich auf das harte Bett. Sie huschte mit unter die übergroße Wolldecke. Dicht waren sie beisammen. Sie spürte, wie die Wärme seines Körpers ihren kühlen Oberarm streifte. Akiras Atem war ruhig.

Im Morgengrauen machte Akira Pilgrim für den Weiterritt fertig. Er zurrte den Sattelgurt fest, befestigte daran die Beutel und legte ihm das Halfter an. Hin und wieder klopfte Akira ihm liebevoll den Hals.

Ein leichter Dunst umgab die Schenke. Vereinzelte Bäume waren mit Tau bedeckt.

Sarai stand vor dem Eingang des alten Gebäudes und unterhielt sich mit dem Wirt. Der Mann trug einen Schlafrock und eine Bommelmütze. Verschlafen rieb er sich die müden Augen. „So früh wollen meine Gäste selten essen“, gähnte er. Sie bedankte sich bei dem Besitzer, gab ihm das Geld und ging zu Akira.

„Gebt Acht! Im Wald spukt's!“, warnte der Hausherr. Sarai wollte sich nochmals dem Wirt zuwenden, doch die Tür von „Henkers Hütte“ war bereits zugefallen.

Wieder so ein unbehagliches Gefühl …

Sonnenstrahlen tauchten die neblige Landschaft in ein freundliches Licht. Pfützen, umgestürzte Bäume und der frische Geruch des regennassen Grases erinnerten an das gestrige Unwetter.

Fünf Uhr morgens – später war es sicherlich nicht. Kaum einer dürfte sich jetzt in diesem Bereich des Waldes, dem Herzstück, befinden. Gehetzt galoppierten sie über die aufgeweichte Erde.

Der Nebel wurde immer undurchdringlicher. Pilgrim trabte inzwischen, ging teilweise Schritt.

Akira straffte die Zügel. Das Pferd verharrte. Der weiße Dunst versperrte die Sicht vollkommen.

Abwarten und kostbare Zeit verlieren oder Hineinreiten in das Nichts. Akira kannte die Tücken des Dämmerwaldes. So ein Nebelfeld konnte sich als äußerst hartnäckig erweisen und durchaus bis zu sechs Tagen andauern. *Uns bleibt keine Wahl.*

Langsam ließ er Pilgrim weitergehen.

Dieser Schleier war das Geheimnis der Irrnis. Durch ihn wanderten die Unwissenden ins Verderben. Sie alle glaubten, den Weg zu kennen, auch wenn sie ihn nicht sehen konnten – naiv. Tiefer gingen sie stattdessen in den Wald hinein, verloren jegliche Orientierung.

Gespenster trieben kein Unwesen, sondern die skurrilen Vorstellungen und Gebärden von Wahnsinnigen, die nicht mehr aus dem weitläufigen Gebiet herausfanden. Die Auserwählten entschieden sich für die linke Abzweigung, obwohl der verborgene Wegweiser Roskil nach rechts auswies.

Die Route wurde steiler. Der Dunst hatte sich gelichtet. Der Gebirgspass nach Barbohl lag vor ihnen. Ein weiteres Mal die Abkürzung durch den Dämmerwald zu wählen, war zu riskant. Mit einigen Umwegen würden sie nach Roskil gelangen.

Berge, Hügel und überall Steine. Büsche wucherten inmitten des Passes. Wolken zogen am blauen Himmel entlang. Es war ein angenehmer Tag.

Akira ritt neben einem Fluss. An einer seichten Stelle pausierten sie.

Pilgrim graste am Ufer, während sich die beiden Auserkorenen barfuß in das knöcheltiefe Nass wagten. Das eiskalte Wasser umspülte ihre Füße, bis sie schmerzten.

Übermütig warf Sarai ein Bein in die Höhe und zielgenau landeten ein paar Wassertropfen auf Akiras Oberkörper. Akira quittierte die neckische Attacke mit einem stillen Lächeln.

Wie lange würde diese Unbeschwertheit andauern? *Zu kurz*. Bald käme die Zeit des Krieges.

Sarai versuchte, diesen Gedanken zu verdrängen. Hier, an diesem Ort, wirkte alles so friedlich. Konnte es so nicht überall sein?

Akira stapfte aus dem Fluss, krempelte seine Hosenbeine herunter und setzte sich in Pilgrims Nähe. Der Rotfuchs stupste ihn liebevoll an. Akira streichelte das Tier.

Sarai tänzelte im Wasser. Sie hatte Spaß, war glücklich.

Akira nahm ein Brotstück aus dem Beutel, brach es und verfütterte den größeren Brocken an das Pferd. Er lehnte sich entspannt zurück, stützte sich mit den Unterarmen ab und kaute auf seinem Stück Brot.

Sarai tauchte ihre Hände in das klare Kühl. Sie atmete tief durch und wandte ihren Blick himmelwärts, wo ein kreischender Vogelschwarm schleunigst vorbeizog.

Sie senkte ihren Blick wieder und ließ ihn zu Akira schweifen, der unbekümmert im Schatten einer massiven Eiche döste. Wie entspannt er da lag, unbekümmert. *Heile Welt, verlass uns nicht!*

Sarai zog ihre vor Kälte nahezu steifen Finger aus dem Wasser. Eine rötliche Flüssigkeit tropfte von ihnen hinab. Sie stutzte. Blut.

Der Strom wurde in kürzester Zeit gänzlich in ein dunkles Rot getaucht. Sarais Hände waren blutüberströmt. „*Alli su mora obor* …" Nein! Das durfte nicht passieren. „… *kargol hindu ref wimie* …" Sarai presste die Handflächen energisch an die Ohren. „… *isim go varek arza* …" Ihre Beine wurden schwach. „… *zir ogas lo ümä* …" Kraftlos sank sie auf die Knie. „… *jakobi cur pil vi* …" *Nicht diese Formel!*, flehte sie innerlich. Warum vernahm Sarai sie schlagartig in ihren Gedanken und weshalb übten diese solch eine Macht auf sie aus? „… *akum se obal mi nu* …" Das Herz hämmerte, der Körper bebte …

Pilgrim scharrte mit den Hufen und schnaubte aufgeregt durch die aufgeblähten Nüstern bis Akira sich aufrichtete.

„… *xi ferin quon sa mala* …"

Eine blutrote Flut umschloss die Auserwählte. Der Wasserpegel stieg rasant an, als würde eine ungeheure Welle aus der Ferne drohen.

Sarai kniete immer noch regungslos im Wasser, das ihr bereits bis an den schneeweißen Hals reichte.

„Sarai!", schrie Akira entsetzt auf. Sein Ausruf ging im Tosen der rauschenden Fluten unter.

„… *raschi dü mol TADUR!*" Eine gewaltige Wassermasse schoss über eine Anhöhe hinweg und riss Sarai mit sich.

Sofort sprang Akira auf das Reittier und gab ihm die Sporen.

Pilgrim galoppierte so schnell er konnte. Akira trieb ihn unentwegt an. Er hatte Sarai aus seinem Blickfeld verloren. Das ehemals seichte Gewässer war zu einem reißenden Strom angeschwollen.

Ein leichtes Beben erschütterte den Untergrund. War das die Flutwelle oder drohte noch eine andere Gefahr?

Plötzlich glitt eine riesige Wasserschlange über die Fluten links an Akira vorbei. Ihre gigantische Länge entsprach geschätzt der Flügelspannweite von fünfzehn Steinadlern. Das Maul des Ungetüms war rot besudelt.

Akira hatte Mühe, den ebenfalls erschrockenen Pilgrim im Zaum zu halten. Das aufgescheuchte Pferd wäre am liebsten schnurstracks ausgewichen, doch Akira gab das Reittier nicht frei. Er war auf Pilgrim angewiesen, sonst würde er Sarai vermutlich verlieren, denn das zischelnde Ungeheuer hatte es nicht auf ihn abgesehen.

Mit einem guten Vorsprung zu Akira und Pilgrim rutschte die Schlange auf ihrer glatten, gelbbraun gefleckten Haut den Strom herunter. Sie fixierte ihre Beute und diese war mit Sicherheit Sarai.

Der schlangenartige Koloss gewann zusätzlich an Geschwindigkeit. Pilgrim preschte in einem Tempo hinterher, das ihn bald an seine Grenzen treiben würde. Unversehens stoppte das Pferd und bäumte sich auf.

Akira klammerte sich am Sattelknauf fest, um nicht hinabzufallen. Den Abgrund, an dem Pilgrim hielt, hatte er nicht gesehen, sein Blick war zu sehr auf die Schlange gerichtet gewesen, die mit der Strömung durch den Wasserfall in die Tiefe stürzte.

Akira zögerte einen kurzen Moment, sprang dann aber flink aus dem Sattel und folgte dem Riesenreptil kopfüber in den tosenden Strudel.

Kapitel 3

Barbarische Retter

Sarai spuckte aus. Sie hatte viel mit Blut vermischtes Wasser geschluckt. Sie hustete und rang nach Luft.

Klitschnass war sie ans Ufer getrieben. Das verhängnisvolle Zeichen auf ihrem Rücken hatte sich längst aufgelöst. Was nahm ihr die Kontrolle über sich selbst?

Ihre Lippen und Fingernägel waren noch immer blau vor Kälte. Der Wind machte es schlimmer.

Wo war Akira?

Ein entfernter Punkt wurde rasch größer und nahm nach und nach Form an. Die Schlange steuerte direkt auf ihre frierende Beute zu.

Panisch versuchte Sarai ihre Beine zu bewegen, auch wenn sie diese kaum spürte. „Akira!“, stieß sie mit letzter Kraft hervor.

Das Monster wuchs in die Höhe und verharrte knapp unter dem Blätterdach eines nahen Laubbaumes, während sein erschöpftes Opfer sich außer Reichweite zu schleppen versuchte. *Flinkes Kerlchen …*, dachte Sarai hoffnungslos.

„Schuss!“, hallte ein Befehl durch die Berge. Pfeile, Speere und Äxte sausten aus allen Richtungen heran und bahnten sich ihren Weg in die ledrige Haut der hungrigen Bestie. *Wer …?*

Düstere Gestalten, verhüllt von erdfarbenen Tüchern, traten aus allen Ecken und Winkeln der Umgebung hervor.

Das verletzte Ungetüm wirkte zornig und schlug mit dem Schwanz um sich. „Schuss!“ Abermals schnellten Waffen durch die Gegend.

Ein Fremder sprang hinter einer niedrigen Bergwand hervor und landete neben Sarai. Sein Gesicht war von einem Schal verhüllt. Seine pechschwarzen Haare reichten ihm bis über die Ohren und fielen ihm strähnig ins Gesicht, wo sie beinah die buschigen Brauen berührten.

Muskulöse Arme mit hellen Ellenbogenschonern legten sich schützend um die verängstigte Sarai.

Sein knöchellanger, brauner Umhang war an den Schultern eines grünen Hemdes befestigt. Die schwarze Stoffhose, die stellenweise in Fetzen um seine gebräunten Beine flatterte, wurde von einem weißen Gürtel gehalten, der breit genug war, um Scheide und Schwert zu tragen. Schnürstiefel boten sicheren Halt.

Mühelos schulterte er Sarai und brachte sie aus der Gefahrenzone.

Ein weiteres Kommando brachte die mit Pfeilen und Speeren gespickte Schlange erbarmungslos zu Fall. Ein letztes Mal krümmte sie sich jäh im flachen Wasser, bis alles Leben in ihr erlosch und sie tonnenschwer auf die Wasseroberfläche klatschte.

„Sieg!“, jubelten die Jäger. Wie gefräßige Hyänen fielen die Vermummten über ihre erlegte Beute her, schlitzten ihren massigen Leib der Länge nach auf, entfernten Gedärme und ungenießbare Innereien, bevor einige lustvoll in das blutig rohe Fleisch bissen.

„Siehste, ich hatte Recht. Warten lohnt sich“, flötete ein Rothaariger, der auf dem Kopf des Scheusals im

Schneidersitz thronte, frohgemut dem Jungen mit den rabenschwarzen Haaren zu, der Sarai gerettet hatte. „Halt die Fresse!“, fauchte dieser.

Der Rotschopf sprang in einem Satz vom Haupt der Schlange herab und schlenderte auf seinen Verbündeten zu. „Hübsche Beute“, er betrachtete Sarai interessiert. „Geschenkt“, der Schwarzhaarige stieß Sarai mit einem schroffen Klaps in seine Richtung, als wäre sie eine Handelsware.

Der scharfe Pfiff eines Gleichgesinnten ertönte. „Abmarsch!“

Sarais neuer Träger legte ihr behutsam seinen Mantel um die Schultern. Auf seinem nackten Oberkörper zeichneten sich die sehnigen Muskeln ab. Der Rotschopf nahm sie huckepack.

„Willste die mitschleppen?“, fragte der Schwarzhaarige unbeeindruckt und lief neben ihm her. Dieser erwiderte vorwurfsvoll: „Soll sie krepieren?!“

Der Trupp bestand aus etwa zwanzig bewaffneten und nun mit Fleisch beladenen Männern. Dem Anschein nach kannten sie sich in dieser Region sehr gut aus, wussten genau, bei welchem Findling sie in welche Richtung abbiegen mussten.

Sarai kam es wie eine halbe Ewigkeit vor, bis die Gruppe abends ihr Lager erreichte. Weißgraue Zelte, dicht an dicht, formten einen großen Kreis, in dessen Mitte ein Feuer loderte. „Brauchtet lange!“, hieß ein Wohlgenährter mit Zwirbelbart die Gemeinschaft willkommen. Gierig krallte er sich die mitgebrachte Nahrung. Bei diesem Anblick und dem Gedanken *Hab ich ein' Hunger!!!*, lief ihm der Speichel im Mund zusammen.

Er schnappte sich einen rohen Fleischlappen, bohrte einen stählernen Spieß mittendurch und legte ihn der

Länge nach auf die Vorrichtung, die ihn knapp über dem Feuer hielt. Das Essen brutzelte duftend über den Flammen.

Als der Rotschopf Sarai in eines der Zelte tragen wollte, stellte sich der Schwarzhaarige protestierend vor dessen Eingang: „Ich muss die Bude schon mit dir teilen. Schaff sie woanders hin!“

„Hasaff hat gesagt, das geht in Ordnung.“ Mit diesem Satz nahm der Rothaarige seinem Gegenüber den Wind aus den Segeln. Verdutzt und sprachlos sah der so Stehengelassene mit an, wie Sarai in den Bereich der beiden jungen Krieger getragen wurde.

Auf Anhieb machte der Schwarzhaarige kehrt und stampfte wütend auf den Vertreter des Anführers zu.

Munter saß der ältere, schlanke Mann namens Hasaff auf dem Boden und lachte mit seinen Kumpanen. Die Tücher und Schals hatten sie allesamt abgelegt. Sie wähnten sich in Sicherheit und sahen keinen Grund, ihr Antlitz zu verbergen.

Hasaff hatte kurzes, braunes Haar und einen Vollbart. An seinen Schläfen waren selbst im schwachen Licht des Feuers Narben zu erkennen. Die Lippen waren rau, stellenweise aufgerissen.

„Du hast was?!“, wetterte der schwarzhaarige Junge lauthals los, bereits bevor er bei Hasaff war. Die Heiterkeit der Mannschaft erstickte.

Breitbeinig und mit verschränkten Armen blickte der Bursche auf den Ranghöheren hinab. „Ich dulde kein Weib in …“ Hasaff erhob sich. Sein fröhlicher Ausdruck verschwand. Er packte den Jungen im Nacken und stieß ihn ein Stück weiter, weg von der neugierigen Menge.

„Wohin soll sie sonst? In die Unterkünfte der anderen, die allein bei der Vorstellung an ein Weib lechzen?“ Hasaff machte eine flüchtige Pause. Der Junge wirkte nicht im Geringsten überzeugt.

„Ich weiß, dass du nichts von Frauen hältst. Gerade deshalb ist sie ja in deinem Zelt am besten aufgehoben." Der erfahrene Krieger Hasaff verkniff sich ein Schmunzeln.

„Und Loskat?"

„Ich bin mir sicher, dass du ihm keine Zerstreuung gönnen würdest." Schlitzaugen funkelten den gegenwärtigen Führer erbost an. Widersprüche waren zwecklos, das war dem jungen Kämpfer bekannt.

„Bis sie zu Kräften gekommen ist, bleibt sie bei uns."

„Waru ...?" Hasaff unterbrach die Frage, indem er beide Hände auf die Schultern des Burschen legte, ihm eindringlich in die dunklen Augen blickte und seine raue Stimme senkte. „Ich vertraue dir, Karkara!"

„Verpiss dich!", der schwarzhaarige Karkara betrat die vorläufige Behausung, überrumpelte den erstaunten, rothaarigen Loskat und warf ihn aus dem Zelt.

Hasaff hatte sich am Feuer niedergelassen und beobachtete den Hahnenkampf aus einiger Entfernung. Loskat krempelte entschlossen seine Ärmel hoch und nahm Anlauf für die Rückeroberung seiner Burg.

„Kat!", bestellte Hasaff den Rotschopf unverzüglich mit Nachdruck zu sich. „Jetzt nicht!", wehrte dieser den Befehl des Oberhaupts ab. „Dem werd ich's zeigen!", kündigte der Rothaarige übermütig an.

Einer der Männer packte Loskat am Kragen seines Mantels, den er angelegt hatte, und zog ihn unter lautstarkem Protest zur Bande hinüber. Hasaff duldete keine Widerworte. Er wollte ein Gespräch mit ihm führen, um das Loskat nicht herumkommen würde.

Sarai erholte sich auf Loskats Seite innerhalb des Zeltes. Ein schwarzer Faden verlief durch die Mitte des Zeltes und trennte Karkaras von Loskats Ruheplatz.

Stapel aus weichen Laken dienten den Kämpfern als Matratze. Den steinharten Untergrund federten sie nur notdürftig ab, aber sie schützten die Schlafenden vor der eisigen Kälte, die in der Nacht aus dem Boden kroch.

Loskat, der den linken Bereich des Zeltes bewohnte, hatte Sarai zugedeckt und ihr warmen Tee hingestellt, bevor Karkara ihn hinauskatapultierte. Kalt war ihr immer noch, doch allmählich war die Starre aus ihren Gliedern gewichen, die bei jeder kleinsten Bewegung schmerzten.

Wo war Akira und an welchem Ort befand sie sich jetzt?

„So wird das nichts", Karkara riss die Decke von Sarai rücksichtslos fort. Sie richtete sich eingeschüchtert auf.

„Ich tu dir nichts", beruhigte er sie lässig und hockte sich zu ihr. „Deine nassen Klamotten müssen runter! Du erfrierst sonst."

Sarai kauerte wie ein scheues Reh in einer Ecke und hielt die feuchte Jacke fest umschlungen. *Ich zieh mich nicht aus und schon gar nicht vor dir!!*

„Wer bist du?", fragte sie ihn und behielt ihn genauestens im Blickfeld. „Unwichtig. Ziehst du dich selber um oder muss ich nachhelfen?"

Ihre geschockten Augen starrten den Gleichaltrigen an. *Meint er das ernst?!*

„Ich komm in fünf Minuten zurück", kündigte er an, warf ihr trockene Sachen zu und machte kehrt.

In dem Moment, als Karkara das Zelt verließ, nutzte Loskat, der auf ihn gelauert hatte, seine Chance und rammte ihn mit der vollen Wucht seines trainierten Körpers. Der Angegriffene geriet ins Wanken und taumelte wie ein Betrunkener von einem Bein aufs andere, bis er sein Gleichgewicht wiederfand.

„Willst du'ne Tracht Prügel?", brodelte Karkara vor Zorn. Loskat war gleichermaßen auf einen Kampf aus.

Die zwei waren die Jüngsten dieser Meute. Auseinandersetzungen zwischen ihnen gehörten zwar zum Alltag, wurden aber in keiner Weise toleriert. In einer Gruppierung wie der ihren hatte es untereinander *keinen* Zank zu geben.

Loskat wirbelte seine beiden Kurzschwerter kunstvoll in die Luft, um dem Gegner Respekt einzuflößen. Unbeeindruckt zog Karkara sein Breitschwert. Der Schwarzhaarige brauchte keine Tricks, um den Feind einzuschüchtern. Seine kampfbereite Körperhaltung und ein gnadenloser Blick ließen bei den meisten Gegnern die Vernunft über den Kampfeswillen siegen.

Klingen prallten aufeinander. „Dich mach ich fertig!", knurrte Loskat. Seine Backen röteten sich vor Anstrengung und verdeckten die auffälligen Sommersprossen.

Zum dritten Mal brüllte Hasaff: „Genug!" Keiner der Streithähne reagierte auf ihn. Sie trugen ihre Schlacht aus.

Letztlich schlug Hasaff die Köpfe der Raufbolde gegeneinander, auf dass sie die schmerzliche Strafe für die unrechte Tat einige Tage spüren würden.

„Schöne Beule", bedankte sich Loskat zynisch und kühlte die Stirn. Im Schneidersitz hockte er auf seinem Lager und funkelte Karkara bösartig an. Dieser grinste voller Genugtuung und gab zur Antwort: „Selbst schuld."

Sarai saß neben dem Schwarzhaarigen, so hatte er es gewollt. Sie trug Männergewänder, die – wie auch bei den Priestern – viel zu weit für sie waren. Mindestens zwei Mal hätte sie allein in das karierte Hemd gepasst.

„Erzähl was von dir!" Loskat machte sich auf seiner Liegefläche breit. Sarai war nicht sehr gesprächig.

Soll ich sie nach Akira fragen? Oder ist es gerade falsch, wenn ich sie auf einen Verbündeten hinweise? Inwiefern kann ich denen trauen?

„Nenn uns wenigstens deinen Namen oder bist du stumm?" Loskat legte das kühlende Tuch beiseite und nahm sich Obst aus einem Beutel. Genüsslich biss er in den saftigen Apfel.

Karkara schliff die Klinge seines Schwertes, während der Rotschopf auf eine Entgegnung des Mädchens wartete.

„Sa … Samira." *Ihr seid Fremde und ich darf nicht einfach an das Herzensgute in euch glauben. Wer weiß, was ihr mit mir vorhabt …*

„Sie ist erholt."

„Sieht sterbenskrank aus", versuchte Loskat Karkara zu überzeugen. Dieser widersprach nachdrücklich: „Gesund!"

„Nein! Halbtot."

„Sie kommt mit uns." Hasaff unterbrach bestimmend ihre Uneinigkeit.

„Aber … Sie ist fit." Karkaras Einwand war belanglos für das Oberhaupt. Heute früh hatte dieser keine Lust, mit dem Jungspund zu diskutieren. Sein Wort galt, so einfach war das. „Einpacken! Wir ziehen weiter!"

Die Zelte wurden abgebaut und in Säcken verstaut. Speisereste entsorgte man in den Büschen. Jegliches, das an den Aufenthalt erinnerte, wurde beseitigt.

Karkara streifte braune Handschuhe über und band seine schulterlangen Haare in der Höhe des Nackens zu einem Zopf, als Sarai das Wort gegenüber Hasaff ergriff: „Ich danke für die Hilfe, doch unsere Wege trennen sich."

Sie stand vor dem Mann und sah ihn mit festem Blick an. Hasaff wirkte etwas verblüfft, hatte mit solch einer Forderung keineswegs gerechnet.

Die anderen Krieger schmunzelten und verfolgten Hasaffs Reaktion interessiert. Dieser lachte laut auf, hob seine buschigen Brauen und bedachte sie mit einem teils mitleidigen, teils belustigten Blick, während er ihr mitteilte: „Glaubst du, du hättest eine Wahl? Du begleitest uns!“

Loskat freute sich über Hasaffs Entscheidung, so wie fast alle Anwesenden. Sarai gefiel dem Rotschopf und er wollte sie bei sich haben.

Karkara ignorierte Loskats hervorragende Laune. Der Rotschopf betrachtete sich ihm gegenüber als Sieger. Vielmehr beschäftigte Karkara die Frage, warum Hasaff dermaßen scharf auf die Kleine war?

„Ich kann euch nicht begleiten“, wiederholte Sarai, diesmal schlug sie einen resoluten Tonfall an. Nach und nach verging Hasaff der Spaß. „Muss ich dich in Ketten legen?“

Keiner der Umstehenden traute sich, einen Kommentar abzugeben. In dieser unnachgiebigen Art hatten sie Hasaff bezüglich Frauenzimmern nie erlebt.

Sarai blinzelte nach rechts und links. Keine Möglichkeit zum Entkommen, sie war umzingelt.

Drei Tage zogen vorüber. Der Pfad über den Gebirgspass war lang und mühselig. Nie ließ man Sarai aus den Augen. In Gefangenschaft trieb man sie weiter voran. Von Akira gab es keine Spur.

Eines Abends setzte sich Hasaff zu Sarai. Sie lehnte deprimiert an einem Baumstumpf, starrte ziellos in die Ferne. Seit dem Aufbruch hatte sie kein Wort gesprochen, kaum gegessen und getrunken.

Hasaff reichte ihr eine Wasserflasche. Sie rührte sich nicht, lehnte seine Geste ab. Er wusste, sie tat dies, um zurückgelassen zu werden. Was sollte man mit einer Entkräfteten anfangen? Obwohl Hasaff Kenntnis über Sarais Verfassung hatte, nahm er keine Rücksicht auf sie. Seiner Meinung nach entschied sie sich schließlich selbst für diese Qual.

Hasaff erhob sich und wischte sich über die Stirn, um den Schweiß abzustreifen. Der heutige Marsch war sehr anstrengend gewesen. Vor dem Tagesanbruch würden sie bereits weiterziehen.

„Wir haben dich gerettet und erwarten eine Gegenleistung", eröffnete Hasaff ernst. Sie verzichtete darauf, ihn anzuschauen und entgegnete monoton: „Wohin wollt ihr mit mir?"

Hasaffs Aufmerksamkeit lenkte sich wenige Sekunden auf seine Männer, die sich im Feuerschein mit derben Scherzen die Zeit vertrieben.

Dann wandte er sich erneut an Sarai: „Wenn die *Sache* vorbei ist, entbinde ich dich von uns."

Wenn ihr wüsstet, welche Aufgabe mir zuteilwurde … Ihr seid dumm, unwissend. Die Gefahr ist nah und ihr haltet mich ab, der Verpflichtung, meinem Schicksal, nachzukommen. Sa de Fra, gibt Hasaff mich frei, wenn ich ihm sage, was ich bin oder hält er mich dann erst recht als Geisel?

Der Nachthimmel wurde von unzähligen Sternen bevölkert. Sarai richtete endlich ihren leeren Blick auf Hasaff und erkundigte sich mit monotoner Stimme: „Was muss ich tun?"

„Einen Auftrag ausführen, den nur eine Frau bewältigen kann."

Soll ich eure Hure werden?

Zwei Männer stießen auf den Trupp. Hasaff wurde unverzüglich über ihre Ankunft informiert. Er lief den beiden von ihm ausgesandten und nun zurückgekehrten Spähern entgegen. Der eine zog eine Karte aus der Innentasche seiner Jacke hervor und faltete diese stolz auf.

Bewundernd drängte die Bande sich um das Pergament. Jeder wollte einen Blick darauf erhaschen.

Karkara schritt derweilen auf den Wachposten neben Sarai zu und signalisierte ihm, dass er selbst jetzt die Schicht zu ihrer Bewachung übernahm. Eilig rannte der Erlöste zu der gaffenden Menge.

Karkaras leise Stimme drang klar verständlich zu ihr: „Jemand holt dich ab. Weiber haben hier nichts verloren." Sarai richtete sich aus der schlaffen Position auf. Konnte, durfte sie seinen Worten Glauben schenken?

„Heute Abend brennen Zelte. Kaum einer wird auf dich achten."

Wieso tust du das? „Die Düsternis wird dir und ihm Schutz bieten." *Ihm? AKIRA???*

„War …?" Er blockte ihre flüsternde Frage mit einem Handzeichen ab. Darauf wusste er selbst keine Antwort.

Flammen erhoben sich zur Mitternachtsstunde in die Höhe. Alarmierende Rufe aus allen Richtungen. „Feuer!"

„Holt Wasser!"

„Bringt das Mädchen in Sicherheit!" Karkara zögerte keine Sekunde. Bevor Loskat oder ein anderer überhaupt reagieren konnte, war der wagemutige Schwarzhaarige bei Sarai und zog sie, im Dunkel der Nacht verschwindend, davon.

Die Kieselsteine knirschten unter ihren Füßen. Sarai war nicht bekannt, wohin Karkara sie brachte – unbedeutend. *Jemand holt dich ab.* Sie ließ sich nahezu treiben, voller Erwartung und Freude.

Die Schreie der barbarischen Kameraden tönten in der Ferne. Niemand schien den Geflohenen gefolgt zu sein.

Karkara blieb abrupt stehen und Sarai, die nicht mit seinem plötzlichen Anhalten gerechnet hatte, stieß leicht gegen seinen Rücken.

Eine Gestalt in der Finsternis … Er war es. Akira.

Freudestrahlend umarmte Sarai ihren Gefährten murmelte ungläubig seinen Namen. Akira drückte sie zufrieden an sich. Die Erleichterung, sie wiederzuhaben, war ihm anzusehen.

Sarai streichelte zärtlich seine Wange. *Er ist es wirklich.* Sein ebenmäßiges Gesicht fühlte sich an einigen Stellen auffällig uneben an und dann bemerkte sie die Schürfwunden und Kratzer.

„Was ist geschehen?“, fragte sie besorgt.

Akira schob Sarai ein wenig beiseite, sodass er Karkara, der einen halben Kopf kleiner war als er selbst, direkt vor sich hatte.

Dankend reichte Akira ihm die Hand. Karkara wies die Geste ab und forderte die beiden barsch auf: „Verschwindet!“

Bevor die Auserkorenen ihren Fluchtweg antraten, verabschiedete sich Sarai vom zurückbleibenden Barbaren: „Mein Name ist Sarai.“ *Ich vertraue dir, Karkara.*

Minuten waren verstrichen, seitdem die beiden Auserwählten in die Fremde entflohen waren. Karkara stand noch eine ganze Weile an dem Platz, an dem sie sich getrennt hatten.

Inzwischen war es still geworden. Nicht einmal die Stimmen seiner Kumpanen waren zu vernehmen. Das Feuer hatten sie gewiss gelöscht. Die Suche nach Sarai war womöglich in vollem Gange.

„Hey, hierher!“, hörte Karkara seinen Rivalen Loskat rufen. Dieser hatte den Schwarzhaarigen aus der Ferne an seiner Silhouette erkannt.

„Wo ist Samira?“, Loskat kam aufgeregt angerannt. „Du hattest sie doch mitgenommen! Also, wo steckt sie?“

Karkaras Hände ruhten in den Hosentaschen. Gleichgültig entgegnete er: „Verloren.“

Loskat stutzte und wetterte erbost los: „WAS??? Wie konnte das passieren?!!!“

Zwei weitere Bandenmitglieder krochen hinter einer Steinwand hervor. Unter ihnen war auch Hasaff.

„Verloren?! Das glaubst du ja wohl selbst nicht!“, Loskat versetzte Karkara einen wütenden Faustschlag mitten ins Gesicht.

„Karkara ...“, erhob Hasaff seine Reibeisenstimme. Nachlässig fuhr der Schwarzhaarige mit dem Handrücken über die Oberlippe, die von Blut überströmt war, das ihm aus der Nase rann.

Der Mann neben Hasaff reichte dem Oberhaupt auf Befehl hin einen breiten Schlagstock. Während etliche Angehörige des Clans die Gegend nach der vermissten Sarai durchkämmten, war ein dumpfes Geräusch zu hören.

„Wir sollten ihn mitnehmen. Wenn sie ihm etwas antun, ist das meine Schuld.“

„Die gehören alle zusammen und werden sich nicht gegenseitig die Köpfe einschlagen.“ *Doch, das lassen sie ihm nicht durchgehen.* Sarai sorgte sich um Karkara.

Akira sprang einen niedrigen Abhang von zwei Metern Höhe mit Leichtigkeit hinab. Sarai dagegen war vorsichtiger und kletterte langsam hinunter.

„Wo ist Pilgrim?“ Akira gab keine Antwort. Er beschleunigte seinen Schritt. *Was ist los?*

„Warte!“, hielt sie ihn an. Akira konnte ihr nicht in die Augen sehen. Er raunte: „Zurückgelassen.“

In einer Höhle hatte Akira Bogen, Pfeile und einen kleinen Sack verstaut. Ihre restlichen Vorräte hatte er in der Eile bei dem Rotfuchs gelassen.

„Als die Welle dich davontrug, bin ich dir augenblicklich nachgeritten. Um dich nicht zu verlieren, folgte ich dem Lauf des Wasserfalls und musste Pilgrim an der Schlucht allein lassen."

Sarai lauschte ihm aufmerksam. Er erzählte dies mit solch einer Sanftheit und Traurigkeit, dass es ihr Herz berührte.

„Und weiter?", ermutigte sie ihn.

Ein Regenschauer setzte ein. Akira stellte sich an den Ausgang des Unterschlupfes und starrte gedankenverloren in den prasselnden Regen. „Später …"

Die Kälte war beinahe unerträglich. Schmerzen durchzogen wie unzählige Nadelstiche den gesamten Körper. Die Glieder waren kaum zu bewegen. Die Kehle schnürte sich zu.

Unter diesen Bedingungen kämpfte Akira gegen den Strudel an. Wie lange würde der Ast des Baumes, der ins Nass reichte, noch halten?

Mit größter Mühe entkam er schließlich dem Sog und zog sich mit letzter Kraft an das Ufer, wo er erschöpft in sich zusammensank.

Nach einer kurzen Verschnaufpause rappelte Akira sich hoch. Pilgrim war irgendwo dort oben, ungefähr einhundert Meter von seinem jetzigen Standpunkt entfernt. „Ich komme wieder und hole dich."

Pfeil und Bogen hatte er in aller Hektik gegriffen und trug diese bei sich. Klitschnass ignorierte er das Zittern seines unterkühlten Leibes. Akira musste Sarai vor dem Monster finden, so schnell wie möglich.

Halb erfroren schleppte er sich am Flusslauf entlang und behielt die Wasseroberfläche ständig im Blickfeld. Nichts Auffälliges.

Die Kaskade lag weit hinter ihm. Der Strom schien sich bis in unendliche Fernen zu erstrecken. Nach und nach verlor seine Umgebung ihre scharfen Konturen, die Umrisse der Bäume verschwammen und kamen wankend auf ihn zu. Oder war er es, der zunehmend das Gleichgewicht verlor?

Seinen Kopf ergriff ein bedrohlich tiefes Surren, als würde er einen Bienenstock beherbergen. Dieser Ton war derartig laut, dass er nichts anderes mehr wahrnahm. *Erschöpft sank er zu Boden, wo er regungslos liegen blieb. „Sarai …", hauchte er.*

Irgendwann gelang es ihm, die starren Finger zu regen. Mit Mühe hielt er sich wach.

Akira stützte sich auf die geschwächten Arme, um sich aufzurichten. Sein Blick fiel dabei auf die zwei Handgelenkschoner, die Olong ihm vermacht hatte.

Ja, die Zeit in der Abtei, das bedächtige Leben eines Mönches, war vorbei. Akira wusste nicht, ob er sich erlöst von den strengen Regeln im Kloster fühlte oder ob ihn der Gedanke an die Gemeinschaft mit Wehmut erfüllte.

Von allen Priestern Monshires hatte Akira seinem Meister Olong den größten Respekt gezollt. Auch wenn der Auserwählte nie unterwürfig war, wie einige andere Schüler, die sich persönliche Vorteile davon versprachen, so hatte Akira seine eigene Art, Olong zu folgen und von ihm zu lernen. Und Olong sah ihn in all den Jahren, die Akira in der Abtei lebte, nicht einen Moment als Kind an. Akira verhielt sich von Anfang an wie ein Erwachsener, besonnen und abwartend.

Diese Gelenkschoner … Olong hatte oft zu später Stunde noch mit Akira trainiert. Solche Schoner waren selten, denn es waren so genannte Zauber-Schlacht-Instrumente. Mit dieser Ausrüstung war der Träger im Stande, bestimmte Magien anzuwenden.

Akira schlug die Innenseiten des Metalls zusammen. Sofort schnellten zwei Messer mit scharfer, gerillter Klinge aus jedem der Handgelenkschoner und rasteten fest ein, die perfekte Nahkampfwaffe.

Ein wiederholtes Aufeinanderschlagen wirbelte einen tennisballgroßen Feuerball unkontrolliert durch die Luft, der mit voller Wucht gegen einen Findling prallte, erlosch und glimmend zu Boden fiel.

Beim dritten Schlag verschwanden die Klingen so geheimnisvoll, wie sie erschienen waren.

Ja, genau so hatte er die Waffe in Erinnerung.

Weiße Wolken zogen über Akira hinweg. Mühevoll bewegte er seine steifen Glieder. Zu viel Zeit war inzwischen verloren gegangen.

Die spärlichen Sonnenstrahlen trockneten seine Kleidung nur langsam. Der feuchte Stoff klebte an seiner kalten Haut und bei der kleinsten Brise durchfuhr ihn ein Schauer. Seine Lippen färbten sich blau und sein ganzer Körper zitterte.

Kopfschmerzen begleiteten ihn unaufhörlich. Sein Haupt glühte regelrecht, es war vermutlich der wärmste Teil von ihm.

Er schleppte sich, gegen die Erschlaffung ankämpfend, voran, bis er auf die erbärmlichen Überreste eines zerstückelten Monsters stieß.

Akira stutzte. Die Hautfetzen des toten Tieres ähnelten dem fahlen Gelb der Schlange, die er zu verfolgen glaubte.

Wer auch immer dieses Tier überwältigt hatte, war wahrscheinlich auch mit Sarai zusammengestoßen …

Eine Gruppe musste hier agiert haben, nach den blutverschmierten Fußabdrücken zu schließen – Spuren, die auf der rauen Oberfläche der kalkigen Steine eingetrocknet waren. Ein paar Stunden schien das Gefecht um die Beute her zu sein. Raubvögel labten sich inzwischen gierig an dem Kadaver des brutal zugerichteten Ungeheuers.

Drei Möglichkeiten standen Akira zur Wahl: Das Monstrum hatte Sarai getötet und verschlungen, bevor die Gruppe zur Stelle war. Die zweite und dritte Alternative wäre, dass die Bande das

Mädchen mit sich genommen hatte oder dass Sarai womöglich jeglicher Konfrontation entfliehen konnte.

Und egal, wie häufig Akira den Boden absuchte, er fand nicht einen Hinweis auf den Verbleib seiner Gefährtin. Die umliegenden Schuhabdrücke waren viel zu groß, als dass sie von Sarai hätten stammen können. Somit war sie entweder gar nicht hier gewesen, vielleicht von dem Fluss noch weitergerissen worden, oder aber …

Akira schaute ein weiteres Mal zu dem Monster zurück. Er näherte sich dem stinkenden Brocken halb verwesten Fleisches und starrte der Riesenschlange in die trüben Augen.

Die Großvögel störten sich nicht an dem Auserwählten und pickten sich hungrig weitere Stücke aus dem Kadaver heraus.

Sarai lebte, dessen war sich Akira sicher. „Du hast sie vor deinem Tod zu Gesicht bekommen", flüsterte er überzeugt, löste den Blick von der Schlange und inspizierte die Spuren eingehend.

Diese Abdrücke waren im Moment der einzige Anhaltspunkt, den Akira hatte. Er nahm die Fährte auf.

Je weiter er ihnen folgte, umso mehr verloren sich die Spuren. Das Blut musste an den Sohlen getrocknet sein. Es hinterließ kaum Hinweise auf den weiteren Verlauf des eingeschlagenen Pfades. Wanderte die Gemeinschaft stupide geradeaus? Der Pass führte in ein Irgendwo. Welches Ziel hatten sie vor Augen?

Akira war gewiss, dass er, wollte er die Gruppierung künftig ohne jegliche Anzeichen finden, so denken musste wie sie. Er musste versuchen, sich in jene Fremden hineinzuversetzen. Was würden sie tun? Welchen Weg würden sie wählen?

Die Erde des niedrigen Abhangs neben ihm wies Rutschspuren auf. „Hinuntergeschlittert …", erschloss er aus der glattgeschliffenen Steinwand. Entschlossen sprang er die zwei Meter hinab und landete sicher auf beiden Beinen.

Dies war kein gewöhnlicher Gehweg, denn seine Breite betrug höchstens fünfzehn Zentimeter. Die linke Seite begrenzte ein abbröckelnder steiniger Berghang, rechts war der Pfad unbefestigt und fiel steil in die Tiefe hinab.

Sorgfältig und langsam setzte Akira jeden Schritt mit Bedacht. Eine falsche Bewegung konnte ihn in die Schlucht reißen.

Auf halber Strecke, am anderen Ende, war ein Knurren unüberhörbar. Weiße, stechende Augen stierten ihn gefräßig an. Das schwarzbraun gestreifte Borstenfell war leicht gesträubt. Der buschige Schwanz stand senkrecht in die Höhe. Dies war ein Parda Miros, so hatte Olong es seinen Schülern beigebracht. Eine Rasse, die auf eine Kreuzung zwischen Hund und Hyäne zurückging.

In seiner derzeitigen körperlichen Verfassung und auf dem gefährlichen Pfad wollte Akira ein Gefecht mit der lauernden Bestie nicht riskieren. Aber er musste dort entlang, eine Begegnung war unumgänglich.

Der Parda Miros scharrte mit seinen Krallen auf dem staubigen Boden. Einzelne Kieselsteine zermalmte er unter seinen kräftigen Pfoten.

Akiras Gelenkschoner schabte an der Steinwand. Die Idee. Feuer. Akira schlug das Metall zweimal gegeneinander. Die Hitzewelle sauste an dem Raubtier vorbei. Sein bösartiges Knurren verstummte.

Ein weiterer Flammenangriff schlug den Parda Miros in die Flucht. Als Distanzwaffe eignete sich die Magie bestens. Wenn sich doch nur jeder Gegner so mühelos bezwingen ließe.

Akira setzte zum Fortklettern an, rutschte mit dem rechten Fuß ab, fand keinen Halt und stürzte in die Schlucht.

Dornenbesetzte Sträucher hatten den Auserkorenen aufgefangen. Stacheln hatten sich in seine Haut gebohrt. Blut quoll aus den Schnittwunden. Pfeile und Bogen waren zerbrochen.

Die heftigen Schmerzen spürte er inzwischen kaum noch. Sein Körper und sein Empfinden waren wie tot.

Ohne Kontrolle über seine Bewegungen riss er sich wie in Trance aus den Dornen, suchte Halt an der steilen Wand, stürzte jedoch wiederholt abwärts und prallte gegen mehrere Felsen, bis er schließlich auf den steinigen Grund der Schlucht rollte.

„Wenn du jetzt stirbst, war alles umsonst gewesen." Eine weibliche, tiefe Stimme. Sie klang vertraut. Wer war das?

Ein grelles Licht blendete Akira. Blinzelnd erkannte er inmitten der Helligkeit ein Wesen. Es war groß wie ein Wolf und sein gelbes Fell schimmerte golden. An seinem kurzen, starken Hals funkelte ein Halsband. Die Augen strahlten rot und hatten den Verwundeten fixiert.

Woher nahm er all die Kraft, um einen Weg hinaufzufinden und diesen zu bewältigen? Trieb Akira ausschließlich der Gedanke an Sarai oder spornte ihn möglicherweise anderes an?

Keuchend zog er sich aus der Schlucht. Oben.

Wie vorhin lag der Geruch einer süßlichen Essenz in der Luft. Jenes Tier, immer noch in Licht gehüllt, erschien und verschwand.

Nahezu schwebend entfernte es sich, drehte sich immer wieder nach Akira um. Sollte er dem Geschöpf folgen?

Eine Ewigkeit schien vergangen. Tag und Nacht lösten sich ab.

Akira deutete das Wesen als eine Art Raubkatze, welches ihn durch die Wildnis führte. Näher als zwanzig Meter kam er nicht an die Erscheinung heran. Das Leuchten umgab das Tier unaufhörlich. War es ein Geist, eine Ausgeburt seiner Phantasie oder eine tierische Gottheit? Wichtiger noch: War diese Katze ein Freund?

Am Abend erfrischte sich Akira mit einem Schluck kühlen Wassers, das er mit der hohlen Hand aus der nahegelegenen Quelle schöpfte. Die sich in dem Gewässer spiegelnde Umgebung war ruhig, bis auf einen unheimlichen Schatten, der langsam näher schlich.

Akira schüttelte die nassen Hände. Währenddessen lauschte er mit äußerster Sorgfalt. Er durfte den Moment nicht verpassen.

Dann schlug Akira die Metalle der Schoner gegeneinander, wandte sich blitzschnell um und ergriff den Fremden, der ihn im nächsten Augenblick überrumpelt hätte.

Eine der magischen Klingen ruhte an der Kehle des sich Wehrenden. Gegen Akiras Kraft, die den Unbekannten zu Boden warf, hatte dieser keine Chance.

„Ein Kind …“, Akira musterte den Zornigen. „Sag das noch mal und ich poliere dir die …“

„Beruhige dich!“

Der unbekannte Junge erhob sich. Okay, er war nicht ganz so groß gewachsen wie Akira, aber ihn deshalb als Kind zu bezeichnen, empfand der Fremde als Beleidigung.

„Wer bist du?“, fragte Akira.

„Das geht dich nichts an.“

Der Auserwählte warf dem Jungen den Schal zu, der zuvor dessen Gesicht verborgen hatte.

„Was wolltest du von mir?“, Akira ließ die Klingen verschwinden. Solch ein Gefecht wäre sinnlos.

Wie ein störrisches Kind verschränkte der fremde Junge die Arme vor dem Brustkorb. „Glaubst du, ich gebe so leicht auf? Merke dir eins, ich verliere nie!“ Akira grinste: „Ich fürchte, das hast du schon.“

Der Schwarzhaarige zog aufgebracht sein riesiges Breitschwert.

„Ich kämpfe nicht gegen dich“, erklärte Akira gleichgültig. Kampflustig entgegnete der widerspenstige Junge: „Dir zittern wohl die Knie vor Angst?“

Das Großmaul holte mit seinem Schwert aus. Ein gezielter Hieb, den er in letzter Sekunde selbst stoppte. Akira hatte nicht einmal mit der Wimper gezuckt, als die scharfe Waffe auf ihn zuraste und erst wenige Millimeter vor ihm stoppte. „Das hätte deinen Kopf gekostet“, bemerkte der draufgängerische Krieger erstaunt.

Hatte Akira damit gerechnet, dass der Fremdling nicht Ernst machen würde? Doch dieser war kurz davor gewesen, es zu tun, Akira einfach zu töten. Bloß dieses Unberechenbare, das der Auserwählte ausstrahlte, hatte den Schwarzhaarigen zurückgehalten.

Der junge Krieger verzichtete auf seine Rache. Von diesem Seltsamen, mit dem nicht viel anzufangen schien, sollte er besser Abstand halten, obwohl …

„Du hast Glück. Ich lass dich heut davonkommen. Danke deinem Gott und meiner Gnade." Mit diesen Worten schulterte der eingebildete Kämpfer das Schwert und schritt prompt an dem verdutzten Akira vorbei.

„Hast du zufällig eine Gruppe gesehen?", fragte der Auserwählte ihn geistesgegenwärtig. Diese Erkundigung ließ den anderen anhalten. „Was denn für eine?" Er bemühte sich, möglichst uninteressiert zu klingen, aber sein Gesichtsausdruck verriet die Neugier.

„Mehrere Personen, darunter wahrscheinlich ein Mädchen mit braunen Haaren, einer dunkelblauen Jacke und einem roten Rock."

„Nee …", der Schwarzhaarige versuchte, ein Schmunzeln auf seinen Lippen zu unterdrücken. Akira bemerkte dieses Mienenspiel. Ihm war bewusst, dass er nur eine Möglichkeit hatte, jenes in Erfahrung zu bringen und gab nach: „Ich mache dir ein Angebot. Wir führen deine Schlacht. Gewinne ich, sagst du mir, wo und wann du sie gesehen hast."

„Und wenn ich siege?"

„Das wird nicht passieren." Der reizbare Krieger knurrte beleidigt.

Akira hatte seinen Kontrahenten unterschätzt. Der Fremde war flink und gerissen, tat das, womit man nicht rechnete.

Klingen prallten aufeinander und zu Akiras Begeisterung hielten seine zwei weitaus schmächtigeren Messer dem Gewicht der schweren Gegenwaffe stand.

Akiras rechter Arm allerdings wurde kraftloser. Seit dem ersten Sturz, bei der Steilwand vor wenigen Tagen, bereitete er ihm Probleme.

Der Widersacher bemerkte die Schwachstelle und nutzte diese gnadenlos aus. Akira unterlag.

Er hielt seinen Arm und verzog leicht die Mundwinkel. „Haste dir wehgetan?", spottete der Kämpfer. Akiras Hand zitterte.

Der Schwarzhaarige legte seine große Waffe nieder, tastete vorsichtig den Unterarm des Auserwählten ab und stellte fest: „Angebrochen." Was für ein toller Sieg … Hatte er etwa gewonnen, weil dieser Typ verletzt war? Nein, das war kein Triumph.

„Unentschieden. Bist du genesen, treten wir erneut gegeneinander an. Ich hol was für dein Ärmchen."

„Hast du sie gesehen?" War ihm das so wichtig? „Ja. Sie ist bei mir."

Wenige Stunden, bevor der Feueralarm das Lager der Barbaren in Aufruhr versetzen würde, traf sich Karkara ein letztes Mal mit Akira.

Der Krieger blieb stets wachsam. Niemand dürfte ihm gefolgt sein, aber wirklich sicher sein konnte man sich nie. „Für heute Abend ist alles vorbereitet. Warum machst du den Verband ab?"

Akira saß auf einem Baumstumpf, löste die Bandage um seinen verletzten Arm und erwiderte: „Sie soll sich keine Sorgen machen."

Karkara stopfte die Hände in seine Hosentaschen und zischte zynisch. Akira mochte das Mädchen anscheinend sehr.

„Ich freue mich auf den Tag, an dem wir uns wiedersehen. Ich übertreffe dich auch in gesundem Zustand", der Krieger war sich seines Könnens gewiss.

„Danke."

„Frauen gehören nicht zu uns."

Kapitel 4

Geschändetes Dorf

Hast du nach Pilgrim gesucht?", Sarai schritt neben Akira. „Er war nicht mehr dort, wo ich mich von ihm getrennt hatte.

„Wenn ihm etwas zugestoßen ist …"

Akira hatte Sarai immer noch nicht alles erzählt. Er wollte sie davor bewahren.

Seit vier Tagen wanderten sie auf dem Gebirgspass entlang. Demnächst müssten sie das kleine Handwerkerdorf Barbohl erreichen.

Akira hatte den gefüllten Köcher und einen Beutel über die Schulter geworfen. Sarai bestand darauf, wenigstens den Bogen zu tragen. Die Sehne war nicht mehr gelblich, sondern weiß. Auch der leichte Kratzer, den sie bei ihren Schießübungen versehentlich im Holz hinterlassen hatte, fehlte. *Das ist nicht unser Bogen,* dämmerte ihr.

Unauffällig betrachtete sie die Pfeile, die aus dem Köcher herausragten. *Neue Waffen … Er hat die Sachen nicht von Pilgrim mitgenommen. Woher hat er sie dann?*

„Hast du ihn eingetauscht?", kam es ihr plötzlich über die Lippen. „Dort ist Barbohl", er schien ihrer Frage keinerlei Bedeutung zuzumessen. Sarai stellte sich vor Akira. Das Dorf interessierte sie gerade wenig.

„Das sind nicht die Dinge, die Rassu le Pier uns gab", sie sah ihn eindringlich an.

Sekunden verstrichen, bis er sich durchrang und sie betroffen aufklärte: „Ich stand auf einer Anhöhe und konnte zu dem Wasserfall sehen, an dessen Klippe ich Pilgrim zurücklassen musste. Dort labten sich zwei Bären an ihrer Beute."

Sarai brachte kein Wort heraus.

„Sie hatten vermutlich leichtes Spiel, mussten ihn nicht in die Enge treiben. Wie sollte er an einem Abgrund entkommen?"

Akira streifte über Sarais Wange, wischte eine Träne fort und drückte ihren Kopf liebevoll an seine Brust. „Die Ausrüstung und der Proviant sind von Karkara", murmelte er.

Der Wind brauste durch die eingeschlagenen Fenster der verlassenen Holzhütten und klapperte mit den offenen Türen, die schief in den Angeln hingen. Überall lagen zertrümmerte Schnitzereien. Kein Tier in Sicht. Menschenleer.

Ein Kampf hat stattgefunden, Akira fuhr mit den Fingern über die aufgewühlte Erde. Sarai hob eine Strohpuppe auf. Das getrocknete Getreide war mit Blut besudelt.

Barbohls Kirche lag auf einem Hügel. Ohne Prunk wirkte sie schlicht, aber gemütlich.

Mit weit aufgerissenen Augen stand Sarai starr vor dem morschen Tor des heiligen Gebäudes. Schockiert, gar ungläubig, berührte sie die Eingangstür, auf der triefend rot das Zeichen des Teufels prangte. *Es hat begonnen.*

Sie stieß das Portal langsam auf. Der Innenraum war in einen weißen Schleier gehüllt. *Weihrauch?*

Die Kapelle war unversehrt geblieben. *Der Teufel und seine Anhänger schänden Gottes Häuser von außen. Sie wagen es nicht, sie zu betreten.*

„Wer da?", rief eine Stimme aus Richtung Altar. *Ein Überlebender?* Sarai lief nach vorn, an den hölzernen Sitzreihen vorbei. Ein bärtiger Mann in einem edlen, weißen

Gewand erhob sich aus seiner Gebetshaltung. Ein ansehnlicher Bauch zeichnete sich unter der Kutte ab. Der Herr setzte auf seine spärlichen Haare eine verzierte Kopfbedeckung. Dies war ein Diener des Allmächtigen. Ein Angehöriger des Clans der „Gesandten des Himmels".

„Wir sind vor kurzem angekommen", berichtete Sarai.

„Ich ebenfalls. Man hatte mich für eine Predigt eingeladen. Was führt euch an diesen entlegenen Ort?" *Tadur*, hallte es in Sarais Gedanken.

„Sarai?"

„Ich bin hier drin", rief sie Akira aus der Kirche entgegen. Er blieb vor der Türschwelle stehen.

Der Priester des Allmächtigen lud ihn ein: „Kommt herein, junger Herr!"

„Nein. Dies ist geweihter Boden des Schöpfers. Ich unterstehe Selene."

Schweigend sah Sarai zu ihrem Gefährten. *Akira, du bist kein Mönch mehr, hast du das vergessen?*

Der Pfarrer wandte sich einem Abbild seines Gottes zu. „Der Höllenfürst ist kaum erwacht und schon scharen sich Monster und Anhänger des alten Glaubens um ihn. Täglich werden es mehr. Je kräftiger ihr Meister wird, desto stärker werden die Gefolgsleute." Sprach er mit dem Vater?

„Was kann die Menschheit dieser baldigen Übermacht entgegensetzen? Kinder, die einer Legende nachrennen?!" Des Priesters Hände umschlossen einen Rosenkranz.

So denkt ihr Gläubigen?! Sarai war von seiner Äußerung enttäuscht. Wenn nicht einmal die Anhänger Gottes an sie glaubten, wer dann?

„‚So lange man hofft, ist nichts verloren.' Dies ist einer eurer Leitsprüche. Vertraut den Auserwählten!", gab Sarai überzeugt von sich.

Der Priester wirkte nicht allzu beeindruckt. „Die drei … Es hieß, sie seien unterwegs, würden sich in Sagem treffen. Feinde lauern auf allen Wegen, die in die Hauptstadt führen. Ob sie überhaupt lebend in die Stadt gelangen, ist unsicher. Zudem, was sollen sie ausrichten, was kein Erwachsener schaffen könnte?“

Akira unterbrach die Unterhaltung und wechselte das Thema: „Dass in Barbohl ein Zusammentreffen zwischen den Bauern und den Kriegern des Teufels stattfand, ist offensichtlich. Nach der Menge des vergossenen Blutes zu urteilen, muss es viele Tote gegeben haben. Padre, wo sind die Leichen?“

„Ich fand, wie ihr, Barbohl verloren vor und stellte mir die gleiche Frage. Keine Antwort.“

„Lass uns gehen!“, forderte Akira Sarai strikt auf und machte einen entschiedenen Schritt rückwärts.

Der Pfarrer bemerkte, dass Sarai ihn gedankenvoll anblickte. „Was hast du, mein Kind?“

Woher weißt du, dass derTreffpunkt Catamos Hauptstadt Sagem ist? Das war selbst uns Auserwählten unbekannt. Stammt der Dritte aus euren Reihen? Aber das dürftest du mir nicht sagen. Wir könnten zu Tadur gehören, genau wie du. „Nichts.“

„Dürfen wir einfach in das Haus …?“ Unentschlossen verweilte Sarai vor der offenen Eingangstür. Akira marschierte sorglos hinein: „Hier ist keiner und außerdem müssen wir unsere Vorräte auffüllen.“

Der Wind zog mit einem lauten Heulen an Sarai vorbei. Sie betrat die Hütte mit ungutem Gefühl. War das Einbruch? Wurde sie am Ende noch zur Diebin?

Akira durchsuchte Regale und Schränke nach Brauchbarem. „Panik wird demnächst durch alle Dörfer und

Städte ziehen. Jeder Ort könnte der nächste sein, der von Hass und Zerstörungswut befallen wird."

Er hatte Recht und das war Sarai bewusst. Die Ausrottung Barbohls war nur der fulminante Auftakt eines zerstörerischen Vernichtungsfeldzuges, mit dem sich Tadur die ganze Welt unterwerfen wollte.

Sie stand vor einem Gemälde, auf dem ein altes Ehepaar abgebildet war. Ob diese Leute hier wohnten?

„Warum haben sie die Leichen mitgenommen?" Die Frage spukte ihr im Kopf herum.

Akira stockte flüchtig und brachte hervor: „Vielleicht, weil wir glauben sollen, dass die Menschen wie Vieh abgeschlachtet wurden. Tadur will herrschen, will knechten. Er braucht sie lebend. Was vermag ein Herrscher ohne Volk?"

Das stimmt, Akira. Barbohls Bewohner werden nicht tot sein. Der Teufel wird andere Pläne mit ihnen haben. Er wird sich seine Beute gefügig machen und ihren Willen brechen, bis sie ihm widerstandslos dienen. Ja, das wäre ein strategischer Schachzug ganz nach seiner Art. So verkünden es die Überlieferungen.

In einem Wandschrank fand Akira Lebensmittel. „Das Brot sieht gut aus", er prüfte die Nahrung, „und den Käse lassen wir hier nicht vergammeln."

Er verstaute Etliches in dem Beutel und wies Sarai an: „Packe bitte ein paar von den Kräutern ein!"

Unwissend starrte Sarai auf die getrockneten Pflanzen. *Kräuter?* Sie sah nur Gestrüpp. Keines der strohtrockenen Gräser kam ihr auch nur im Entferntesten bekannt vor. Akira musste wahrlich ein großes Wissen haben.

Als Sarai einige der Kräuter an sich genommen hatte, reichte ihr Akira einen runzligen Apfel. „Er ist zwar nicht mehr so frisch, aber schmecken wird er dir hoffentlich trotzdem." Sarai lächelte ihn dankend an. Es war lange her, dass sie Obst gegessen hatte. Genüsslich biss sie in den schrumpeligen Apfel.

Während Akira ein Feuer im Ofen entzündete, verschwand Sarai ins Nebenzimmer. Seit Tagen schlotterte ihr diese ausgeleierte Männerkleidung der Barbaren um den Leib. Mit Sicherheit würde sie passendere Kleidung finden.

Sie streifte das übergroße Hemd über den Kopf und löste frohgemut die Kordel der grauen Pumphose. Beinah entkam ihr ein Lachen, als sie daran dachte, wie einer aus Karkaras Gruppe schalkhaft ihre eigenen Sachen anprobiert und diese dabei unbeabsichtigt zerrissen hatte. Wenigstens ihre Halbschuhe hatte sie vor seinen riesigen Plattfüßen retten können.

Sie befand sich in einem Schlafzimmer mit einem großen Doppelbett. Auf dem Tischchen gegenüber lagen allerlei Nähutensilien.

Einem Schrank entnahm Sarai ein dunkelgrünes Kleid. Geschickt kürzte sie es mit Hilfe von Nadel und Faden. Sie passte es ihrer Figur an.

Der Ausschnitt glich einem „V“. Sarai nähte zwei schwarze Längsstreifen auf das Kleid, die beide, einer links und einer rechts, neben ihrer Brust verliefen. Mit ihnen verdeckte sie fünf kleine Löcher im Kleid.

Am Rücken schnürte sie sich das Kleid, ähnlich einem Mieder. Es war kurzärmlig und reichte zu ihrem Schrecken nur knapp über den Po, sie hatte zu viel Stoff abgeschnitten. Mit dieser Länge würde sie den Raum definitiv nicht verlassen.

Aufgebracht durchwühlte sie weitere Regale. Sarai wollte nicht wieder diese elende Pumphose anziehen.

Sie entdeckte eine dunkle, kurze Hose, die recht eng war, aber optisch zu dem Kleid passte. Somit war es beschlossene Sache.

Ihr dunkles Haar band sie mit einem seidenen, roten Bändchen, das sie in einer der Schubladen gefunden hatte, zu einem Pferdeschwanz. Fertig. Das nächste Abenteuer konnte kommen.

Den Abend verbrachten die beiden Auserkorenen in dem Häuschen am Rande Barbohls. Lange hatten sie zum Nächtigen kein Dach über dem Kopf gehabt und lange würden sie dieses auch nicht haben.

Der angefachte Kamin verbreitete eine wohltuende Wärme.

Akira hatte sich rittlings auf einem Stuhl niedergelassen. Die Arme ruhten umschlungen auf der Lehne und auf ihnen sein Haupt. Die Augen waren geschlossen. Er atmete ruhig.

Sarai kam aus dem Nebenzimmer. Ein Lächeln huschte bei seinem Anblick über ihre Lippen. Leise setzte sie sich vor Akira auf den Boden, um ihn nicht zu wecken und beobachtete ihn zufrieden.

Wie friedlich es gerade war …

Sie rückte näher an ihn heran und verlagerte ihr Gewicht auf die Knie, wodurch sie sich mit ihm auf gleicher Augenhöhe befand.

Sarai schluckte leicht. Sie hörte ihr Herz schlagen, dessen Rhythmus sich beschleunigt hatte.

Zaghaft streckte sie ihre Hand aus. Kurz bevor ihre Fingerspitzen Akiras Arm berühren konnten, riss es ihn unvermittelt aus dem Schlaf.

Erschrocken brach Sarai die Bewegung ab, zog die Hand zurück und wich ein Stück von ihm. Akira rieb sich die Augen.

„Für deine Prellungen“, deutete sie ablenkend auf eine Schatulle.

Rasch erhob sie sich und machte kehrt, um wieder im Nebenzimmer zu verschwinden, damit er sich in Ruhe einsalben und verbinden konnte. Sie spürte einen leichten Griff um ihr rechtes Handgelenk. Sie sah Akira an, der sie schweigend festhielt. Sarai fühlte, wie ihre Wangen sich nach und nach röteten. Stockend brachte sie hervor: „Wenn du möchtest … kann ich … dich … verarzten."

Er nickte.

Der Schatulle auf dem Tisch, welche sie im Kleiderschrank gefunden hatte, entnahm sie Verbandszeug und einen Tiegel mit Salbe. Derweilen legte Akira Weste und Hemd ab.

Blutergüsse zeichneten ein wildes Muster aus blaugelben Flecken auf seinen nackten Rücken. *So viele Schmerzen hast du für mich ertragen?*, dachte Sarai, als sie die kalte Salbe behutsam mit ihren zarten Fingern auf seiner geschundenen Haut verteilte.

Sie bandagierte seinen Oberkörper. Ihr Blick richtete sich auf seine silberne Kette mit dem Anhänger – ein geflügeltes, rosenbesetztes Schwert mit Halbmonden.

„Warum verehrt ihr die Göttin?"

„Selene brachte Licht in die Dunkelheit, welches Tadur einst hinderte, sein Werk zu vollenden."

Tadur strebte die vollkommene Finsternis an. Du, Akira und die anderen Mönche seid Selene ergeben, um ihr zu huldigen? Kann nun niemand mehr von den Schatten der Nacht verschlungen werden?

Sarai trug den Leitspruch von Akiras Clan „Priester der alten Zeit" vor: „Es gibt immer ein Licht. Findest du dieses, weist es dir den Weg." Sie hatte den Spruch damals, kunstvoll gestaltet, an einer Wand der Abtei in Monshire gelesen.

Sarai streifte unbeabsichtigt Akiras Arm. Der Auserwählte zuckte und seine Gesichtszüge verzogen sich vor Schmerz.

Sie hielt inne und fragte erstaunt: „Tat das weh?“ Er gab keine Antwort, aber ihr war bereits aufgefallen, dass er seinen rechten Arm überaus bedächtig nutzte. Bevor sie nachfragen konnte, beschwichtigte er: „Nur verstaucht.“

Akira wollte nicht, dass Sarai sich am Ende irgendwelche Vorwürfe machte. Sein angebrochener Arm sollte sein Geheimnis bleiben.

Linkshändig straffte er die weiße Binde seines rechten Armes. Eine kleine Holzplatte, die Sarai kunstfertig mit eingebunden hatte, sollte die Knochen wieder richtig zusammenwachsen lassen und den Heilungsprozess beschleunigen.

Sarai sah ihn ungläubig an. Das war nicht nur eine banale Verstauchung …

„Hör auf damit!“, sagte sie energisch. Akira blickte sie fragend an. Sarais Hand war dermaßen fest zu einer Faust geballt, dass ihr Arm zitterte.

„Nimm nicht mehr Rücksicht auf mich, als du auf dich selbst nimmst!“ Ihr selbstsicherer Ton wurde schwankender. „Akira, bitte!“, flüsterte sie und war den Tränen nahe.

Verzeihe mir, Sarai. Es kommt nicht wieder vor. Ich wollte dich nicht kränken.

„Der Arm ist angebrochen“, brach Akira die eintretende Stille. Von dem Moment an wussten beide: Sie konnten einander wahrhaftig vertrauen und sich aufeinander verlassen.

Jetzt begann die eigentliche Festigung der Gruppe.

„*Er* ist vor uns“, sinnierte Sarai. Akira erwiderte: „Tadur ist überall.“

„Ist es richtig, nach Sagem zu gehen?“

„Das werden wir erst wissen, wenn wir dort sind.“

Barbohl hatten sie hinter sich gelassen.

„Wie lange werden wir brauchen?“, fragte Sarai ihren Gefährten.

„Zu Fuß, geschätzt zwei Monate.“ *Zu viel. Jedoch, welche andere Möglichkeit bleibt uns? Keine.*

Sarai versuchte mit dem Handrücken das grelle Sonnenlicht von den Augen abzuschirmen.

„Magentas Zeit ist bald vorbei“, sie blinzelte. Akira ergänzte: „In drei, vier Wochen läuft sie aus.“ Sarai ließ ihren Gedanken freien Lauf: *Die Jahreszeiten … Um Zeder herum toben sie sich aus. Jede nach ihrem Ermessen. Magenta spült die Sünden des vorherigen Jahres fort. Raspid sorgt für eine geborgene Wärme. Ab Hospeia kehrt die zunehmende Frische zurück und Zasra bringt die endgültige Kälte.*

Vier verschiedene Abschnitte in einem Jahr. Jeder steht unter dem Einfluss eines Elements.

Jeder Kontinent des Planeten Zirons durchlebt diesen unaufhörlich wiederkehrenden Kreislauf. Jeder, bis auf Zeder, dessen zweigeteiltes Klima größtenteils stabil bleibt.

Der Norden ist reich an fruchtbaren Feldern und satten Wiesen, während im Süden große Dürre herrscht. „Eine Laune der Götter“, vermuteten die Ahnen.

Wie sich Schnee wohl anfühlt?

Die Gebirgsgegend Urisek, in der Sarai ihr Abenteuer mit den Barbaren erlebt hatte und in der sich Barbohl befand, wurde gleichfalls das „Kindliche Gebirge“ genannt. Diesen Namen erhielt Urisek dadurch, dass es im Vergleich zu den Gebirgsketten des Südens flächenmäßig äußerst gering war, wie die meisten Berggegenden des Nordens.

Fünf Tagesmärsche lag das Handwerkerdorf inzwischen hinter Akira und Sarai. Auf den steinigen Pass folgten die tiefen Wälder Cekros.

Seitdem die beiden Barbohl verlassen hatten, waren sie nur an einer einzigen Bleibe vorbeigekommen. In ihr hauste eine alte Frau, die den jungen Menschen Obdach gewährte.

Die Greisin war zwei Köpfe kleiner als Sarai, lief gebückt und stützte sich beim Gehen auf einen Stock. Ihr krauses Haar hatte sie mit einem verschlissenen Tuch bedeckt.

Abends saß die Alte auf einem knarrenden Stuhl und strickte. Sarai breitete Decken auf den Bänken aus, das Lager für sie und ihren Gefährten.

Akira beobachtete die Regentropfen, die sich durch das morsche Dach der Hütte fraßen und zusammen mit dem Wind für eine beständige Kälte im Haus sorgten.

„Du bist anders", unterbrach die Greisin das monotone Geräusch der Tropfen, die auf den Boden fielen. Akira sah sie schweigend an. Nachdenklich fügte die Alte hinzu: „Sollte man dich fürchten oder schätzen?"

Als Dank für die Unterkunft reparierte Akira die undichten Stellen des Gebäudes. Er verstand zwar kaum etwas von diesem Handwerk, aber zumindest würde die Reparatur kurzfristig ein wenig Besserung schaffen.

Zum frühen Morgen verabschiedeten sich Akira und Sarai von der Greisin. Während die Auserwählte voranschritt, verweilte Akira einen Moment vor der Alten und blickte in ihre blassen Augen.

„Du hast Schmerzen", war er sich sicher, auch wenn sie dies zu zeigen vermied. Die Greisin legte eine Hand auf seine Schulter, versuchte ein mildes Lächeln und erwiderte: „Das Leben und das Alter bringen Schmerz. So war es früher und so wird es immer sein."

Akira schaute kurz nach Sarai, die am Wegesrand niederkniete und Pflanzen begutachtete. Dann wandte er ihr seinen Rücken zu, sodass sie die alte Frau kaum noch sehen konnte.

Akira legte Mittel- und Zeigefinger auf die runzlige Stirn der Greisin. Er fixierte sie und begann leise Worte in der einstigen Sprache zu murmeln.

Die Miene der Greisin verriet ihre Angst vor dem Ungewissen. Sie presste die Augenlider zusammen, verzog die Mundwinkel und stieß wehleidige Töne aus, als hätte sie schlimmere Schmerzen denn je.

Dann war sie still. Plötzlich empfand sie nur noch Wärme und Geborgenheit, jeglicher Schmerz war aus ihrem Körper gewichen. Ein erleichtertes Lächeln umspielte ihre Lippen. Sie öffnete ihre Augen und sah Akira klar vor sich.

Ohne ein weiteres Wort oder gar eine Geste drehte er sich von der geheilten Greisin fort und ging seines Weges.

Am Abend entfachte Akira ein Lagerfeuer. Sarai verfolgte mit müden Augen die tanzenden Flammen. Akira stocherte mit einem Ast in den lodernden Hölzern herum, bis das dürre Holz Feuer fing und er es in die Flammen warf.

Liebst du das Spiel mit dem Feuer, Akira? Du tust das oft.

„Wozu machen wir das alles?“, fragte Sarai laut grübelnd.

„Um die Welt zu retten“, war die spontane Antwort ihres Gefährten. Dieser Gedanke ließ Akira schmunzeln. Kaum vorstellbar, er, sie und ein Dritter. Einfache Menschen waren die Hoffnungsträger, dabei völlig unwissend, wie sie das Böse vernichten könnten. Behielt der Priester in Barbohl mit seinem Zweifel an den jungen Menschen Recht? Was sollen sie bewirken, was keinem anderen gelingen kann?

Mit enttäuschter Stimme flüsterte Sarai: „Wirklich nur deswegen?“ *Ich liebe unseren Planeten. Nicht umsonst gehörte ich meinem Clan an. Ich wollte helfen.*

Aber … solch ein Opfer zu bringen … Den Glauben an eine friedliche Lösung aufzugeben und sich dem Kampf gegen das Böse zu stellen, mit der Bereitschaft zu töten. Bin ich das Ziron und der Menschheit schuldig? Im Grunde wird von mir verlangt, mich selbst aufzugeben. Kann ich mir danach überhaupt noch ins Antlitz sehen?

Für die Lebewesen – lohnt es sich wirklich, für sie meine Seele dem Teufel zu verschreiben? Ich habe Angst. Wenn meine Hände morden, nimmst du mich dann zu dir, Tadur? Oder stehen selbst nach solch grausamen Handlungen Gottes Tore für mich offen? Ich habe Angst, von der Dunkelheit verschlungen zu werden. Wofür also soll ich den Himmel aufgeben und für alle Ewigkeit in der Hölle schmoren? Für Völker, die sich stets bekriegen? Für solche, die den Planeten schänden?

„Werden wir im Jenseits vor Luzifer knien?“ Sarai wurde erstmals wirklich bewusst, was alles für sie auf dem Spiel stand.

Akira knickte einen Grashalm um und wich aus: „Solange ich bei dir bin, wird dir nichts geschehen.“

Sarai unterdrückte ein Schluchzen. Das war keine Antwort auf ihre Frage, aber deutlicher hätte ein Ja nicht ausfallen können.

Sie wollte helfen, auf friedliche Art und Weise. Morden zu müssen war der Dank?

Sie kauerte sich zusammen.

„Sarai, ich weiß nicht, wie es wird. Als Angehöriger von Selene glaube ich weder an Wiedergeburt noch an ein Leben nach dem Tod.“ *Und wenn es eines gäbe, so wäre ich gewiss nicht auf des Vaters Seite …*

„Se’d ehr wahnsinnich?“, deutete ein Junge aufgeregt auf die erloschene Feuerstelle. „De Wold hät’ abdefack’lt werd’n könn’.“

Seine Vorderzähne erinnerten an die eines Karnickels. Segelohren mit grandiosem Abstand zum Kopf wuchsen zwischen den kinnlangen, blonden Haaren hervor. Sommersprossen bevölkerten die Wangen. Empört stemmte der schmächtige Kerl beide Hände in die Hüfte und fing an, die beiden Auserwählten in scharfem Ton zurechtzuweisen.

„Alles in Ordnung“, wollte Sarai den Fremdling beruhigen. Akira ließ sich nicht im Geringsten von der Nervensäge aus der Ruhe bringen und packte gelassen die Sachen für den heutigen Marsch zusammen.

„Wo kommst du auf einmal her?“ Sarai hielt Ausschau nach den Eltern des Kindes. Der Junge hatte die zwei im Schlaf überrascht und meckerte seitdem ununterbrochen.

„Ehr se'd Verbrecha! Janz miese Leut'!“

„Das war ein kleines Feuer …“, beschwichtigte Sarai.

„Jenau! Damit fängt's an und wird größa.“ Mit seiner lauten, krächzenden Stimme schrie er beinahe die gesamte Umgebung zusammen.

„Korab wir helf'n dirr!“, schallten Kinderrufe. Sarai verdrehte genervt die Augen, als weitere Schreihälse angerannt kamen. „Macht e'ch 'uf 'ne Bestrafung gefasst!“

Gemeinsam mit dem koboldhaften Ordnungshüter der ersten Stunde umringten schließlich vier Jungen unterschiedlichen Alters, alle bewaffnet mit Stöcken, die rastenden Auserkorenen.

„D'e dritten Verbrecha innerholp 'ner Woche. E'n neua Rekort“, staunte der Mittelgrößte. Er war etwa acht Jahre alt. Der Kleinste von ihnen trug eine übergroße Mütze, die er öfters zurechtrückte. *Vier oder fünf,* schätzte Sarai sein Alter.

Der korpulente Dritte, dessen Nase einer Knolle ähnelte, sprach den sommersprossigen Entdecker an: „Korab, jag'n wa s'e kwer durch de' Wold, wie de ander'n?“

Beim Angesprochenen handelte es sich vermutlich um den Anführer der Viererbande, er schien auch der Älteste unter ihnen zu sein, etwa dreizehn, und sein Wort galt.

„Ehr werdet's bereu'n, e'ch mit de' Zwiebelbande angelecht zu ham." Sarai stutzte. Hatte sie richtig gehört? Zwiebelbande? Sie konnte ihr Lachen nicht unterdrücken. Sogar Akira musste grinsen, als der absonderliche Name fiel.

Die verunsicherten Kinder warfen sich irritierte Blicke zu. Einer schmiss seinen dicken Ast verärgert in ein Gebüsch. „Da habt ihr's. Wir brauchen e'nen neu'n Namen. Alle mach'n sich luschtich. Schröcklich! Schämt e'ch, Fremde!"

„Entschuldigt", kicherte Sarai. Akira hatte seine Mitstreiterin selten so fröhlich erlebt. Wo hielt sie ihre Heiterkeit während ihrer Reise versteckt? Das harte Schicksalslos musste sie gezwungen haben, ihre muntere Art gegen Ernsthaftigkeit einzutauschen. Worüber konnte man sich auch freuen, wenn das Schicksal einem ungnädig ist?

„Dat macht ke'n Spaz. I' geh' na' H'us."

„Isch komm' mit."

„Ich och." Die drei später gekommenen Kinder waren beleidigt. Korab fuchtelte wild mit Hand und Zeigefinger in Richtung der Fremden: „Ehr könnt net e'nfach abhau'n. Wat wirt aus den'?"

„D'e nehm' uns nöt ernst", seine Kumpanen zogen mit hängenden Schultern von dannen. Korab versuchte vergebens, seine Mitstreiter zu ermutigen: „Kommt zurüg! Wirr lehr'n ihn' dat Fürcht'n!"

„Korabesk Jacobi Wacholda, behinderste e'n we't'res Mal Vorbe'ziehende?" Der Junge fluchte leise vor sich hin, als ein älteres Mädchen angelaufen kam. Er holte Luft, um sich herauszureden: „Miromi, isch …" Schon kniff sie

Korab ins Ohr und zerrte ihn an diesem im Kreis. „Böse! Du bist janz böse, klena Bruda!"

Sie trug ein bäuerliches Kleid mit grauer Schürze. Hellbraune Haarsträhnen lugten unter dem Kopftuch hervor. Ihre Holzschuhe hatten einen niedrigen Absatz.

„Du tost mir weh!", plärrte Korab, der ein ganzes Stück kleiner war als seine Schwester Miromi. Diese zwickte fester zu: „Türlich. Dat soll's ja 'uch. Fadder wird disch gehörich über's Knie lesch'n."

Miromi schubste Korab vor Akira und Sarai nieder: „Vergöbt. Er is' in 'nem schwier'gen Alta und gerät ab und zu ozer Kontrolle."

„Ich …", begann Korab erklärend. „S'nabel zu!", bläkte Miromi ihn unverzüglich an und drückte seinen Kopf tiefer, sodass es aussah, als würde der Junge die beiden Auserwählten gezwungenermaßen um Verzeihung für sein Verhalten bitten.

Die Schwester bot Sarai und ihrem Gefährten freundlich an: „Wie wär's, wenn wir 'uch als Entschädigung zu uns e'nladen?" Korab riss empört seinen Kopf hoch und erhob Einspruch: „Vergiss …" Ein Schlag von Miromis Handballen an die Stirn ihres jüngeren Bruders brachte ihn zum Schweigen.

„Ihr se'd bestimmt hungrich. Es gipt leck'ren E'ntopf." Miromi fasste die Unschlüssigkeit von Akira und Sarai als eine Zusage auf und schob sie mit sich.

Die Hütte der Bauernfamilie mit einem Stall laut gackernder Hühner stand am Rande des Waldes.

Wie die meisten Behausungen in solchen Gegenden stand auch diese allein. Nachbarschaften befanden sich in etlicher Entfernung.

Sarai gefiel die ländliche Idylle. *Der Wind deiner Zerstörung hat diesen Platz bislang verschont. Wo bist du, Tadur, und warum ist es so still um dich geworden?*

„Korab war ungesog'n, Fadder", richtete Miromi ihre Worte wichtigtuerisch an den Mann mit dem dunkelgrauen Vollbart. Er saß gemütlich auf einem Baumstamm vor dem Häuschen und zog genüsslich an seiner Pfeife.

„Petze!", der Bube streckte seiner Schwester die Zunge entgegen. Vater lächelte.

„Wenn habt iörn mitdebracht?", der Vollbärtige erhob sich, begrüßte Sarai und Akira herzlich und rief ins Haus: „Frau, deck' zwe' Teller mehr 'uf! Wir hab'n Gäste."

Innen war es spärlich eingerichtet. Gemeinsam saßen sie zu sechst an dem rechteckigen Tisch. Mutter stellte den Suppentopf in die Mitte und trug jedem das Essen in einem Holzschälchen auf.

„Wohin wollt ihr?", fragte der Vater, während er die warme Brühe löffelte. Sarai warf einen Blick zu ihrem Verbündeten. *Wahrheit oder Lüge?*

„Nach Sagem", sagte Akira. Mit miesepetriger Miene saß Korab ihm gegenüber: „Wat wollt'an dord?" „So 'was frogt man net", maßregelte die Mutter. Munter gab die Schwester von sich:

„Dat passt primma. Konnst disch gle'ch anschlissen, Korabesk. Willst zu Meridot hab' i' gehört. Be'de Ziele hab'n den gle'chen Wech."

„Er wär' ne Last", der Herr des Hauses setzte seinen Trinkbecher ab.

„Isch?! Ne Last?!", protestierte Korab und haute mit der Faust auf die Tafel: „Ich bin ke'n Kind mehr!"

„Nehmt ehr ihn mit?", drängte Miromi die Auserwählten erwartungsvoll.

Sarai sah hilfesuchend zu Akira, der das Ganze still beobachtete.

„Ruhe! Ihr zwe', raus!" Mit fester Stimme wies der Vater den beiden Kindern den Weg zur Tür. Sie wagten nicht zu widersprechen und verschwanden, noch immer zankend, aus der Hütte.

Schweigen am Tisch, bis Akira sich für die Mahlzeit bedankte und Sarai seinem Beispiel folgte.

Draußen kläffte mit einem Mal ein Hund. Unerwartet wurde die Tür aufgestoßen und Korab stand aufgeregt an der Schwelle. „De' Te'fel …", keuchte er.

Ein Wildhüter trat hastig an Korabs Seite und berichtete dem Vater: „Haress, der Teufel ist erwacht. Nachbardörfer stehen in Flammen. Weit entfernte Städte wurden vernichtet. Menschen verschwinden und kehren als Dämonen zurück."

„Was sprichst du?", der bestürzte Vater erhob sich so ruckartig von seinem Platz, dass sein Stuhl krachend auf den Boden schlug.

Entsetzen breitete sich auf den Gesichtern der beiden Frauen aus.

Tadur, Scheusal …

Der Wildhüter berichtete: „Der Subaru-Clan hat Gesandte ausgeschickt, die verkünden, dass teuflische Armeen über die Lande streifen. Sie haben Zauberkräfte vom Fürsten verliehen bekommen, erzählen die Leute. Sie tauchen aus dem Nichts auf, bringen Verwüstung, Elend und Tod. Es heißt, sie seien hierher unterwegs."

„Wir werd'n sterb'n!", kreischte Miromi kläglich. Der Vater wandte sich an seine Familie: „Nehmt das Nötigste mit, vielleicht schaffen wir's zu entkomm'! Hab' Dank me'n Fre'nd", er sah den Wildhüter an, „für die Warnung".

Die Mutter füllte überstürzt einen Sack aus Leinen mit Nahrungsmitteln. Ein weiterer Beutel wurde mit den wenigen, aber wichtigen Habseligkeiten bestückt. Der Vater rannte zum Stall, um Axt und Heugabel zu holen. Andere Waffen, bis auf ein halbwegs scharfes Messer, besaß er nicht. Aber unbewaffnet wollte er sich keinesfalls auf den Weg machen. Wer weiß, wovor er seine Familie schützen müsste …

„Ihr solltet euch auch davonmachen." Der Ratschlag des Wildhüters galt Akira und Sarai. Er meinte es gut mit ihnen, aber war es überhaupt machbar, vor dieser übermenschlichen Streitmacht zu fliehen?

Akira spürte Sarais Furcht, obgleich sie ihr Schlottern verbarg. Einem Schwur gleich versprach er: „Sarai, ich schütze dich mit meinem Leben."

„Wo willst'e hin, Korab?" Der aufgeregte Junge stand am Eingang der Hütte. Hektisch erwiderte er: „Ich muss me'ne Fre'nde alarmier'n."

„D'e sind 'uf sich gestellt." Bevor jemand reagieren konnte, rannte Korab bereits in den Wald hinein. Miromi eilte ihm augenblicklich nach, um ihn zurückzuholen.

„Miromi, nein!! Korabesk, komm sofort zurück!!", schrie die besorgte Mutter aus voller Kehle.

„Dumme Kinda!", der Vater biss sich auf die Unterlippe und stürzte mit Gattin und Wildhüter den fortgelaufenen Kindern hinterher.

Sarai wollte ihnen folgen. Akira hielt sie fest und gab zu bedenken: „Eine Gruppe fällt eher auf." Sarai sah den drei Erwachsenen unruhig nach. „Wenn sie Hilfe brauchen …", drängte die Auserwählte.

Akira schüttelte leicht den Kopf. Seine Entscheidung stand fest. *Das Leben Einzelner gegen das aller …*

„Da lang!“, Akira zog sie mit sich. Sarai stoppte nach ein paar Schritten. „Aus dem Hain steigt Rauch auf.“ Akira folgte ihrem Blick. Immer noch schaute sie in die Richtung, in die der Mann mit seiner Frau samt Wildhüter geeilt war. Ja, sie hatte Recht. Aus einem Teil des Waldes stiegen schwarze Rauchwolken empor. Er schien in Flammen zu stehen.

Sarai versuchte, ihr Handgelenk aus Akiras Griff zu winden. „Lass mich los! Sie brauchen Hilfe!“

Mit einem Mal packte Akira seine Verbündete dermaßen derb an den Oberarmen, dass es ihr wehtat. „Sarai, Hilflosigkeit, Leid und Elend wirst du künftig weltweit finden. Willst du diese eine Familie retten, anstatt zigtausende, die auf dich vertrauen? Ja, es ist schwer, die Augen vor solchem zu verschließen. Doch tust du es nicht …“ Es genügte. Sie hatte es begriffen.

Beide standen ein paar Meter von der Hütte entfernt, weiter waren sie noch nicht gekommen, als sie plötzlich ein Klirren vernahmen. In den nächsten Sekunden zerbrachen die Fensterscheiben des Hauses. Die Scherben wurden durch eine Druckwelle herauskatapultiert.

Akira und Sarai duckten sich geistesgegenwärtig. Er beugte sich schützend über sie.

Ein hinterhältiges Lachen drang wie ein Echo zu den beiden. „Angst?“, höhnte eine kindische Stimme vergnügt. Auf dem Dach der Hütte thronte eine junge Göre, die von einer Windhose unaufhörlich umtost wurde. Sie trug einen spitz zulaufenden Hexenhut mit einer breiten Krempe, die in weichen Falten fiel. Ihr Oberkörper war in einen schwarzen Stoff gehüllt, der ihr an den dünnen Armen bis zu den Fingerspitzen reichte. Die ebenfalls schwarzen Schnürstiefel gingen ihr bis zu den Knien, während ihr dunkler Lederrock bereits auf halber Höhe der Oberschenkel endete. Der unaufhörliche Wind ließ ihre langen, dunkelblonden Haare in alle Richtungen flattern.

Akiras Ausdruck verfinsterte sich. Erbost rief er die groteske Gestalt beim Namen: „Sakobi!" Das tänzelnde Wesen erstarrte und keifte: „Woher kennst du meinen Namen, Bursche?!"

Akira griff Sarais Hand und türmte mit ihr.

Sakobis Augen verengten sich, als wäre sie ein Raubtier, das soeben seine Beute ausgemacht hatte.

Vergnügt murmelte sie vor sich hin: „Das macht die Sache interessant. Darum werde ich mich persönlich kümmern." Sakobi schnipste, woraufhin eine schwebende Gestalt, in einen schwarzen Umhang gehüllt, neben ihr erschien.

„Ihr könnt weiterziehen! Verschwindet!", befahl sie und schnellte in den Wald.

Die Gestalt blieb zurück und mit ihr eine Heerschar williger Gefolgsleute.

„Woher kennst du sie?", keuchte Sarai erschöpft. Sie waren eine ganze Weile gerannt. „Ich dachte, es wären Ammenmärchen, aber die Geschichten passen genau auf sie. Das Aussehen, der Wind … Sie ist eine der vier Anführerinnen der Geistertruppen. Im Dienste von Tadur."

Geistertruppen? Es hieß, Menschen, deren Herz lange für das Böse schlug, würden unter Tadurs Einfluss zu Dämonen werden. Kreaturen, die auf Gewalt aus sind. Weder tot noch lebendig. Soldaten der Hölle.

Sie sprangen über eine Furche im Boden hinweg.

Der Qualm wurde dichter. Die ganze Umgebung glich einem Meer aus Rauch. Flammen loderten gen Himmel.

Schreie waren zu hören. Rufe von Verzweifelten.

Ein Baumhaus krachte unter der Hitze des Feuers zusammen. Korab und seine Freunde hatten einst etliche Stunden, ganze Nächte, darin verbracht.

Mehrere brennende Bäume kippten um.

„Koraaaab!"

Sarai erkannte die Stimme des Vaters unter den vielen Geräuschen.

„Fata, Vorsicht!" Eine Kiefer fiel um und begrub den Mann unter sich. „FAAAAATAAAAA!!!"

Voller Entsetzen schlug Sarai die Hände vor dem Gesicht zusammen, als ob sie das grausame Spektakel durch diese Geste abwenden könnte.

Entschlossen packte Akira Korab am Kragen und zerrte ihn von dem Feuer fort. Der Junge wehrte sich mit Händen und Füßen und schrie wie am Spieß. Akira erklärte mit Nachdruck: „Dein Vater ist tot. Wenn du in die Flammen gehst, wirst auch du sterben."

„Das is' ma doch egol", fauchte Korab ihn zornig an. Der Junge versuchte, sich mit Fußtritten gegen Akiras festen Griff zur Wehr zu setzen und trommelte mit seinen kleinen Fäusten gegen die Brust des Auserwählten, auf dass dieser ihn endlich frei geben würde.

Akira holte aus und gab Korab eine schallende Ohrfeige, die das wehrhafte Bündel wachrüttelte. Tränen strömten über das schmerzverzerrte Gesicht des Jungen, während er entkräftet zu Boden sank.

Sarai ließ sich zu ihm nieder und drückte das wimmernde Kind an sich.

Die Luft wurde stickiger.

„Korab, wo sind die anderen?", fragte Akira. Für Mitleid und Trauer gab es jetzt keine Zeit.

„Verlor'n", schniefte der Junge.

Sarai hustete. Das Atmen fiel ihr zunehmend schwerer. Akira forderte Korab bestimmend auf: „Du kennst dich aus. Führe uns aus dem Hain!"

Korab schüttelte energisch den Kopf und wandte ein: „End me'ne Mutta …? End Miromi? I geh' net e'nfach end lass d'e im Stich"

Akira entgegnete: „Sie werden wissen, dass eine Suche in diesem Fall keinen Erfolg bringt. Wenn sie leben, warten sie außerhalb des Waldes auf dich."

Akiras Blick schweifte für den Bruchteil einer Sekunde ab, ebenso wie seine Gedanken. *Sakobi ist in der Gegend.* Und damit *wahrscheinlich auch die weiteren Anführer der Geistertruppen. Dieses Feuer ist mit Garantie Cascas Werk.*

Korab raffte sich unerwartet auf. „Enrios!"

Jemand schleppte sich mit letzter Kraft aus dem dunstigen Schleier. Brandflecken überzogen Haut und Kleidung. Enrios rang nach Atem.

„Zw'ebel …", stieß der Mittelgrößte der Bande noch aus, bevor seine schwache Stimme in Korabs Armen erstickte.

„Wisst ihr wat, wir gründ'n 'ne Bande!" Der Junge mit den Segelohren und den Hasenzähnen war so begeistert von seiner Idee, dass er das Küchenmesser in hohem Bogen wegwarf.

Die anderen drei Jungs sahen Korab skeptisch an.

Der Kleinste der vier, der zugleich auch der Jüngste war, beschwerte sich: „Wir hab'n genuch Scherere'n und Strafarbe't'n. S'eht man do scho' jetz'. Da' is' das sekste Ma' in d'es Woch'. I moch' blos no' Hosarbe'ten."

Korab ermutigte sie: „Se'd ke'ne Memm'! Geme'nsam wär'n wa unbesiegba'. D'e Leut' hätt'n Respekt vor uns."

„Warum?", erkundigte sich der Kleine mit der hohen Stimme.

„Blede Frage! Denk mal noch“, gab es zur Antwort.

Der Kleinste schnitt sich in den Daumen. Der dickliche Junge mit der großen, runden Nase lachte: „E'n Finga mehr 'nd de'ne 'anze Hand kann verarztet werd'n.“

Enrios, der Mittelgrößte, maulte verärgert: „Sche'ß Zwiebel schäl'n.“ Seine Augen tränten.

„Wir brauch'n 'nen tauglichen Nam'. Vorschläge?“ Korab starrte seine Freunde erwartungsvoll an.

„Felsenbezwinga!“, sprudelte es aus der Knollnase begeistert heraus. „Nee.“

„Dann eben Bande des Grau'ns.“

„Vier Ridda“, meldete sich der Kleinste zu Wort. Korab grübelte: „Naturschützа oder d'e Scherze-Tre'benden.“

HATSCHI!!! Lautstark zog Enrios die triefende Nase hoch. „Zwiebelbande.“

Korab legte Enrios den Zeigefinger auf die Lippen und schloss dessen weitaufgerissene Lider. *Zwiebel … Zwiebel, scharf! Bester Freund, ich werde den Leitspruch unserer Bande nie vergessen, ebenso wie dich, Enrios und die anderen zwei.*

„Das wird *Er* büß'n.“ Korabs Stimme, sein gesamter Körper, zitterte vor Anspannung. Er legte den leblosen Enrios behutsam zu Boden.

In Korab brodelte eine explosive Mischung aus Wut und Rache. Sein ganzer Körper schrie nach Vergeltung. Die Fäuste waren geballt, so fest, dass allmählich alles Blut aus ihnen wich und sie sich bläulich färbten.

„Vadder, Lioks Omma hat he't 'ne Geschicht' von diesem Te'fel erzählt. Is' 'e Legend' net?“ Der Mann setzte den Sechsjährigen liebevoll auf seinen Schoß. „Es gab ihn e'nmal, vor etlicha Ze't. E'n schlimmes Wesen, das Zerstörung mit sich bracht'.“ Der kleine Korab sah neugierig zu seinem Vater auf und zeigte sich

beharrlich: „Sie 'at jesacht, er käm' zurüg." Die gütige Miene des Vaters versteinerte sich. Er setzte das Kind ab. „Märch'n."

„Kommt'a, frisst a disch und bloß d'e Auserwählt'n könn' de helf'n", scherzte Miromi, ahmte ein Ungeheuer nach, indem sie eine furchterregende Grimasse zog und nach ihrem Bruder schnappte.

Korabs Zorn war unbezähmbar. Sein Vater war tot. Sein bester Freund war tot. Und was war aus den anderen geworden? Womöglich hatte man seine gesamte Familie ausgerottet und ihn als Übriggebliebenen mit dem einsamen Leben eines Waisenkindes bestraft.

Voller Groll und Verzweiflung brüllte sich Korab seine Seele aus dem Leib, um alle Welt wissen zu lassen, dass Tadurs Verbrechen nicht ungesühnt bleiben würden: „Te'fel, hörst'e mich?! Du wirst verlier'n! *Sie* werd'n 'ne Lösung finden, dich ewiglich zu vernicht'n! DU WIRST UNTERLIEGEN!"

Kapitel 5

Roskil

„Es gibt *sie*. Ich bin mir janz sicha." Korab sprach von fast nichts anderem mehr. Die Existenz der legendären Auserwählten war für ihn seit dem Überfall vor zwei Wochen unbestreitbar. Zu allem gibt es ein Gegenstück – sei es Feuer und Wasser, Liebe und Hass oder Teufel und Auserwählte.

„*Sie* werd'n ihn zerstügeln. Jede se'na Tat'n wird er taus'ndfach zu spür'n bekomm'."

Korab trottete wie ein folgsames Hündchen hinter Sarai und Akira her. Die Route interessierte ihn nicht. Er registrierte die Umgebung kaum.

Korab aß wenig. Stetig magerte er ab. Sarai konnte ihn nicht überreden, auch nur einen Happen mehr zu sich zu nehmen, bis Akira ihm ins Gewissen redete. „Willst du deine Familie rächen? Antworte!"

„JA!"

„Dann musst du leben. Tote können keine Rache üben. Aber diese bist du ihnen schuldig. Sie vertrauen auf dich und deinen Glauben. Bis zu der Stunde, in der du der Hoffnung in deinem Herzen und dem Glauben an die Auserkorenen abschwörst, sind deine Eltern und Miromi nicht umsonst gestorben."

„Aba wat is', wenn es d'e Auserwählt'n ga'net gibt?"

Akira zog seine Hand von der Schulter des Jungen zurück. „Ist das deine Überzeugung, bist du auf dich allein gestellt."

„Wat wollt'a in Sagem?" Korabesk war es gleichgültig, dass sich diese Erkundigung nicht schickte. Niemand würde ihn maßregeln. Jene, die es getan hätten, waren tot.

„Einer Aufgabe gerecht werden."

Korab lief mit Sarai im Gleichschritt. „Werdet ehr *den'* Unterstützung geb'n? Isch will's tun. *Sie* sind d'e e'nz'gen, die *ihn* bese'tigen könn'. *Sie* sind sicherlich bere'ts unterwechs. Me'nst du, ich werd' s'e e'nes Tages kennenlern'?"

„Bestimmt."

„HEY!!!" Sarai und Korab zuckten erschrocken zusammen. Einen derartig abrupten, grölenden Ausruf hatten sie von Akira nicht erwartet. Sein hallender Schrei galt dem Reiter, der in einiger Entfernung über die sanften Hügel preschte.

Der Reiter riss die Zügel herum und galoppierte auf die Gruppe zu.

„Kennst du ihn?" Akira schwieg und verfolgte genauestens jede Bewegung des Näherkommenden.

Kopf und Hals des Tieres waren mit stählernen Rüstungen gepanzert. Der Reiter kam wenige Meter vor den dreien zum Stehen und fuhr sie barsch an: „Was wollt ihr? Das ist Gebiet der Subarus." Akira fixierte ihn und verlangte: „Bringe uns zu deinem Anführer! Wir haben einen Auftrag für ihn."

Der Reiter konterte: „Donmingo empfängt keine Kinder."

„Es heißt, ihr Boten seid gastfreundlich."

„Ich habe es eilig, kann mich nicht mit euch herumplagen."

„Selbst dann nicht, wenn wir Informationen über den Teufel haben?"

Wovon sprichst du Akira? Weißt du mehr als ich oder bluffst du?

Akiras Vorschlag ließ den Reiter verstummen, nachdenklich fuhr er über seinen Dreitagebart. Sein großer Mantel wurde auf der Schulter von einer Brosche zusammengehalten. Unter dem Umhang lugte ein Emblem auf dem Leibrock hervor – eine Brieftaube, über deren Kopf eine Krone schwebte. Sie kennzeichnete die Zugehörigkeit zum Clan der Subarus.

Am Sattel war ein zylinderförmiger Behälter angebracht. In ihm befanden sich die begehrten Botschaften.

„Ich lasse euch von Kameraden abholen. In einer halben Stunde werden sie eintreffen." Das Pferd trabte an.

„Wat wollt'a von den'?" Akira blickte dem davongaloppierenden Reiter nach. „Sie befördern uns schneller nach Sagem."

„Habt's ja sehr e'lich."

Sarai hatte den Namen Donmingo schon viele Male gehört. *Spricht man über den Clan der Subarus, fällt oft sein Name. Ich weiß nicht viel über ihn. Er soll für die rasche Verteilung der wichtigsten Nachrichten auf allen Kontinenten sorgen. Ein rechtschaffener Mensch, wird erzählt. Sa da Fra sagte, dass das Geschwätz des Pöbels oft vielerlei Unwahrheiten enthalte und man sich der Wahrheit stets selbst zu vergewissern habe. Stehen wir Oberhäuptern gegenüber, die wir als absolut vertrauenswürdig einschätzen, können wir diesen unsere geheime Identität offenbaren. Donmingo, können wir dir vertrauen?*

Roskil lag an dem See Ashure. Die kleine Stadt bestand aus sechs Gebäuden, die das Zentrum, eine herrschaftliche

Villa mit smaragdgrünem Anstrich, wie ein schützender Wall umgaben.

Hektik herrschte an diesem entlegenen Ort. Mehrere Meldungen waren abzuholen und auszuliefern. Halbstündlich kehrten neue Überbringer von einer Reise heim oder andere machten sich auf. Ein ständiges Kommen und Gehen. Für Fremde ein einziges Durcheinander.

Akira, Sarai und Korab saßen jeweils hinter einem der drei Reiter auf, die sie abholten. Ohne Umwege oder Nachfragen wurden sie direkt vor der Villa abgesetzt und unverzüglich empfing sie Donmingo in einem seiner privaten Gemächer.

Akira wies Korab an, draußen auf sie zu warten.

Der schlanke Donmingo, nur ein Stückchen größer als Akira, stand hinter seinem Arbeitstisch. Zahllose Papiere stauten sich zu ungeordneten Türmen und begruben unter sich Schreibfeder und Tintenfass.

Die getäfelte Wand plakatierte eine riesige Weltkarte mit Markierungspunkten. Zeder befand sich südöstlich auf der Karte und war im Vergleich zu den übrigen Kontinenten von nahezu unscheinbarer Größe.

Die Statue von Cassandora Mirusem, der Frau, die einst diesen Clan gegründet hatte, stand neben dem Fenster. Sie galt aufgrund ihres burschikosen Äußeren, das vor allem auf ihren Kurzhaarschnitt sowie den flachen Busen zurückzuführen war, und ihres starken Willens als Mann, wodurch sie damals herausragend anerkannt wurde. Noch nie war eine Frau in die Gemeinschaft aufgenommen worden. „Zu unzuverlässig, gierig und leicht zu blenden“, lautete das Urteil der Gefolgschaft über das weibliche Geschlecht.

Donmingo stütze sich mit seinen großen, schmalen Händen auf den unordentlichen Schreibtisch und musterte die zwei Neuankömmlinge neugierig, als wären die beiden zwei Schauspieler, von denen er sich Unterhaltung erhoffte.

Die schwarzen Lederriemen der Sandaletten waren um die muskulösen Waden von Donmingo gebunden. Seine Uniform ähnelte der seiner Anhängerschaft. Die Ärmel hatte er umgekrempelt und bis zum Ellenbogen hochgeschoben. Drei goldene Creolen steckten in seinem rechten Ohrläppchen. Ein braunes Barett aus Samt zierte seinen Kopf. Das dunkle Haar war am Oberkopf rund geschnitten.

„Meine Quellen sind überall. Kein Ort ist mir unbekannt, der von der Armee des Teufels heimgesucht wurde. Ein jeder Kontinent ist betroffen. Sie zerstören, um die Völker zu unterwerfen und um die Zahl der Menschen geringer zu halten als die der Dämonen."

Donmingo legte eine kurze Pause ein und fragte dann spöttisch: „Narren, mit welcher Nachricht wollt ihr mich überraschen?" Er schmunzelte und blickte sie herausfordernd an.

Akira und Sarai wurde bewusst, dass Donmingo sie nur aus Spaß zu dem Quartier hatte geleiten lassen. Er rechnete nicht im Ansatz mit einer Neuigkeit. Diese Selbstgefälligkeit erzürnte Akira so sehr, dass sich seine Hand binnen weniger Sekunden zu einer Faust ballte. Eine aggressive Geste, die zum Glück nur Sarai bemerkte.

Akiras Augen durchbohrten Donmingo mit diesem unvergleichlich intensiven Blick. Dann wagte Sarais Gefährte, das Unvermeidliche auszusprechen: „Wir sind auserkoren, den Kampf gegen Tadur anzutreten."

Stille.

Donmingo war sprachlos. Er hatte mit vielen Geschichten gerechnet, die die jungen Menschen ihm auftischen wollten, aber nicht mit solch einer Botschaft.

Hin- und hergerissen zwischen Belustigung und Ungläubigkeit musste Donmingo zunächst hörbar schlucken, während er im nächsten Moment vergeblich ein missbilligendes Grinsen zu unterdrücken versuchte. Sein Bemühen um Ernsthaftigkeit scheiterte ebenfalls, als er sich höhnisch erkundigte: „*Ihr* seid *die* legendären Retter?"

Von plötzlichem schauspielerischen Eifer befallen, gefiel sich Donmingo in der Rolle des überraschten, aber gutgläubigen Anführers und kostete sie aus: „Kaum einer rechnete noch mit euch. Sogar ich zweifelte an eurer Existenz, hielt die Prophezeiung für einen Mythos."

Donmingo durchmaß mit großen, bedeutsamen Schritten den Raum und amüsierte sich köstlich dabei. In seinem Misstrauen verkannte er die Situation und machte die Wahrheit zur Posse.

Dummes, ungläubiges Menschenvolk ... Akira hielt seinen Zorn im Zaum und bemühte sich, möglichst besonnen zu wirken: „Wollt ihr jene verschmähen, die euch erretten sollen?"

Donmingo verlor allmählich den Spaß an diesem Thema. Er setzte sich entspannt auf seinen kostbaren Stuhl und erklärte ihnen den Ernst der Lage: „Der kriegerische Clan ‚Klinge des Donners' und die Streitkräfte der drei Könige rüsten sich. Wenn die Weissagung tatsächlich Wahrheit beinhaltet, marschieren in zehn Tagen unzählige Krieger in ihren Tod, sollten jene Auserwählte das entscheidende Blatt nicht wenden. Aber das sind alles Geschichten. Ammenmärchen."

Sarai wollte etwas sagen, wurde jedoch von einer Handbewegung Donmingos unterbrochen. Er schob sein Barett zurecht und fügte mit messerscharfem Blick hinzu: „Ich könnte versuchen, ihren Schlachtzug zu verhindern, wenn ich mir absolut gewiss sein könnte, dass ihr wirklich jene seid. Und somit die Legende Realität wird. Also, habt ihr Beweise für das, was ihr vorgebt zu sein?"

Wer vertraut schon auf Worte?

„Atme ruhig weiter!", wies Akira Sarai unverzüglich an. Wollte er etwa das Zeichen hervorrufen?

Ein Wispern erfüllte den Raum, das Sarai nur undeutlich wahrnahm. Es schien ihr, als würde die verhasste Formel abermals an ihr vorbeiziehen.

Ein leichter Windzug durchströmte das Gemach. Donmingo erschauderte innerlich vor dieser spürbar unbegrenzten, furchterregenden Macht. Es trieb ihn von seinem Stuhl in die Höhe.

Das grüne Insignium erleuchtete auf Akiras Stirn.

Vor Schreck wich der kreidebleiche Donmingo ruckartig vor dem teuflischen Symbol zurück und stolperte über den Stuhl. *Unglaublich … So stand es geschrieben …*

Sein Mund blieb vor Entsetzen, Ehrfurcht und Begeisterung offen stehen, bis er sich fing, aufsprang und sein Haupt vor den beiden beugte: „Auserwählte, willkommen!"

Sarais Erstaunen über Donmingos plötzlichen Sinneswandel schlug um in ein erleichtertes, seliges Lächeln.

Akira ignorierte die Verbeugung und wollte endlich die einzig bedeutsame Information in Erfahrung bringen: „Ist euch etwas über den dritten Auserwählten bekannt?"

Donmingo richtete sich wieder auf. „Aus unseren Reihen ist es keiner. Es hieß, der ‚Ort des Zusammenschlusses' sei in Sagem. Richard, Leon und Victri begeben sich ebenfalls dorthin. Die Gründe sind uns unbekannt."

Sagem … Auch der Priester in Barbohl meinte, dass dort der Treffpunkt sei. Woher wisst ihr das alle? Zudem – wenn ihr es wisst, weiß es ebenso der Gegner.

Donmingos Blick fiel auf Sarai. „Der Clan der Subarus wird euch in euren Vorhaben nach Leibeskräften unterstützen."

Er öffnete ein Schubfach des Schreibtisches, kramte eine Karte heraus und entfaltete einen detaillierten Plan aller Wege nach Sagem sowie der Stadt selbst. Jedes Haus war dort eingezeichnet.

„Laut meiner Botschafter treiben fremdartige Kreaturen um die Hauptstadt herum ihr Unwesen. Sie sollen angeblich dazu dienen, euch abzufangen. Sie kontrollieren das Gebiet. Um die Kreaturen daran zu hindern, in die Stadt vorzudringen, tobt ein erbitterter Kampf vor den Toren Sagems. Unbemerkt über die Haupteingänge in die Stadt zu gelangen, das ist inzwischen unmöglich." Donmingo zeigte auf die vier eingezeichneten Tore, von denen sich eines in jeder Himmelsrichtung befand.

„Und über die Mauer klettern?", fragte Sarai den Anführer. Er wirkte skeptisch.

„Nein!", entschied Akira. „Unauffällig ein Ziel zu erreichen, gelingt, indem man sich den Hindernissen auffällig stellt. Wir gehen über den nördlichen Zugang."

„Das ist Selbstmord!", reagierte Donmingo aufbrausend. Akira schaute zu seiner Gefährtin. Sie umfasste seine Hand liebevoll und sprach: „Ich vertraue dir."

Donmingo schlug die Hände fassungslos vor seinem Kopf zusammen. „Sie warten auf euch und ihr lauft ihnen geradezu in die Arme?!"

Sarai machte einen überzeugenden Vorschlag: „Du überbringst eine Botschaft und wir sind deine Begleiter, Mitglieder des Clans."

„Wat habt'a so lang' jemacht?", empfing Korab Akira und Sarai ungeduldig, als sie aus dem Zimmer traten.

Der Junge hatte lange vor der Tür ausharren müssen.

Donmingo stellte sich zu ihnen. „Du willst nach Kasemo?“ Korab sah Donmingo mit finsterer Miene an und nickte.

Donmingo, der seine Lederhandschuhe überstülpte, erklärte: „Sagem liegt südwestlich von uns. Kasemo ein Stückchen südöstlich. Die zwei Männer am Ende des Ganges bringen dich zu deinem Onkel.“ Mit dieser Information verabschiedete sich Donmingo und verließ die drei. Korab riss überrumpelt die Augen weit auf und fragte die beiden Auserwählten bestürzt: „Wir trenn’ u’s?“

„Ja.“ Akiras Antwort war knapp und eindeutig.

Akira streckte ihm ernst die Hand entgegen, um Lebewohl zu sagen. Korab schien unschlüssig.

„Isch kann net.“ Akira senkte seinen Arm. „D’e Händ’ ’uf de’ Schoß leg’n und mit me’m Onkel um d’e Zukunft bang’n … Änderung’ ensteh’n durch Tat’n, hast de mir be’gebracht. Wir hab’n denselben Vorsatz. Lasst mich mit ’uch geh’n. Isch werd’ ke’ne Last se’n.“

„Nein“, entgegnete Akira rasch, was Korab noch unzufriedener stimmte.

Ungestüm hämmerte er auf Akira ein, um seiner Bitte Nachdruck zu verleihen. Dieser blieb ungerührt. Seinen Entschluss brachte niemand zum Kippen.

Schließlich stellte Korab die vergeblichen Bemühungen, Akira umzustimmen, ein und wandte sich stattdessen an Sarai. Flehend fiel er vor ihr auf die Knie und rutschte näher an sie heran, sobald sie zurückwich. Korabs Haltung glich der eines Gläubigen beim Gebet, als würde er Sarai, eine Göttin, beschwören, Gnade walten zu lassen.

Der Flur füllte sich mit einer schaulustigen Menge. Die Anwesenden gafften neugierig, um zu erfahren, wer dieses Geplärre veranstaltete.

Sarai stieß Korab panisch von sich. Er klammerte sich an ihren Beinen fest. Akira wunderte sich über ihre grobe Reaktion.

Korabs fester Griff ließ sie nicht entkommen. Mit verquollenen Augen stierte er zu ihr hinauf. Und sie kannte dieses Bild … Dieses Flehen … *„Erbarmen"*, kam ihr ein kläglicher Ausruf in Erinnerung. Eine ähnliche Situation …

Sarai wirkte verstört. Akira legte den Arm um Korabs Hals und zog ihn derb von seiner Verbündeten weg. Sie war befreit. Aufgebracht rannte sie davon.

Sarai beugte sich über den Brunnenrand und tauchte den Kopf in das kalte Wasser. Vielleicht würde sie dadurch auf andere Gedanken kommen …

Es war der Vierzehnte der Mireyu, ein Tag, den Sarai in ihrem ganzen Leben nicht vergessen würde.

Es war zur Mittagsstunde, als die warmen Sonnenstrahlen die grünen Felder erhellten, deren frische Erde von den Hufschlägen der Pferde einer Horde schwerbewaffneter Reiter aufgewühlt wurde.

„Jetzt ereilt euch die gerechte Bestrafung!", grölten die Panzerreiter in ihren schwarzen Rüstungen und überrannten das Dorf. Wie wehrloses Vieh schlachteten sie die überraschten Menschen ab. Ihre Lanzen bohrten sich in jeden Körper, gleichgültig, ob es der eines Mannes, einer Frau oder eines Kindes war.

„Ihr habt die Grenze überschritten, seid in unser Territorium eingedrungen und habt geplündert", rechtfertigte ein Reiter die grausamen Taten. Ein Bauer warf sich vor ihm und dessen Pferd auf die Knie und flehte: „Erbarmen, wir hatten nichts mehr zu essen, Herr." Dieses Gnadengesuch waren seine letzten Worte, bevor sein Haupt abgeschlagen wurde und auf den *Boden rollte.*

Die Kämpfer stiegen von ihren Pferden, marschierten in die Häuser, wo sich einige der Bewohner versteckten, und mordeten weiter.

In einem der letzten Häuser des Dorfes, ein Stück abgelegen, nahm ein Mann namens Pieret sein Kind auf seine Arme. „Alles wird gut", beschwichtigte er es.

Zusammen mit seiner Frau Mares schlichen sie sich aus dem Hintereingang der Hütte.

Das brünette Mädchen drückte sich fest an den Oberkörper des Vaters. Sie hörte und spürte seinen rasenden Herzschlag.

Das Geschrei wurde lauter. Das Mädchen kniff die Augen zusammen und hätte sich am liebsten die Ohren zugehalten, doch es wagte es nicht, seine zarten Hände von seinem Vater zu lösen.

„Keine Angst, Sarai", hauchte er beruhigend. Die Mutter blickte immer wieder verängstigt zurück, stolperte schließlich und fiel. „Mares!", Pieret eilte sofort zu ihr und setzte die Fünfjährige neben sich ab.

Mares' Knie war aufgeschlagen. Sarai weinte bitterlich und umfasste ihre Mama. Diese zwang sich zu einem Lächeln.

Pieret half seinem Weib auf die Beine. Humpelnd kam sie nur mühsam voran. „Geht! Ich komme nach." Und während sie diese Worte sprach, füllten sich ihre Augen mit Tränen. Für sie würde es keinen Ausweg mehr geben, das wusste sie.

Der Mann schüttelte den Kopf und umfasste ihre Wangen. „Das wäre dein Tod", flüsterte er kaum hörbar und stützte sie weiterhin.

„Ich will aber nicht, dass …!" Pieret legte einen Zeigefinger auf Mares' Lippen. „Es gibt immer Hoffnung und so leicht geben wir nicht auf!"

Pieret zog seine Frau weiter. Sarai lief neben ihrer Mutter her und hielt sich verkrampft an ihrem Rock fest.

Ein brennender Pfeil sauste um Haaresbreite an dem Mädchen vorbei. Sarai schreckte auf.

Drei Krieger hatten die Verfolgung der Familie aufgenommen. Zwei waren zu Fuß unterwegs, der dritte hoch zu Ross.

Panisch schlug die verletzte Mares um sich. „Rette Sarai!", wiederholte sie zum zigsten Male energisch.

Sie stieß Pieret von sich. „Flieht doch!!!", befahl sie schreiend. „Ich komme schon nach." Mit dem gesunden Bein hüpfend hoffte sie, flinker zu sein und Sarai zu zeigen, dass sie beruhigt mit ihrem Vater vorgehen könne.

Dann knickte Mares um. Ihre Flucht war endgültig beendet.

Der Reiter kam immer näher. Die verzweifelten Blicke der Eltern trafen sich.

Pieret zog Sarai zu sich und erklärte rasch: „Gewalt erzeugt Gegengewalt. Hasse nicht, sondern stehe offenen Herzens für den Frieden ein! Behandle andere so, wie du behandelt werden willst! Wir lieben dich, Sarai, und werden es immer tun. Überlebe!" Somit packte er seine Tochter, holte aus und schleuderte die Kreischende in den Fluss, der neben dem Pfad verlief. Die Strömung trieb sie fort. Nie sah sie ihre Eltern wieder.

Eine Gruppe Männer fischte Sarai mit einem Fangnetz aus dem Wasser. Sie wickelten die Unterkühlte in eine Wolldecke und brachten das Kind in ihr Lager.

„Ich bin Gorlois", ein Kraftprotz reichte dem Mädchen ein warmes Getränk. Sie rührte den Becher nicht an.

Der Fremde schickte seine Freunde nach draußen und setzte sich ihr auf einem Hocker gegenüber. Nun war er bloß noch ein Stückchen größer als sie.

Er hatte einen dunklen Spitzbart und ebenso dunkle, glatte Haare, die bis zum kräftigen Brustkorb hinabfielen. Einzelne Strähnen, die in das raue Gesicht reichten, waren leicht gelockt.

Eigentlich wirkte er furchterregend und einschüchternd – groß und dunkel, wie die Panzerreiter. Doch es gab einen entscheidenden Unterschied. Seine Augen waren gutmütig und sanft, nicht besessen von Gier und Mordlust.

Sarai konnte ihre Tränen nicht länger zurückhalten.

Gorlois redete ruhig und langsam, gewann mit der Zeit ihr Zutrauen und nahm sie in seinen Clan „Schrei der Welt" auf.

Gorlois liebte sie wie ein Vater sein Kind. Und Sarai schwor, nach einer friedlichen Welt zu streben, ohne ihre Hände mit Blut zu besudeln, wie es ihr Vater ihr einst aufgetragen hatte.

Man hatte den Brunnen am Stadtrand von Roskil errichtet. Der Trubel der Botschafter tönte selbst bis hierher.

Die Wärme der Sonne verhinderte, dass Sarai durch die kühlen Windbrisen fror. Die heißen Monate standen unmittelbar bevor.

Im Zeichen des Raspid, des ersten Drachen, der den Planeten Ziron bewohnte, brachten diese Monate im Norden Zeders jegliche Pflanzen zum Gedeihen, während sie im Süden die Dürre verstärkten. Segen und Fluch, der einzige Kontinent mit zwei ständig währenden Jahreszeiten.

Akira trat bedächtig an Sarais Seite und reichte ihr ein Tuch. Sie löste das Haarband und trocknete ihre nassen Haare.

„Ich kann nicht töten, Akira."

Er beobachtete, mit welcher Sorgfalt sie ihre Haare trocknete.

Akira hob ein Steinchen vom Boden auf und wies sie an: „Schau ins Wasser! Die Oberfläche ist glatt und ruhig. So war ich einst. Dann …" Er warf das Steinchen in den Brunnen, woraufhin sich sachte Wellen ausbreiteten.

Sarai sprach: „Aber das Wasser kehrt in seine Ausgangsform zurück, wird still und bringt dein sowie mein Spiegelbild zum Vorschein."

„Ich weiß nicht, was uns auf der Reise erwartet. Doch ich werde alles Mögliche dafür tun, dass du keine Waffe mehr anrühren musst." *Solch ein reines Wesen sollte nicht befleckt werden.*

„Es tut mir Leid, Korab." Der Junge saß hinter einem Subaru auf einem Rappen. Sarai sah zu ihm hinauf.

„Schütze Kasemo und Meridot! Lass dich nicht unterkriegen und halte dort die Stellung, bis den Völkern die Erlösung widerfährt."

Korabesk wies ihre Worte als bedeutungslos zurück, indem er sie vollständig ignorierte.

„Sorge für die Sicherheit der Ortschaft und entlaste damit die Auserkorenen." Diese Sicht der Dinge hatte er bislang nicht in Betracht gezogen.

Das Pferd trabte los.

Korab wandte sich um und rief Sarai und Akira zu: „Wir werd'n u's w'ederseh'n. Isch bin froh, e'ch begegnet zu s'en."

„Deine Begleiterin sagte mir, dass du dir den Arm angebrochen hast." Donmingo hatte Akira zu sich bestellt. „Fast verheilt."

„Ich habe nach einem Mediziner verlangt. Er wird dich behandeln."

„Unnötig." Akira wandte sich bereits zum Gehen. Donmingo ließ nicht locker und wollte ihn von den Vorteilen einer Untersuchung überzeugen: „Es wäre sinnvoller, dem Feind in voller Stärke gegenüberzutreten. Ein angeschlagener Gegner hat den Kampf schon verloren, bevor er überhaupt begonnen hat."

„Mir geht es gut. Ich habe keine Schmerzen."

„Da bin ich. Ist er derjenige?", ein korpulenter Alter betrat den Raum, legte seine Ledertasche auf einem Stuhl ab, schritt schnurstracks auf Akira zu und ergriff dessen bandagierten Arm.

Sein Name war Doc Mingoll. Erstaunlich flink löste er mit seinen wulstigen Fingern die verknoteten Enden des Verbandes und wickelte ihn auf.

Der Mediziner inspizierte Akiras Unterarm mit größter Sorgfalt und aus nächster Nähe, als handele es sich dabei nicht um eine menschliche Gliedmaße, sondern um ein äußerst seltenes Insekt. Blaue Flecken waren zu erkennen. Blutergüsse. Doc Mingoll tastete das Gelenk behutsam ab. Sein Befund lautete: „Gebrochen, erwähntest du, Donmingo? Nicht einmal angeknackst!"

„Meine Rede. Kein Grund zur Sorge", triumphierte Akira.

„Bin bereit!", empfing Sarai Akira, als dieser lässig aus dem Raum kam. Ihre Haare waren zu einem Dutt zusammengebunden und unter einem Barett versteckt. Lediglich die langen Ärmel und der Kragen der weißen Bluse waren unter der ockerfarbenen, zugeknöpften Weste sichtbar. Die Weste zierte das unverkennbare Emblem. Die braune Hose erinnerte Akira an einen Jäger. Dunkle Halbschuhe machten die Verkleidung perfekt.

Akira war verblüfft. Sicher würde jeder davon ausgehen, einen Burschen der Boten vor sich zu haben.

Sarai bemerkte sofort, dass Akira keinen Verband mehr trug. „Ist dein Arm verheilt?"

„Ja."

„Wunderbar", strahlte sie erfreut.

Zwei Stunden später hatte ein Trupp aus sechs Leuten Roskil verlassen. Ihr Ziel war Cark Ta Mons Hauptstadt Sagem.

Kapitel 6

Drei Herrscher und sechs Giganten

Die Subarus unterhielten vortreffliche Beziehungen. Beinahe in jeder der bevölkerten Gegenden waren Anhänger des Clans zu finden. Diese zogen mittlerweile nicht mehr durch die Lande. Sie waren sesshaft geworden und erstatteten über das Gebiet, in dem sie verweilten, Bericht oder gaben Verbündeten Obdach und Verpflegung.

Die Armeen der Könige zogen aus, trotz Donmingos Warnung. Die Angst vor weiterer Zerstörung und die Zweifel der Herrscher an dem Mythos ließen sich nur beseitigen, wenn sie die wahrhaftigen Auserwählten zu Gesicht bekämen.

Die Regierenden seien in Sagem zusammengekommen, hieß es, um alles Weitere zu diskutieren. Insgeheim jedoch hofften sie auf das Eintreffen jener, deren Existenz sie anzweifelten.

Mehrfach tauschten die Subarus ihre unentwegt angetriebenen, ermüdeten Pferde gegen neue.

In der Nacht des siebzehnten Tages nach dem Aufbruch aus Roskil hatte die Gruppe Sicht auf Sagem.

Feuer hüllte die Stadt in dunkle Rauchschwaden, aus denen Kampfgeschrei drang. Abscheuliche Kreaturen lieferten sich ein Massaker mit den Wehrposten.

Den Soldaten gelang es zunächst, die blutrünstigen Ungeheuer vor den Toren und dem Wall abzuwehren, doch dieser Erfolg währte nicht lange. Keine der beiden Seiten ließ sich vom Gegner einschüchtern.

Von der Anhöhe aus wirkte das grausame Gemetzel für die Ankömmlinge des Subaru-Clans wie ein Kampf zweier Ameisenstämme.

„Ein Kilometer trennt uns noch von dem nördlichen Eingang. Seid behänd und gebt Acht!", riet Donmingo seiner Gefolgschaft. Schweiß perlte von seiner Stirn, die er in tiefe Falten gelegt hatte. Aufrecht und angespannt saß er im Sattel.

„Fertig?" Donmingos Blick schweifte über die Antlitze seiner Kameraden. Ihre Mienen waren ernst, aber entschlossen. Es gab kein Zurück. Einzig Akira wusste seine wahren Gefühle hinter seinem versteinerten Gesichtsausdruck zu verbergen.

Unruhig klammerte sich Sarai fester an Akira, der vor ihr auf dem Pferd saß. Die goldbraune Stute trug die beiden bereits seit über sechs Stunden auf ihrem Rücken. Gleich hätte der Ritt ein Ende.

Das Banner des Clans Subaru wurde in die Höhe gereckt. Die Fahne mit der Taube als Symbol wehte im Wind.

Donmingo blies eine besondere Tonfolge in das Jagdhorn. Er kündigte dadurch ihre Ankunft an und erbat Einlass.

Wenn Donmingos Brief vor einigen Tagen in Sagem angekommen war, so hätten sie jetzt eine Chance, lebend in die Stadt zu gelangen. Sonst wären sie dem Tode geweiht.

Der Ruf des Horns lenkte auch die Aufmerksamkeit einiger Kreaturen auf den kleinen Trupp.

Ungeduldig schrie Donmingo Sagem entgegen: „Worauf wartet ihr denn???" Und dann, endlich, ertönte die Antwort eines Horns aus der Stadt. Die fünf Pferde preschten los.

Sarai schloss die Augen.

Sagems Krieger formatierten sich und drängten die Monster mit aller Macht und Gewalt auf Distanz – ein Erfolg, der keineswegs lange andauern würde. Doch just in diesem Moment teilte sich die Menge und gab einen schmalen Pfad frei, durch den die Reiter in die Stadt vordringen konnten.

Sagem, der Augapfel Zeders, das einst als Schmuckstück dieses Kontinents galt, lag finster und teilweise verwüstet vor ihnen. Die Spuren des Kampfes waren überall.

Erschöpfte und verwundete Krieger hielten mühsam Wache auf den überdachten Wehrgängen. Zerbrochene Waffen und verschlissene Rüstungen türmten sich zu einem metallenen Berg.

Einst schimmerte die gepflasterte Hauptstraße gelbbraun. Ihren Glanz erhielt sie durch die Verwendung besonderer Steine wie Maraped und Kalesta. Diese wurden in Überfluss aus dem Steinbruch des östlichen Gebirges Krosus abgetragen.

Doch jetzt versank die Hauptstraße im Matsch und Dreck.

In der Jahreszeit des Raspid hingen normalerweise blühende Pflanzen von den verzierten Balkonen und verzauberten die Sinne mit ihren atemberaubenden Düften. An den Portalen hießen Blumenmädchen Reisende willkommen und winkten ihnen zum Abschied. Musik erklang in den Gassen und ließ das Volk fröhlich mitsingen. Marktschreier priesen ihre Waren an. Kinder tanzten um die plätschernden Brunnen oder spielten mit den streunenden Hunden. Gläubige huldigten den Göttern vor deren prunkvollen Abbildern.

Im Herzen der Stadt erhob sich die strahlend weiße Kuppel des Tempels über alle Dächer. Zwanzig Marmorstufen stieg man zu seinen Pforten hinauf. Kunstvolle Säulen stützten die gewölbten Decken.

Nichts ließ mehr, auch nicht einmal im Ansatz, den ehemaligen Glanz Sagems erahnen. Dies war eine tote Stadt, die sich gegen den Raub ihrer Seele wehrte.

Die Menschen hatten sich bangend in ihre Häuser zurückgezogen, manche verbarrikadiert. Sie rechneten mit einem feindlichen Einfall, Sagems Belagerung und ihrem eigenen Ende. Ein Warten auf Gevatter Tod, der irgendwo draußen herumstrich und jeden Moment anklopfen könnte.

Donmingo und die anderen atmeten erleichtert auf. Sie waren alle unversehrt geblieben. Das Undenkbare war gelungen.

„Donmingo!“, ein blond gelockter Bursche rannte den Subarus freudestrahlend entgegen. Begeistert erzählte der Fremde: „Ich hörte von Eurer Ankunft.“ Donmingo begrüßte ihn erfreut mit einem Handschlag.

Die Kleidung des jungen Burschen unterschied sich von der Tracht der Subarus nur durch ein gesticktes „R“, das Sarai neben dem Taubensymbol entdeckte. Es wies seinen Träger als treuen Gefolgsmann des Oberhaupts von Langsa aus, König Richard. Der Blonde gehörte zwar dem Clan der Boten an, doch er übernahm ausschließlich Aufträge des Herrschers.

„Ich möchte euch Imil vorstellen“, machte Donmingo ihn bekannt. Der Blondschopf nickte kurz in die Runde und führte sie zu dem weißen Heiligtum, dem Tempel „Shantall Mi Norett“.

Der Tempel gehörte zu den wenigen Gebäuden, die noch einen alten Namen trugen. Übersetzt bedeutete „Shantall Mi Norett“ etwa „Palast der Gelehrtheit“.

In sandfarbene, schlichte Gewänder gehüllt hüteten die Tempeldiener das Heiligtum. Einlass erhielt nur, wer reinen Herzens war.

Hunderte von Forschern pilgerten Jahr für Jahr hierher. Die unzähligen Bücher, Pergamente und Mitschriften der riesigen Bibliothek enthielten ein enormes Wissen über Alt- und Neuzeit.

Die Kellergewölbe waren ausschließlich den Mönchen vorbehalten. Dies war ihr persönliches Refugium der Stille und Besinnung, das sie ungestört arbeiten und ihr Wissen mehren ließ. Der außergewöhnliche Schutz, den diese Bibliothek genoss, sowie all die gehüteten Geheimnisse der alten Schriften verliehen diesem Ort eine geradezu magische Anziehungskraft.

In abgeschotteten Kammern wurden neue Tränke ausprobiert, Heilmittel hergestellt und Kräuter sortiert. Chroniken der jetzigen Zeit wurden für die nächsten Generationen niedergeschrieben. Werke untersuchte man auf Fälschung. Stets war ein Großteil der Mönche damit beschäftigt, Unbekanntes zu entziffern.

Die Spiegelwände reflektierten das einfallende Licht, wodurch der Gang bei weitem strahlender erschien. Die smaragdgrünen Marmorplatten, durchzogen mit goldenen Adern, waren so blank gewienert, dass die Subarus mit ihren glatten Schuhsohlen ab und zu ins Schlittern gerieten.

„Die Götter haben Ziron geküsst. Das Wunder ist geschehen“, schwärmte Imil. Zweifellos sprach er von den Auserwählten. Donmingo lächelte Sarai und Akira kurz zu, erwiderte dann zufrieden: „Du hast vollkommen Recht.“

Die Gruppe passierte einen außergewöhnlich prunkvollen Raum – hell erleuchtet, groß und mit prächtigen

Gemälden bestückt. Er war der Göttin Seraphin geweiht. Jener, die den Teufel bannte.

Gläubige schmückten ihren Altar mit frischen, duftenden Blumen.

„Da entlang." Die Gruppe bog nach rechts ab. Imil pochte an die schweren Holztore.

„Willkommen Donmingo!"

„Wir haben euch erwartet."

„Ihr brauchtet lange."

An dem runden Eichentisch saßen drei Personen. Dem Mann in der Mitte reichte das gelockte, graue Haar bis zu den Schultern. Seine Züge wirkten verhärtet und bestimmt.

Ein weinroter Umhang verdeckte einen Teil seines waldgrünen Wamses.

Dies war Imils Herr, Richard von Langsa. Seit Generationen regierte seine Familie das gleichnamige Land.

Imil bezog mit einigem Abstand hinter Richard Position. Der Bursche diente ihm nicht nur als Bote, sondern schützte auch das Leben seines Herrschers.

Die edle Frau zu Richards rechter Seite trug ein goldgelbes Kleid. Ein strenger Dutt hielt die dunkelblonden Haarsträhnen zusammen, keine hing ungeordnet heraus. Ein Geschmeide zierte den schlanken Hals der Dame.

Victri, die Schöne, wurde sie genannt und war keine Geringere als die Königin von Xander, dem prächtigen Land des Nordens.

Der dritte Mann, weitaus jünger als Richard, schaute unsicher zu den Subarus hinüber. Ein Angsthase, wie es auf den ersten Eindruck schien. Kaum zu glauben, dass diesem schmächtigen Mann, welcher den Namen Leon trug, als

König die Herrschaft über Ismahl, das düstere Land im Südwesten, oblag.

Seine schwarzen Haare, glatt und schmierig, reichten ihm bis zu seinen hervorstechenden Wangenknochen.

Diese drei waren die Herrscher Zeders, wie man unschwer an ihren prächtigen Kronen erkennen konnte, die ihre Häupter schmückten.

„Wir kamen so schnell es ging", versicherte Donmingo und ging ritterlich in die Knie. Seine Anhängerschaft tat es ihm gleich.

Ein Wink des älteren Königs genügte, um Unerwünschte hinauszuschicken. Ein vertrauliches Gespräch war nicht für jedes Ohr bestimmt.

Die drei Herrscher sowie Donmingo und Imil blieben zurück. Ebenso Akira und Sarai, die jedoch nur auf Donmingos ausdrücklichen Wunsch hin verweilen durften.

„Ihr fragt Euch sicherlich, warum wir die Armeen losziehen ließen." Richard erhob sich. Victri fügte hinzu: „Das war ein taktischer Zug."

„Genau", pflichtete Leon bei und richtete das verzierte Prunkstück auf seinem Haupt.

„Ablenkungsmanöver", entfuhr es Akira.

Ohne dass er es beabsichtigt hatte, wandte sich ihm nun die Aufmerksamkeit zu. „Wer seid ihr?" Richard beäugte Akira und Sarai misstrauisch.

Donmingo öffnete den Mund, um an ihrer statt zu antworten, aber Victri gebot ihm Einhalt.

„Eure Namen!", fuchtelte Leon mit den Händen in die Richtung der beiden.

„Akira Kirou."

„Sarai Thoras."

Richard vertraute Donmingo und dessen Entscheidung, diese zwei an der Besprechung teilhaben zu lassen. Aus diesem Grund sprach der Herrscher offen: „Du hast Recht, junger Mann. Der Teufel soll annehmen, wir hätten die Waffen für seine Vernichtung nicht gefunden."

Waffen? Das sind wir für euch? „Ihr opfert Leben für einen Täuschungsversuch?" Sarai war entrüstet. Natürlich würde es noch viele Tote geben, aber dies zusätzlich zu unterstützen …

„Was ihn von den eigentlichen Opfern wegtreibt, bringt uns näher an ihn heran", begründete Richard den Beschluss. *Opfer?!*

„Sagems Verteidigung wird täglich schwächer. Die Lebensmittel werden knapp, weil die Versorgungswege durch die Kämpfe blockiert sind. Sagem wird fallen."

„Worauf wollt ihr hinaus?", unterbrach Akira den Vortrag. Richard wirkte leicht irritiert. Nie hatte es jemand gewagt, ihm ins Wort zu fallen.

„Kirou und Thoras", marschierte Richard auf sie zu, „das Menschenvolk unterliegt, wenn wir nicht einschreiten."

„Dann hört auf, große Reden zu schwingen und greift zum Schwert!" Akiras Augen blitzten.

„Kämpfen, ich?!" Leon krallte sich mit den Fingernägeln ängstlich in die Armlehnen seines Stuhls.

„Du gehst allmählich zu weit, Bursche!", Richard knirschte mit den Zähnen und hielt direkten Augenkontakt mit Akira.

„Lasst mich erklären", bat Donmingo und drängte sich zwischen den Auserwählten und den Herrscher.

Victri beruhigte die erhitzten Gemüter: „Wir verlassen uns auf die Auserkorenen. Sie sind unsere Hoffnung. Morgen brechen sie auf. Die letzte Schriftrolle ist so gut wie übersetzt. Der Inhalt gibt Klarheit über die Zerstörung des Verhassten."

„Wir sind bereit", entgegnete Sarai sicher.

Leon musterte sie fragend, ebenso wie die schöne Victri. Richard fuhr Donmingo erzürnt an: „Was soll das? Was spielen die zwei Grünschnäbel für eine Rolle?"

Donmingo räusperte sich, stellte sich betont aufrecht hin und präsentierte mit stolz geschwellter Brust: „König Richard von Langsa, Königin Victri von Xander, König Leon von Ismahl, ich möchte sie bekannt machen mit – den Auserwählten."

Totenstille erfüllte den Raum.

„Das kann nicht sein …", murmelte Leon und rutschte unruhig auf seinem Sitz herum. „Was sagt Ihr?", raunte Victri ungläubig.

„Es fehlt der Dritte im Bunde. Hat er sich eingefunden?", überging Donmingo das staunende Gebaren der Adligen.

Richard schob Donmingo beiseite, sodass er Akira und Sarai gegenüberstand.

„Von euch war nicht die Rede", stierte er die beiden an. Sarai fragte verdutzt: „Wie meint Ihr das?"

„Jene, die uns erretten, trafen bereits vor zwei Tagen ein."

Verständnislose Blicke wurden ausgetauscht. Hier und da ein Flüstern.

Richard wandte sich zu Imil um und befahl: „Hol sie!" Der Bursche nickte und verließ schnellen Schrittes den Raum.

„Gibt es womöglich mehr als drei Auserwählte?", grübelte Victri. Richard entgegnete strikt: „Ausgeschlossen. Die alten Schriften berichten in jeder Übersetzung immer nur von dreien."

„Verräter …", schlussfolgerte Leon. Seine Beine schlotterten vor Furcht.

„Zwei aus eurem Clan?“, erkundigte sich Victri mit einem listigen Unterton. Donmingo klärte auf: „Nein. Ich war bloß ihr Begleiter.“

Richard starrte die beiden unentwegt an: „Wem gehört ihr an?“

„Ich war ein Mitglied der ‚Priester der Alten Zeit‘“.

„Schrei der Welt.“ *Worauf wartet ihr?*

„Habt ihr Beweise?“, rief Leon herüber.

„Genügt euch das Zeichen Tadurs?“ Leon erschauderte, als er den Namen des Teufels in der früheren Sprache vernahm.

„Zeigt es uns!“, forderte Richard entschieden und Victri stellte sich neugierig zu ihm. Leon blieb in sicherer Entfernung, streckte jedoch seinen Hals, um nichts Interessantes zu versäumen.

„Einer reicht. Ich werde es vorführen“, legte Akira fest. Damit war Richard nicht einverstanden: „Wenn ihr *beide* als Auserwählte anerkannt werden wollt, so wollen wir auch bei Thoras das Zeichen in Augenschein nehmen!“

Wisst ihr überhaupt, was ihr von mir verlangt?

„Nein!“, konterte Akira konsequent. Sarai berührte begütigend seine Hand. *Streit bringt nichts. Sie werden uns erst Glauben schenken, wenn sie das Zeichen sehen. So sind die Menschen. Nur das, was sie erblicken, entspricht ihrer Wahrheit. Und eure Götter? Habt ihr die schon zu Gesicht bekommen?*

„Ich habe keine Angst“, wisperte sie Akira zu. Ohne ein weiteres Wort zu verlieren, sahen sich die beiden sekundenlang in die Augen. Akira versicherte ihr mit einem festen Händedruck, ihr beizustehen.

Abneigung gegenüber den Königen spiegelte sich in Akiras Antlitz. *Sie* sollten das fühlen, was Sarai gleich erdulden musste.Hatten sie auch zuvor nur wenige Zentimeter getrennt, zog er sie jetzt ganz eng an sich.

Sie knöpfte ihre Weste auf und sah zweifelnd zu Richard und den anderen zurück. Akira strich ihr sanft über die Haare.

Dann öffnete sie zögernd die Bluse und spürte, wie eine Hitzewelle in ihr aufstieg. Die Wangen glühten.

Weste und Hemd ließ sie auf den sauberen Boden fallen.

Einzig das Bustier bedeckte noch einen geringen Teil ihres Oberkörpers. Sie schmiegte sich fast etwas verschämt an Akira, sodass die Könige wirklich nur Sicht auf ihren Rücken hatten.

Akira nahm das Barett seiner Subaru-Verkleidung vom Kopf und warf es Donmingo zu.

„Atme entspannt! Ich bin bei dir. Du bist nicht allein", er umschlang den nahezu unbedeckten Oberkörper seiner Gefährtin.

Sarai war warm. Ihre Haut fühlte sich geschmeidig an. Akiras Hände hingegen waren rau, aber zärtlich.

Aufgeregt hämmerte ihr Herz. Egal, was jetzt kam, Akira war bei ihr. Sie spürte ihn. Sein Atem strich ihr über die Wange, während flüsternde Worte über seine kaum geöffneten Lippen an ihr Ohr drangen:

„Alli su mora obor
kargol hindu ref wimie
isim go varek arza
zir ogas lo ümä
jakobi cur pil vi
akum se obal mi nu
xi ferin quon sa mala
raschi dü mol TADUR!"

„Die will ich sehen!“, stürzte ein Junge in den Raum. Zinnoberrote Haarsträhnen lugten aus dem rotweiß gepunkteten Kopftuch hervor. Ein Goldkettchen glänzte um seinen Hals. Vier silberne Creolen durchbohrten jedes Ohr. Der massive Ring an seinem Mittelfinger glich mehr einer Waffe als einem Schmuckstück.

Der untere Teil der erdfarbenen, weiten Hose steckte in seinen klobigen Wanderstiefeln. Das beige, übergroße Hemd war großzügig aufgeknöpft, wodurch sein stattlicher Brustkorb nicht verborgen blieb, ebenso wenig wie eine Narbe.

Wie ein Pirat, schmunzelte Sarai bei dem Anblick des Fremden und zog ihre Weste über die geschlossene Bluse. Die Tortur der Beschwörung war vor wenigen Minuten überstanden worden.

Akira begutachtete den Jungen argwöhnisch.

Prompt marschierte der vermutlich Gleichaltrige mit dem Kopftuch auf die beiden zu. Der Junge würdigte Akira nur eines hochmütigen Blickes und wandte sich Sarai zu.

„Madame“, er gab der verdutzten Sarai einen Handkuss und lächelte sie verführerisch an. „Welch Ehre, ein solch bezauberndes Wesen kennenzulernen.“

Ermahnend räusperte sich ein junges Mädchen, das ebenfalls gerade das Gemach betreten hatte. Sie war einen Kopf kleiner als Sarai, trotz ihrer hohen Absatzschuhe. Sie rückte das Brillengestell auf der spitzen Nase zurecht. In ihrem blassen Gesicht mit den unzähligen Sommersprossen glühten rote Bäckchen. Die zwei blonden Haarzöpfe baumelten. Das blaue Kleid mit dem weit ausgestellten Rock reichte ihr knapp bis zu den Knien.

„Du kennst ihn doch …“, wiegelte ein weiterer junger Mann das aufdringliche Verhalten seines Kameraden mit dem Kopftuch ab.

Das Haupt des zweiten Mannes, der neben dem kleinen Mädchen stand, ragte zwanzig Zentimeter über Akiras Kopf empor. Beeindruckt, teilweise verunsichert, schaute man zu diesem hochgewachsenen Burschen hinauf.

Die Sohlen seiner Sandaletten waren so dünn, dass er genauso gut hätte barfuß gehen können.

Zwei diagonale Träger, befestigt an den Knickerbockern, verliefen über seinen Oberkörper. An den braunen Lederbändern waren zwei kunstvolle, kleine Flügel angebracht. Sie lugten hinter dem Rücken hervor. *Ein verspielter Koloss.*

Ein Schriftzeichen schmückte die behaarte Brust des großen Mannes. In seine schwarzen, schulterlangen Haare war Federschmuck eingeflochten.

„Das sind Akira Kirou und Sarai Thoras“, erklärte Richard den drei seltsam gekleideten, jungen Menschen. Dann erläuterte er weiter: „Und auf der anderen Seite haben wir Veri Jaspa, ein Schatzjäger des Clans Diamantenstaub“.

Der Junge mit dem Kopftuch verbeugte sich charmant vor Sarai, als Richard ihn vorstellte.

„Die junge Frau heißt Fide Astero Masanori, widmet sich der Wissenschaft über ‚Rad der Zeit‘. Ginta Izuril will sich mit Hilfe des ‚Flügelschlags‘ in die Lüfte erheben.“

Der König machte eine Atempause.

„Ihre Clane haben eine sehr geringe Anzahl an Gleichgesinnten und sind daher überwiegend unbekannt. Im Gegensatz zu den eurigen, die zu den elf Hauptgruppen gehören.“

„Die Zahl der Anhängerschaft oder gar der Bekanntheitsgrad eines Clans spielen bei dieser Angelegenheit hier ja wohl keine Rolle. Leistungen sind ausschlaggebend. Sein und Nichtsein“, verteidigte Fide die Unterlegenheit ihrer Gemeinschaft.

Richard schnipste mit seinem Finger, woraufhin Imil einige Pergamente auf dem Tisch ausbreitete.

„Ihr alle kennt die alten Schriften“, begann der Herrscher. Er nahm sich ein bestimmtes Schriftstück und las vor:

„Einem unbefleckten Mädchen
und zwei ungleichen Jungen
wird die Bürde auferlegt.
Jeder hat sein eigenes Ziel vor Augen,
das mit der Erfüllung ihrer Aufgabe
nach und nach verblasst.
Sie, die die Auserwählten sind,
tragen das verhängnisvolle Zeichen des Teufels.“

Leon tippte mit seinem Zeigefinger nervös auf die Armlehne, während Victri relativ besonnen thronte.

„Dies ist die bekannteste Übersetzung.“ Richard legte das Blatt zurück. „Zeichen …“, murmelte er grübelnd.

Fide erinnerte hartnäckig: „Wir brachten es!“ Akira und Sarai schauten sich ahnungslos an. Victri verdeutlichte: „Bei ihrer Ankunft hatten sie drei bislang unentschlüsselte Dokumente dabei. Jedes von ihnen ist mit dem Siegel des Teufels versehen. Momentan versuchen die Priester, die Mitteilungen zu entziffern. Ist dies geschehen, kann die Reise der Auserwählten weitergehen.“

„Und wenn die Übersetzung zu lange dauert?“ Fide warf Akira wegen seiner Bedenken einen vernichtenden Blick zu und knirschte mit den Zähnen: „Das wird es nicht.“

„Eure Clane sind keine von Zeder. Woher kommt ihr?“ Veri staunte über Sarais Kenntnis: „Du weißt gut Bescheid. Aus Hûmar.“ *Dem Nachbarkontinent?* Sie stutzte. „Wie lange wart ihr unterwegs?“ Veri entgegnete: „Wir brachen vor eineinhalb Jahren auf.“

Sarai stockte verwirrt: „Aber … Zu der Zeit war noch rein gar nichts von *seinem* Erwachen bekannt.“

„Den Unwissenden nicht“, mischte sich Fide herrisch in das Gespräch ein.

„Fide, guck dir die Sternenkonstellation genau an! Solch eine habe ich bisher nie gesehen. Diese Häufung, als wollte sich der gesamte Himmel zusammendrängen.“

Fide presste ihr Auge neugierig an das kleine Loch in dem Kasten, wodurch sie eine nähere Sicht auf das Entfernte hatte.

„Faszinierend …“, begeisterte sich Fide für die Sicht auf das Weltall. „Wohl eher furchteinflößend“, bemerkte die Frau an ihrer Seite. „Ich ahne nichts Gutes.“

„Vielleicht erfahren wir etwas aus den Mitschriften der Vorfahren“, zog Fide in Erwägung. Tagelang durchsuchte sie sämtliche Unterlagen in einem kleinen Kämmerlein, bis sie schließlich auf ein Werk stieß, das zu der Zeit geschrieben wurde, als Tadur die höchste Macht innehatte.

Auch ein Sternenbild fand sich in den Aufzeichnungen. „Das ist es.“

Die alte Sprache war Fide unbekannt, so blieb ihr der Sinn des fremden Textes über der Zeichnung verborgen. Doch an einem Rand des Blattes war etwas halbwegs Lesbares gekritzelt, eine Art Übersetzung: „Es läutete sein Kommen ein, verkündete das Grauen. Niemand nahm die himmlische Botschaft ernst oder forschte nach. Für dieses Vergehen wurden wir alle bestraft.“

Sie stellte die Bücher, von denen viele lose Seiten aufwiesen, zurück in die Regale. Ein plötzliches Knarzen kündigte die Katastrophe an. Die betagten Bretter hielten der Belastung nicht mehr stand und zerbarsten. Die Ablagen stürzten ineinander. Ein riesiger Papierhaufen überschwemmte den Boden.

Erschüttert betrachtete Fide das Chaos zu ihren Füßen. Die Neuordnung würde Monate kosten.

„Zuerst zu Mari", sie kämpfte sich vorsichtig durch die Papierberge. Sie wollte der Gleichgesinnten sofort ihre neuesten Ergebnisse kundtun.

Bevor Fide die Tür erreichte, rutschte sie auf einem der Stapel aus und fiel hin. Jahrzehntelang sorgfältig gehütete Schriften wurden binnen weniger Minuten zerknittert und teilweise sogar eingerissen.

Als sie sich beim Aufrappeln auf ihre linke Hand stützte, entdeckte sie eine ihr bislang unbekannte Papierrolle, die mit schwarzrotem Wachs versiegelt war.

Fide kannte das Zeichen und Mari bestätigte ihre Vermutung. Noch in dieser stürmischen Nacht würde für Fide ihr wohl größtes Abenteuer anbrechen.

„Du bist die Antwort auf die Warnung, Fide! Sage niemandem, dass du möglicherweise die Vernichtungsformel des Teufels bei dir trägst und somit eine Auserwählte bist. Du musst unverzüglich deinen Weg beschreiten! Wer weiß, wie viel Zeit uns von seinem Erwachen trennt." Mari umarmte das Mädchen. „Zu keiner Seele ein Wort. Wenn jemand weiß, wer du bist, ist die Hoffnung verloren."

Fide schwang sich auf den Schimmel. Mari gab ihr ihr letztes Geld und betete zu den Göttern, das Kind zu schützen.

„Nach Zeder, zum Ursprung von allem!", rief die Frau ihr nach und der Wind zerzauste das schwarze, lange Haar.

„Es geht also los …"

„Liebst du mich?"

„Ja", erwiderte er beiläufig und säuberte den Diamanten mit seinem Ärmel. „Schenkst du ihn mir?"

„Nein.“ Sie gab ihm eine Kopfnuss und nörgelte: „Du kannst so gemein sein.“

„Wozu brauchst du den? Du strahlst bei weitem heller“, schmeichelte er, verstaute das Schmuckstück in seiner Hosentasche und küsste sie leidenschaftlich.

„Wir sehen uns“, er zwinkerte ihr zu und verließ das Bergwerk. Sie blieb schmachtend zurück.

„Veri!“, ein anderes Mädchen lief auf ihn zu. „Mein Bruder hat heute Abend zu tun. Ich bin also allein und lasse mein Zelt für dich offen.“

„Meine Hübsche“, er streichelte ihr sanft über den Hals, „heute hat die Arbeit Vorrang. Sonst verlerne ich noch mein Handwerk.“

„Ach was, du bist der Beste“, sie massierte seine verspannten Schultern. „Ich glaube, du brauchst mal wieder eine richtige Massage“, hauchte sie ihm in sein Ohr.

„Erst der Job, dann das Vergnügen“, er befreite sich von ihr.

Veri liebte Mädchen ohne jeden Zweifel und ganz besonders seine beiden Goldstücke. Wenn er wollte, könnte er jeden Tag eine andere haben. Aber heute, in dieser Nacht, gab es etwas bei weitem Fesselnderes, den vielleicht größten Beutezug seit seinem Beitritt in den Clan der Schatzjäger. Dieses Abenteuer ließ er sich um keinen Preis entgehen.

Zwei Stunden, ehe die Sonne ihr Abendrot entfachte, zog ein Trupp vom Lager aus los. Vier Männer und eine Frau begaben sich auf einen Pfad quer durch das Gebirge. Veri kitzelte es bereits vor Entdeckerlust in den Fingern. Er konnte es kaum erwarten, abermals sein Talent im Aufspüren und Beschaffen von wertvollen Gegenständen darzubieten. Auf diesem Gebiet entpuppte er sich als wahrer Meister, wie einst sein Vater, der König der Diebe.

Die sagenumwobene Höhle war erst neulich entdeckt worden. Ein reicher Händler hatte sie gekauft, obwohl er bereits in unendlichem Überfluss lebte.

Billig bezahlte Arbeiter ließ er hart schuften. Sie gruben manchmal mit bloßen Händen, weil die Werkzeuge kaum taugten. Keiner von ihnen beschwerte sich, denn ihr Überleben hing von diesem Lohn ab.

„Wollen wir sie unterstützen?", scherzte Veri und sah zum Lichtschein hinunter, der aus der Höhle drang.

Ein Mitglied des Clans stimmte belustigt ein: „Erleichtern wir ihren Herrn ein bisschen."

Sie kletterten den Berghang hinab. Dessen Schatten ließ sie in der Schwärze verschwinden. Unbemerkt näherten sie sich den sechs Wachposten.

Zwei der Schatzjäger lenkten die Aufmerksamkeit der Aufseher auf sich. Vier von diesen ließen sich tatsächlich auf ein Katz-und-Maus-Spiel ein. Die anderen beiden wurden von Veri, der Frau und einem weiteren Gefährten überwältigt.

Etliche Fackeln erhellten die Wege unterhalb der Erdoberfläche. Ein leichtes Eindringen, fast zu einfach.

Kleinere Säcke lagen gebündelt und prall gefüllt mit Edelsteinen an den Seiten der Gänge. „Abholbereit", grinste Veri verschmitzt und sammelte sie mit seinen Verbündeten ein.

„Wir müssen nicht einmal suchen oder gar großartig Hand anlegen. Alles schon fertig", sagte Veri, wobei sich seine Freude in Grenzen hielt, denn so konnte er schlecht seine Fähigkeiten unter Beweis stellen. Der Raubzug verlief verdächtig unkompliziert.

„Wir sollten abhauen", der Führer des Trupps misstraute der ruhigen Lage. Etwas stimmte nicht … Wo waren die Arbeiter? Niemand außer ihnen schien sich in der Höhle zu befinden.

„Jetzt musst du auf eine bessere Gelegenheit warten, um dich zu brüsten", neckte die Frau Veri. Sie wusste sehr genau, dass Anerkennung für ihn eine große Rolle spielte. Er grinste sie an: „Irgendwann kannst selbst du meinem Charme nicht mehr widerstehen, Rotschopf."

„Ihr habt auf euch warten lassen“, grollte eine amüsierte Stimme durch den Stollen.

Am Eingang der Höhle stand der reiche Händler mit verschränkten Armen und ihm zur Seite bewaffnete Untergebene, die auf das Kommando warteten, die Schatzjäger ins Reich der Toten befördern zu dürfen.

Der Händler hatte mit Dieben gerechnet und sich dementsprechend vorbereitet. Durch Bestechung hatte er den heutigen geplanten Beutezug in Erfahrung gebracht. Ein Verräter im eigenen Clan … Anders konnte es nicht sein, denn niemand sonst wusste über die Aktivitäten der Jäger Bescheid.

Falle!!!

Die Schatzjäger flohen tiefer in die Höhle, unwissend, dass ihnen keine Seele folgte. Der Händler wollte sie nicht ermorden lassen. Die Diebe sollten sich selbst richten und das würde dank seines Plans geschehen.

Man hatte die Gänge der Höhle als Labyrinth angelegt. Die Diebe wurden sich verlaufen, nicht mehr nach draußen finden und verhungern. Sollte es doch einer von ihnen bis zum Eingang schaffen, so würden die Aufseher des Händlers freie Hand haben und über dessen Schicksal entscheiden.

Die niederträchtige Strategie des Vermögenden ging auf. Die Jäger trennten sich in der Höhle, um ihre vermeintlichen Verfolger zu irritieren. Und so verloren sie sich, bis keiner dem anderen je mehr gegenüberstehen sollte.

Veri gelang es als Einzigem, sich auf unerklärliche Weise frei zu buddeln und ein Erinnerungsstück mitgehen zu lassen, ein versiegeltes Pergament.

„Eine Nadel noch“, ein Jüngling befestigte den letzten Stoffstreifen an den Papieren. Beeindruckt äußerte er: „Ich finde es mutig von dir, Ginta, dass du dich freiwillig gemeldet hast.“

„Ein Wetteinsatz, den ich einzulösen habe."

„Wenn es klappt, haben wir der Menschheit einen großen Fortschritt gebracht", ein dunkelhäutiger Greis näherte sich den beiden jungen Männern.

Seine Kleidung war auffällig bunt und mit Federn bestückt. Armreifen klapperten in Fülle, ebenso wie die Ringe an dem Stab in seiner Hand.

Alle zweiunddreißig Angehörigen vom Clan Flügelschlag waren zusammengekommen. Ein Teil stand oben auf der Klippe, der andere unten am Strand.

Möwen zogen krächzend ihre Kreise über das wogende Meer und lauerten auf Fang.

Ginta holte tief Luft. Seine angespannten Gesichtszüge verrieten gleichermaßen Angst wie Entschlossenheit.

Das hölzerne Gestell auf seinem Rücken bildete ein Flügelpaar, eine Erfindung, welche nun auf ihren Nutzen getestet werden sollte.

Gintas Arme befanden sich in Schlaufen, die an den Schwingen befestigt waren.

„Der Mensch ward einst ein Vogel und kehrt zum Himmel zurück", zitierte der Greis andächtig den Leitspruch des Clans.

Ginta holte Anlauf. „Tapferkeit und Stärke". Mit diesen Worten trieb er sich selbst voran, rannte los, dachte nicht über Gefahren *nach und sprang mit einem kraftvollen Abstoß von der Klippe in den Abgrund.*

Er schlug mit den Armen wie ein Vogel und spürte den frischen Wind im Gesicht, bevor er ins Meer trudelte.

Seine Freunde zogen ihn gerade noch rechtzeitig aus dem Wasser. Ginta hatte sich nicht selbst von dem Gestell befreien können und wäre ertrunken.

Die kaputte Bastelei lag neben ihm, als er Wasser ausspuckte und nach Sauerstoff rang. Gintas Blick streifte einen der Flügel, bestehend aus einem Holzgerüst, durchnässten Stofffetzen und aufgeweichten Papieren, die als Federn dienten. Die Buchstaben der Texte auf den wahllos verwendeten Schriftstücken waren verlaufen. Nur auf einem Blatt schien die Reise durch die Luft und der Sturz in das salzige Meerwasser keine Spuren hinterlassen zu haben. Es war gänzlich unversehrt geblieben.

„Bringe das nach Zeder! Es könnte wichtig sein“, äffte Veri die Worte des stellvertretenden Anführers seines Clans nach. An Trauerzeiten wegen des Verlustes einiger Kameraden durfte er nicht denken.

Warum mussten sie unbedingt in diesem verdammten Stollen rauben gehen? Warum hatte er nicht wenigstens das Artefakt liegen lassen können? Vielleicht aus Rache, um dem einfältigen Händler zu zeigen, dass er nicht ohne Schatz gehen würde. Na toll.

Natürlich hatte er das Siegel aufgebrochen. Wollte schließlich wissen, wovon des Teufels Nachricht handelte. *Ihm offenbarten sich komisch aussehende Symbole, die „alte Schrift“. Könnte damit überhaupt jemand etwas anfangen? Vielleicht war es eine Fälschung, ein Spaß von irgendwelchen Bauersleuten.*

Ein Monat war inzwischen auf dem Meer vergangen. Das Wetter spielte verrückt, war selbst von erfahrenen Seefahrern nicht einzuschätzen. Zehn Leute zwängten sich dicht an dicht in das kleinere Boot, sieben Reisende, zwei Matrosen und der Kapitän.

Vier Passagiere brachen aus Angst vor einer Schiffskatastrophe ihren Ausflug ab. Man setzte sie auf einer nahen, bewohnten Insel aus. In circa einer Woche käme ein Kahn vorbei, der sie an Bord lassen würde.

Der Kapitän hatte eine bedeutende Fracht nach Zeder zu liefern. Selbst der Sturm hielt ihn nicht von der Vollendung seines Auftrages ab.

An Deck war es zu gefährlich, weil ab und zu Wassermassen über die Reling schwappten. Die Fahrgäste kauerten in einer Kabine. Der Wind zischte durch die Ritzen. Es war kalt.

„Fürchtest du dich nicht vor einem Unglück?“, neckte Veri das schweigsame Mädchen neben ihm. Es war Fide. „Lass mich in Ruhe!“

„Und was ist mir dir?“ Ginta schien ebenfalls kein Freund der Unterhaltung zu sein.

„Macht es doch nicht noch langweiliger, als es ohnehin ist“, drängte der Schatzjäger sie zu einer Entgegnung.

Veri setzte sich dichter zu Fide und legte seinen Arm um ihre Schulter. Dafür kassierte er eine Ohrfeige.

„Hau ab!“, knurrte sie. „Was schleppst du andauernd in diesem Behälter herum?“, er ergriff den Zylinder. Fide versuchte, ihm den Gegenstand zu entreißen, da hatte Veri bereits den Deckel abgenommen und das Artefakt herausgeholt.

„Idiot!“, sie schlug ihm auf den Hinterkopf, nutzte seine Verdutztheit über das verschlossene Pergament und riss es ihm aus den Händen.

Ohne Erklärung schubste er Fide auf den Flur hinaus. „Wo hast du das her?“, rief er laut, damit seine Stimme nicht im Unwetter unterging.

Sie fauchte: „Das geht dich nichts an!“

„Bist du sicher?“, er zog das zusammengefaltete Blatt aus seiner Jackentasche.

Fide rückte die Brille zurecht, um gewiss zu sein, dass sie sich nicht versah. Im nächsten Moment wütete sie: „Du hast es geöffnet?!“

„Was ist dabei?“

„Ich auch.“ Ginta stand hinter ihnen und hielt sein Pergament in der Hand.

„Das Zeichen von denen war bestimmt ein Zufallstreffer. Wir sind immerhin zu dritt und die bloß zu zweit“, argumentierte Fide. *Niemand hat das Recht, mir meinen Rang als Auserwählte zu stehlen.*

Victri überlegte: „Vielleicht gibt es *doch* mehrere Auserkorene, um die Chancen für einen Sieg der Menschheit über den Teufel zu erhöhen."

„Nein …", grübelte Richard und strich mit den Fingern durch seinen Bart, „die Schriften berichten von drei. Ich bin davon überzeugt, dass dies stimmt. Einige unter euch sind nicht jene aus der Prophezeiung."

„Meint ihr, wir sind den ganzen Weg umsonst gekommen? Ich bin die Retterin." Fide schlug mit der Faust auf den Tisch.

„Geschafft!", ein Mönch, etwa vierzig Jahre alt, polterte in die Halle herein und wedelte überschwänglich mit einem Bündel Schriftstücken. „Die Übersetzung ist komplett."

Schatten erheben sich aus dem Licht,
Staub wird zu Asche.
Meere versiegen,
Felder verdorren.
Berge zerfallen,
Wüstensand färbt sich rot.

Zu verhindern dies
es gibt drei Wesen,
weder Götter noch Engel,
sondern Menschen.

Ziehen aus,
den Teufel zu stürzen,
doch muss erst der Hass
der Völker vernichtet werden.
Einen sollen sich die Reiche.

Der Schlüssel,
versteckt auf dem Pfad
vom Herz über den Orient
bis hin zu den
wolkenverhangenen Alpen.
Zeders Untergang ist nah,
sollten jene,
sollte eine
scheitern.

„Warum drücken die sich dermaßen kompliziert aus?" Veris Verständnis für solche Wortspielereien hielt sich in Grenzen.

„Ein Schlüssel …", wiederholte Fide. „Hass der Völker."

„Das Vereinen der Reiche ist geschehen", wies Sarai auf die Anwesenheit der Herrscher hin. „Nicht ganz", wandte Leon ein. Schuldbewusst machte Victri es den anderen begreiflich: „Es gibt einen vierten Herrscher. Laut Thronfolge seiner Familie stand ihm der Platz rechtmäßig zu. Wir waren zwar anfangs dagegen, dies zu bewilligen, aber er erkaufte sich sein Recht. Er wusste, dass das Geld in den königlichen Schatztruhen gering war. Im gleichen Atemzug verlangten wir, dass er sich einzig auf sein Reich konzentriere und kein Mitspracherecht in anderen Angelegenheiten verlange. Dies kam ihm sehr gelegen. Genau so hatte er es gewünscht. Seitdem ist Arrak Smura el Rabbat der Sultan des westlichen Morgenlandes Andúl."

Wenn Arrak von vornherein eine Zusammenarbeit der Reiche ablehnte, wie sollte man ihn jetzt umstimmen können? Aber vielleicht gab sich der Kalif bloß wegen der Spannungen zwischen ihm und den Höfischen abweisend.

Richard fasste zusammen: „Jeder von euch kam mit dem Emblem Tadurs. Wem die Vorsehung gilt, wissen wir nicht, aber ihr müsst euch über eure Verantwortung im Klaren sein."

„Sie können zusammenarbeiten", schlug Donmingo vor. „Zu fünft ist die Wahrscheinlichkeit des Triumphes höher."

„Nein!", blockte Fide vehement ab. „Vielleicht sind *die* Auskundschafter des Teufels." Akira machte eine Geste, die erahnen ließ, dass er das Mädchen zur Vernunft bringen wollte. Sarai hielt ihn davon ab.

„Wir brechen morgen auf", sprach Akira und schluckte seine Verärgerung runter. „Wir noch heute", entgegnete Fide überlegen.

Tatsächlich zogen Veri, Ginta und Fide nach dem Mittag los. Es war ein großes Risiko, Sagems Tor zu öffnen.

Neun Gruppen mit jeweils drei Personen preschten auf ihren Pferden aus der Hauptstadt. Sie ritten in alle Richtungen, um unter den Monstern Verwirrung zu stiften, damit die eigentliche Gruppe, Fide und ihre Begleiter, ohne großartige Vorkommnisse fliehen konnte.

Zur Abenddämmerung geschah das Befürchtete. Sagem fiel!

Die Eingänge wurden mit Rammböcken aufgestoßen, brennende Fackeln flogen in hohem Bogen über die brüchigen Mauern ins Ortsinnere.

Sagem wurde überrannt von einer nicht mehr enden wollenden Meute wütender Kreaturen.

Schwarze Rauchwolken erhoben sich in den Himmel. Die Ungeheuer waren nicht allein für dieses Werk verantwortlich. Dies war hauptsächlich die Tat des feuerfanatischen Heerführers Casca und eines Teiles seiner Geisterarmee.

„Bleibe dicht hinter mir!", ordnete Akira an und sprang mit Sarai aus dem Fenster des ersten Stockes.

Die Luft war stickig, mit Asche angereichert.

„Und die anderen?“, hustete Sarai. „Sie werden die unterirdischen Gänge benutzen. Uns würden diese weit vom Weg abbringen.“

Akira hob einen Stab auf und prügelte auf den wölfischen Krieger ein. „Wie kommen wir raus?“, Sarai sah sich verzweifelt um.

„Hey!“, rief eine Stimme. Ein Junge hockte auf dem Wall und ließ ein Seil zu ihnen herunter. *Wer ist das?*

„Beeilt euch oder wollt ihr dort Wurzeln schlagen?“, trieb der Unbekannte sie an.

Akira nickte seiner Gefährtin bestätigend zu. Blieb ihnen sonst eine Wahl? Sie mussten dem Jungen dort oben vertrauen, um zu überleben.

Das Ende des Stricks hatte der Unbekannte an einem Holzbalken befestigt. Sarai zog sich mit aller Kraft hinauf. Für Akira war das eine leichte Sache.

„So sieht man sich wieder“, empfing der Gleichaltrige die beiden mit humorloser Miene. „Was machst *du* hier?“, entfuhr es Sarai überrascht.

Karkara!!!

Kapitel 7

Die Tänzerinnen von Andúl

Karkara, Akira und Sarai setzten auf die Dächer der Wehrgänge über.

„Brennt alles nieder!“, brüllte der Heerführer Casca seine Anweisung.

Die feuerroten Haare des Jungen, er wirkte nicht älter als die Auserwählten, ragten etwa fünf Zentimeter stoppelig über seinem Kopf nach oben. Stechend leuchtende Pupillen suchten die Gegend nach Opfern ab.

Casca, ganz in Leder gekleidet, ritt auf einem sechsbeinigen Untier. Eine Mischung zwischen Raubkatze und Hund zeichnete sich in den Zügen des Scheusals ab. Ein Auge fehlte. Die gespaltene Zunge lugte inmitten der messerscharfen Reißzähne hervor. Cascas linke Hand hielt die Zügel, die rechte verwahrte eine verkürzte Sense. Um den Einsatz dieser Waffe rankten sich viele furchteinflößende Geschichten.

Casca galt als der brutalste und schonungsloseste der vier dämonischen Oberhäupter.

Seine Bestien trieben die Bevölkerung aus ihren Häusern. Ein Priester rannte schreiend um sein Leben.

Casca stieg von seinem Tier ab. Er bewegte sich langsam, als hätte er alle Zeit der Welt. Aber warum auch eilen, er musste ja vor nichts davonlaufen. Er war schließlich der Jäger, nicht der Gejagte.

In seiner Todesangst hastete der Mönch wie von Sinnen auf den seelenruhigen Casca zu, der ihn bereits ins Visier genommen hatte. Der Geistliche nahm bloß das Südtor Sagems wahr, das ihm Flucht und Freiheit verhieß.

In dem Augenblick, als der Gehetzte Casca passierte, trennte sich sein Kopf vom Körper und kugelte zu Boden.

Casca verharrte nach wie vor in seiner aufrechten Haltung, nur mit dem Unterschied, dass seine Sense jetzt blutgetränkt war. Hatte er sich dermaßen schnell bewegt, dass es das Auge eines Normalsterblichen nicht zu erfassen vermochte?

Cascas Blick hatte ein neues Ziel erfasst: Sarai stand auf der Überdachung, das Gemetzel hatte sie vor Schreck erstarren lassen.

„Komm!", Akira riss sie fort. „Er hat uns entdeckt", warnte Karkara vor einem Angriff des Heerführers.

Ein Pfeilhagel sauste unerwartet durch die Luft. Das Jagdhorn der „Klinge des Donners" erschallte. Der Clan gab Sagem nicht auf, sondern kam der Stadt zu Hilfe.

Cascas Aufmerksamkeit und die seiner Anhänger lenkte sich auf die Truppen.

Vom Westtor aus verlief eine imposante Baumallee. Die Stämme und Äste der wuchtigen Linden waren breit und kräftig, berührten sich fast. Akira und seine Gefährten nutzten diesen dichten Wuchs der Bäume als Brücke. Sie kletterten von einem Laubbaum zum nächsten, bis sie den Hang erreichten.

„Da sind wir ja glimpflich davongekommen", keuchte Sarai aufgeregt. Nach einer Stunde Fußmarsch hatten sie sich bereits weit von Sagem entfernt. Der Qualm war immer noch zu sehen.

„Also, stürmen wir gleich die Festung oder wie sieht's aus?", Karkara verschränkte die Arme und nahm eine resolute Haltung ein.

„Wie meinst du das?", erkundigte sich Sarai. *Was soll das bedeuten?*

Karkara rammte die rechte Faust in seine linke Handfläche. Des Teufels Zeichen erglühte auf seinem rechten Handrücken.

„Seit wann ...?!"

„Seit vier Jahren", unterbrach er die erstaunte Sarai.

„Wenn du wusstest, wer wir sind, warum hast du dich uns nicht gleich angeschlossen?" Diese durchaus berechtigte Frage stellte Akira.

„Ich wollte nicht", schmunzelte Karkara über seine damalige Ansicht. „Ich wollte mit all dem nichts zu tun haben."

„Und dann wurdest du sentimental oder wie?" Akiras Äußerungen bohrten sich wie Nadelstiche in Karkaras Brustkorb. Für so ein egoistisches Verhalten hatte Akira kein Verständnis.

„Sei lieber froh, dass ich wenigstens jetzt da bin", murrte Karkara.

„Bist du wahnsinnig?", Buras schlug Karkara nieder. Der Anführer der Barbaren, der in seiner Abwesenheit von seinem Stellvertreter Hasaff vertreten worden war, *war außer sich vor Wut und stampfte zornig im Zelt hin und her.*

„Wie konntest du?", brüllte er fortwährend und packte den Jungen am Kragen.

„Was interessiert mich das!", konterte der Bursche und wurde von dem Oberhaupt in eine Ecke geschleudert.

„Weißt du eigentlich, wie viele Menschen auf dich vertrauen? Und ganz besonders die, die dein Schicksal teilen." „Mir

egal", flüsterte Karkara uneinsichtig und wischte sich das Blut vom Gesicht.

„Hier ist mein Platz", er erhob sich unter Schmerzen. „Du kannst mich nicht wegschicken." Buras wandte ihm den Rücken zu und stützte sich auf den Tisch.

„Was willst du eigentlich, Karkara?"

„Anführer der Barbaren werden."

Buras lachte. „Du fliehst jetzt schon vor deinen Pflichten."

Karkara blieb stur: „Das ist etwas anderes."

„Keineswegs."

Buras drehte sich um. „Die Befehlsgewalt ...", überlegte er. „Warum sollte ich dich ernennen und nicht Loskat?" Darauf wusste Karkara augenblicklich eine passende Antwort: „Ich bin der Bessere!"

„Das reicht nicht."

Der vernarbte Anführer schritt auf ihn zu. „Zeige mir, dass du mehr wert bist, mehr Kraft, Ausdauer und Willensstärke besitzt, dass du eine Gruppe geschickter leiten kannst als sonst wer und stelle dich deiner Aufgabe!" Karkara knurrte missmutig. Nun war *er in der Zwickmühle.*

„Doch glaube nicht, dass ich dich gleich zu meinem Nachfolger ernenne, wenn du wiederkommst. Dein Schicksal hat dir einen bedeutsamen Auftrag erteilt. Er ist ein Schritt zum Erwachsenwerden, eine Herausforderung, ein Hindernis. Unter Umständen kehrst du nicht zurück."

Der Barbarenjunge knirschte ungeduldig mit den Zähnen. „Ich komme wieder und nehme deine Stelle ein. Darauf kannst du Gift nehmen."

Karkara verließ das Zelt. „Warte!", rief Buras ihm nach.

„Was gibt's denn noch?", meckerte er.

„Pass auf dich auf!"

Ein Grinsen lag auf Loskats Lippen: „Du haust ab?"

„Wie du siehst", gab Karkara bockig zurück. Loskat neckte ihn: „Dann werd ich ja mühelos die Nachfolge des Anführers antreten. Du machst es mir ja richtig leicht." „Vergiss es, Kat! Der Rang gehört mir."

Karkara spuckte aus. Loskat reichte ihm die Hand mit den Worten: „Ich will gar nicht wissen, wohin du gehst, ich warte auf dich und dann kämpfen wir um die Stellung." Karkara willigte ein: „Abgemacht."

„Du hast ohnehin keine Chance gegen mich", die Rivalen trennten sich in Übereinstimmung.

Durch Zufall hatte Buras das Symbol auf Karkaras Hand gesichtet. Er selbst hätte es weiterhin geheim gehalten. Aber nun, als Karkara bei Sarai und Akira war, sah er, dass er hier gebraucht wurde. Im Nachhinein war er froh, dass Buras ihn zu dieser Reise gezwungen hatte.

„Woran hast du gemerkt, dass gerade wir zwei zu dir gehören?", löcherte Sarai ihn interessiert. „Intuition eines Kriegers." *Solchen wie euch begegnet man nicht alle Tage.*

Ihr nächstes Ziel hieß „Andúl", das Morgenland im Westen des Kontinents. Sie mussten den Sultan Arrak Smura el Rabbat zur Unterzeichnung eines Vertrages überreden, der alle vier Königreiche politisch gleichstellen würde. Für Außenstehende mochte das nachvollziehbar und vernünftig klingen, aber der Kalif fürchtete höhere Abgaben und zusätzliche Pflichten, denen er wie Richard, Victri und Leon nachkommen müsste.

Arrak war ständig auf der Hut, nicht ausgenutzt oder unterschätzt zu werden. Und auf gar keinen Fall sollte es jemand wagen, ihm seine Regierungsform streitig zu machen.

Die Bewohner des Wüstenlandes Andúl würden für ihren Sultan alles tun. Sie akzeptierten ihn als alleinigen Herrscher und würden niemanden sonst anerkennen.

„Das sollen andere erledigen! Wir haben Wichtigeres zu tun, als uns um so ein Briefchen zu kümmern“, wandte Karkara gegen den Abstecher in das Morgenland ein.

Sarai erinnerte den Ungeduldigen: „Die Prophezeiung wies auf diesen Weg hin: vom Herz, wahrscheinlich Sagem, über den Orient, Andúl.“ *Dir kann es wohl nicht schnell genug gehen, dem Leibhaftigen gegenüberzutreten?*

Die Auserwählten passierten das Fischerdörfchen Kukos. Es lag an der Quelle des Flusses Respa, der in das östliche Meer Langsas mündete. Respa war reich an Fischarten und bescherte den Fischern volle Netze.

Es war der Vierzehnte der Mireyu. Sarai betrat die Kirche des Dorfes mit gemischten Gefühlen. Akira wartete draußen. Karkara folgte ihr zunächst, verharrte schließlich nahe dem Eingang.

Sarais Eltern waren gläubig gewesen. Sie auch, bis zu deren Tod. Von diesem Moment an ließ sie von der Überzeugung von der Existenz der Götter ab. Diese Welt war ein gottloser Schauplatz. Oder warum sollten diese machtvollen Wesen all das Leid zulassen? Wurden ihnen Grenzen gesetzt?

Sarai entzündete zwei Kerzen, die sie zu weiteren neben den Altar stellte. Die kleinen Lichter vermittelten Geborgenheit und strahlten Wärme aus. Wenn sie in die tanzenden Flammen blickte, erschienen ihr im Geiste die Gesichter der Verstorbenen. Sarai kniete nieder und betete für das Seelenheil von Mutter und Vater.

Akira schlenderte währenddessen in der Gegend herum. Dann setzte er sich im Schneidersitz auf einen Findling und nahm eine meditierende Pose ein.

Das nahe gelegene Bächlein rauschte.

„Ich habe dich nicht gleich erkannt, zu viel Zeit ist vergangen. Jetzt ist mir klar, woher du wusstest, wer ich bin.“ Sakobi, eine der Heerführerinnen der Geisterarmeen, stand unvorhergesehen am anderen Ufer der Strömung.

Akira öffnete stumm die Augen. Ohne ein Zucken, fast gleichgültig, wurde er der Person gewahr.

Es war das Hexenmädchen mit dem Spitzhut, das ihn und Sarai an Korabs Haus überrascht hatte.

„Was willst du?“, fragte Akira mit monotoner Stimme.

Mit einem großen, mühelosen Sprung landete Sakobi direkt vor ihm.

Mit der Zunge fuhr sie begierig über ihre Oberlippe. Unbeeindruckt blickte er zu ihr hinab.

Sakobi strich über seine Beine und versuchte ihn mit ihrem sinnlichen, tiefen Ausdruck zu bannen.

„Wir können weiter!“, Karkara winkte seinem Mitstreiter zu. Akira richtete sich auf, erhob sich rasch vom Stein und lief zu seinen Verbündeten. Von Sakobi keine Spur.

„Es ist ruhig geworden“, stellte Sarai fest. Akira stimmte ihr zu: „Seit drei Wochen kein Bericht über eine Attacke.“ Karkara war sich sicher: „Die planen was.“ *Oder geben auf*, dachte Sarai – ein unerfüllbarer Wunsch.

Der Markt des Fischerdorfes war gut besucht. Sarai kaufte Nahrungsmittel. Karkara war schwer von der Waffenbude fortzubringen und Akira vermied es, sich unter die Menge zu mischen.

„Töpfe mit dem Emblem des Lichtgottes. Eigenhändig von ihm signiert“, pries eine Händlerin ihre Waren an. Sarai wurde hellhörig. *Ein Gott, der sich zu den Menschen niederlässt, um Krüge zu verzieren?*

„Wie kamst du an die Schrift?“, erkundigte sich Sarai und beäugte einen der Krüge. „Ich war persönlich bei ihm. Er hat mich in seinem Tempel empfangen.“

„Wo finde ich ihn?“

Eine Magd, die das Gespräch belauscht hatte, trat an den Stand und plauderte munter: „Ein ganzes Stückchen entfernt, in Andúl.“

„Bist du still!“, zischte die Verkäuferin. Wie konnte es diese Göre wagen, das Geheimnis zu enthüllen?

*Ein leibhaftiger Gott? Den will ich sehen.*Der Sonnentempel lag auf dem Pfad zur Hauptstadt Kanan, dem Sitz des Sultans. Beinahe an jeder Kreuzung war der Weg zu dem Heiligtum ausgeschildert. Von einem Geheimnis konnte keine Rede sein.

„Ich fühle mich erleuchtet.“

„Er sah so gut aus.“

„Ich bin in einen Gott verliebt.“ Eine Horde verträumter Frauen torkelte ihnen wie trunken entgegen.

„Der muss ja eine Wirkung haben“, wunderte sich Sarai. Karkara dagegen witterte Unheil: „Das riecht nach Betrug.“

Das prächtige Gebäude erstrahlte in frischem Gelb und war im orientalischen Stil erbaut. Auf dem hohen Kuppeldach prangte eine metallene Sonne aus rotbraunem Kupfer.

„Der Heilige, Legendäre erwartet dich!“, begrüßte eine Gravur am Eingangsportal die ungläubigen Ankömmlinge. „Woher will der wissen, dass wir kommen?“, alberte Karkara.

Er stieß den Eingang mit einem Hieb auf. Das hölzerne Tor krachte an die harte Granitwand. Des Barbaren Ruf hallte durch die dreischiffige Halle: „Jemand da?“

Der mittlere Gang führte zu einem Thron. Runde Säulen, die die hohe Decke stützten, säumten den Weg wie eine Allee aus Bäumen. Als Karkara gegen eine pochte, klang sie hohl.

„HALLO!!!“

Mit einem Mal strömte weißer Rauch in den Saal. Leise Gesänge erklangen. Plötzlich ertönte ein lauter Knall.

Karkara spähte vorsichtig aus seiner Deckung hervor. Akira löste seinen schützenden Griff von Sarai.

„Willkommen!“, hallte ein majestätischer Gruß durch den Saal. Der Qualm verschwand ebenso blitzartig, wie er aufgekommen war, und ein Mann wurde sichtbar.

Goldfarbene Gewänder schmückten seinen Körper. Ein schwarzer Spitz- und Schnurrbart sowie buschige Augenbrauen kennzeichneten sein straffes Gesicht.

Über seinem Haupt schwebte ein Heiligenschein.

„Ich bin Theosus, der Lichtgott. Verbeugt euch vor mir!“, verkündete er mit einer arroganten Handbewegung.

Keiner der drei machte die geringsten Anstalten, seinem Wunsch zu entsprechen.

„Nun gut …“, er wirkte verstimmt und verunsichert. „Was bringt ihr mir für Gaben?“

„Und du willst ein Gott sein?“, marschierte Karkara auf ihn zu.

Theosus fuchtelte mit seinen Händen und gebot Einhalt: „Bleib stehen! Halte Abstand oder du wirst meinen Zorn spüren!“

Karkaras gewitzte Miene verhärtete sich. „Drohst du mir?“, seine Hand legte sich um den Schwertgriff.

Theosus fächerte sich Luft zu. *Nicht ohnmächtig werden!!!*

„Was wollt ihr von mir?“, erfragte der Mann überfordert. „Deine Echtheit überprüfen.“ Karkara weidete sich regelrecht an Theosus’ Nervosität und zog sein Schwert. „Götter sollen nicht bluten, habe ich gehört. Endlich eine

Gelegenheit, um herauszufinden, ob das wahr ist", e Karkara fixierte den erschrockenen Mann frech.

„Tue mir nichts!", flehte Theosus bange und kauerte sich immer mehr zusammen. Karkaras Waffe war auf ihn gerichtet.

Sarai drückte die Klinge des Kriegers nach unten. Sie konnte ihre Enttäuschung über diesen jämmerlichen Lichtgott nicht verbergen: „Welches Spiel treibst du?"

„Ich bin kein Gott", gab Theosus wimmernd zu. „Wozu das alles?", erkundigte sich Akira. „Anerkennung, Reichtum ...", kam seine Antwort.

Beschämt nahm der entlarvte Theosus den Strahlenkranz von seinem Kopf. Am Kragen seines Gewandes war dieser mit einem Stäbchen befestigt gewesen. Hielt man den Gegenstand ins Licht, schimmerte er.

Die einlullenden Lieder sangen zwei Dirnen im Nebenzimmer, die er für ihre Dienste bezahlte.

Den nebligen Dunst und den ohrenbetäubenden Knall ließ er mit speziellen Pulvern und Tränken herbeizaubern.

Ein bühnenreifes Spektakel, das den Pöbel beeindruckte.

„Scharlatan", wertete Sarai ihn und seine Vorführung ab. Innerlich hatte sie sich gewünscht, endlich einem leibhaftigen Gott zu begegnen, um ihn zur Rede zu stellen. Nichts. Für sie bestätigte es sich, dass es richtig war, dem Glauben an die Götter zu entsagen.

„Ich bitte euch!", bückte sich Theosus vor ihnen nieder, „sagt niemandem die Wahrheit."

„Das kannst du vergessen, Memme." Karkara ging zum Ausgang.

Theosus würde alles verlieren, wenn der Schwindel aufflöge. Er musste sich schnell etwas einfallen lassen, um die drei aufzuhalten oder sie sogar für ihr Schweigen zu bezahlen.

„Kann ich euch helfen? Verlangt ihr Geld?“, bettelte Theosus. Er wollte sein jetziges Leben unter keinen Umständen aufgeben. Es war zu herrlich.

„Nö. Wir sind in Eile, nerv nicht!“, blockte Karkara ab und hatte schon fast die Tür erreicht, um den Tempel zu verlassen.

„Wohin wollt ihr?“, rief Theosus. Karkara schwatzte beiläufig: „Zum Sultan.“

Akiras Augen blitzten ihn zurechtweisend an. *Überlege dir, wem du welche Auskunft gibst!*

„Das wird nichts“, warf Theosus so überzeugt ein, das die drei unversehens stehen blieben und ihn fragend anblickten.

„Wie ist das zu verstehen?“ Sarai verlangte eine Erklärung. Theosus legte dar: „El Rabbat ist sehr eitel und umsichtig. Viele trachten nach seinem Leben. Fremde lässt er nicht zu sich vor, bloß Vertraute.“

Sarai zweifelte nicht an Theosus’ Worten. Der Aufenthalt im Sonnentempel war vielleicht *doch* von Bedeutung und keine Zeitverschwendung gewesen.

„Das ist ein Problem“, brummte Karkara.

Theosus ergriff seine Chance und bot ihnen an: „Ihr lasst mir meinen Frieden und ich bringe euch zu ihm.“

„Das werdet ihr büßen“, hämmerte Fide erbost gegen das verschlossene Tor. Sie war dem Palast des Sultans so nah und jetzt wollten diese befehlstreuen Wachen ihr den Eintritt verwehren?

„Lasst uns rein! Wir wollen zu El Rabbat“, schrie sie aufgebracht. „Das bringt nichts“, Ginta, der neben ihr gestanden hatte, entfernte sich von dem abgegrenzten Gebiet innerhalb der Stadtmitte Kanans.

„Verdammt!“ Fide kochte vor Wut. Sie ging ein paar Meter von dem Einlass zurück und suchte nach einem niedrigeren Bereich der Mauer, der ein Überklettern in den Hof des Palastes ermöglichte.

Ginta schlenderte zu Veri, der sich faul in den Schatten einer Palme gesetzt hatte. Fide kam angestampft und fuhr Veri an: „Hast du keine Idee?“

„Zu warm.“

Ja, das Klima machte allen um diese Jahreszeit sehr zu schaffen, erst recht in der Wüste. Dennoch, sie hatten ihre Pflicht zu erfüllen und dafür würde die ehrgeizige Fide sorgen.

Sarai beobachtete das uneinige Trio aus der Ferne. „Sind sie das?“, Karkara lugte in dieselbe Richtung. Sarai nickte. Sie hatte ihm von der anderen Gruppe erzählt.

„Los!“ Akira ging vor, quer durch die Menschenmenge über den orientalischen Markt. Im Takt klatschende und tanzende Personen wetteiferten mit der rasanten, aufbrausenden Musik. Schlangenbeschwörer präsentierten ihre Kunst.

Akira, Karkara und Sarai schritten an Fide und ihren Mitstreitern vorbei. Tatsächlich, die drei erkannten sie nicht – wie auch, in diesem Aufzug.

Akira klopfte an die Pforte. Ein Wärter öffnete einen Spaltbreit und spähte nach draußen. „Son Piero ma Galan und Vragel sal Halla“, stellte Akira sich und Karkara namentlich vor. Auf Sarai deutend sprach er: „Unsere Begleiterin, Shirra ni Saraff.“

„Wir sind Freunde des Sultans und möchten ihn sprechen.“

„An einen bestimmten Abend kann sich Arrak Smura el Rabbat kaum erinnern. Er war viel zu betrunken, als dass er sich die Ge-

sichter der Anwesenden hätte merken können. Namen würde er nie vergessen. Die Feier endete in einer Orgie. Am nächsten Morgen waren einige Gäste gegangen, ehe er erwachte", schilderte Theosus.

Karkara verstand nicht ganz: „Und? Worauf willst du hinaus?"

„Ihr nehmt deren Identität an."

„Wessen?"

„Zweier befreundeter Prinzen, Söhne von Sultanen der Insel Ra Bu und des Kontinenten Usar."

Theosus nahm Sarai an den Schultern und zog sie vor sich. „Aus dir …", er scharwenzelte um Sarai herum, „machen wir eine Suleika. Du besitzt das gleiche, bezaubernde Antlitz. Sie war der Stern der Nacht, obwohl *sie selten von Son Pieros Seite wich."*

Theosus zeigte sich voller Begeisterung für seine Idee. „Euer Alter stimmt mit deren Alter in etwa überein. Erzählt, ihr wärt auf Weltreise und wolltet ihm unbedingt eure Aufwartung machen. Vermeidet *Familienangelegenheiten und Erinnerungen an alte Zeiten!"*

Theosus kramte in einer Truhe im Nebenraum. „Das nicht. … Nein. … Wäh. … Ah ja", er zog ein Kleidungsstück heraus und warf es Akira zu.

„Woher beziehst du dein Wissen?", fragte er. Theosus' stöbernde Handbewegungen verlangsamten sich. „Ich war dort."

„Is' schon klar", laut schmatzend verspeiste Karkara eine Handvoll Beeren, die er aus einem Schälchen genommen hatte. „Warum denn? Doch nich' als Geladener?!"

Theosus schüttelte den Kopf. „Diener."

Er begann seine Geschichte zu erzählen: „Viereinhalb Jahre lang stand ich El Rabbat zu Diensten, darunter die besagte Nacht. Das Gesinde versorgte die Edlen zum Fest mit Wein und köstlichen Früchten. Ich half tüchtig mit und fand Gefallen daran, die Hochwohlgeborenen zu beobachten. Gegen Mitternacht schlug ein Attentat auf den Sultan fehl. Die Gesellschaft hatte die drohende Gefahr nicht einmal bemerkt. Der Dolch traf mich. Während meiner Bewusstlosigkeit erschien mir Belara, die Göttin der Träume. Diese Begegnung brannte sich in mein Herz – ein so schönes Wesen, voller Anmut und Herzlichkeit. ‚Ändere dein Leben, doch halte an uns fest!‘ Damit wollte sie gewiss sagen: ‚Du, Joran Mimett, bedeutest uns Göttern viel. Wir möchten, dass du in unserer Nähe bist. Erhebe dich und werde zu einem von uns!‘ Ich folgte ihrer Aufforderung und verschwand frühmorgens. Ich wusste, es würde mich weder jemand vermissen noch nach mir suchen. Ich war einfach fort, als wäre ich nie dort gewesen. Um sicherzugehen, dass Joran untergegangen war, wechselte ich mein Erscheinungsbild und nahm den Namen Theosus an. Ich hörte von einem leer stehenden ‚Tempel der Sonne‘ und somit war es beschlossen. Ich gaukelte den Einfältigen vor, ich wäre vom Himmel herabgestiegen, um sie mit meiner Gegenwart zu beehren. Das alles war so simpel wie ein Traum.“

Einige Minuten vergingen, bis Akira und seinen Gefährten der Eintritt in den Palastbezirk gewährt wurde. An jeder Ecke salutierten bewaffnete Wachen. Ein Brunnen plätscherte vor dem imposanten Gebäude, dessen Kuppel mit Sternensymbolen verziert war. Die Farbe des Abendblaues zog sich über das gesamte Bauwerk hinweg und tauchte es in ein nächtliches Meer.

Zwei Säulen mit Gravuren dienten als Pfeiler vor dem Tor in das Palastinnere.

„Wunderschön“, murmelte Sarai fasziniert.

Unmittelbar nachdem die drei den Palast betreten hatten, war der freudige Ruf eines Mannes zu hören: „Son Piero!“

Der wohlbeleibte Sultan mit seinen klimpernden Pantoffeln, dem seidenen Umhang, der aufwendigen Kopfbedeckung und der typisch orientalischen Kleidung stampfte mit weit ausgebreiteten Armen auf die Gruppe zu.

Akiras weißes, oben aufgeknöpftes Hemd steckte locker in der weiten Hose, die von einem Gürtel gehalten wurde. Selenes Anhänger trug er nicht sichtbar bei sich. Schmale Ohrringe hingen bis zur Schulter hinab.

Karkaras Haupt war mit einem Turban bedeckt. Seine Kleidung ähnelte der von Akira.

Akira reichte dem gut gelaunten Kalifen die Hand. Dieser ergriff sie und nutzte die Gelegenheit, um den Auserwählten an sich heranzuziehen. „Willkommen", Arrak umarmte den Überraschten. Und Akira entging es nicht, dass der Sultan einen nahezu unmerklichen, aber genauen Blick auf den Ring warf.

„Er gehörte Son Piero. Der Prinz verlor ihn. Zuerst wollte ich das schicke Ding zurückgeben, dann verkaufen, aber irgendwie vermittelte mir mein Gefühl, ich würde ihn einst brauchen. Nimm ihn an dich!", Theosus steckte den goldenen Ring an Akiras rechten Mittelfinger. „El Rabbat wird an deiner Identität nicht zweifeln."

„Was bringt euch zu mir?", Arrak drückte den sich unmerklich sträubenden Karkara. Akira sprach: „Ein Besuch, um unseren Kontakt zu vertiefen. Wir …" Hörte der Sultan dem Auserkorenen überhaupt zu? Gebannt starrte Arrak Sarai an. Er küsste ihre Hand. Sein Schnurrbart kitzelte.

Das leichte, hellfarbene Gewand schmiegte sich an Sarais Körper. Das Bustier lag eng an. Dekolleté, Bauch, ein Teil des Rückens und die Arme waren unbedeckt.

Die Haare waren zu einem hohen Pferdeschwanz gebunden. Einzelne Strähnen fielen ihr ins Gesicht.

Die Halskette, Creolen und Armreifen funkelten im hereinfallenden Tageslicht.

Sarai war wunderschön, eine hinreißende Suleika.

„Es freut mich sehr, dich wiederzusehen, Shirra“, hauchte Arrak. Karkara ahnte bei dem lechzenden Blick des Sultans nichts Gutes. Akiras Augen wurden schmaler, fast bedrohlich, als Arrak Sarais Körper begierig musterte.

„Du siehst blass aus, meine Hübsche“, Arrak machte eine Handbewegung, um sie zu streicheln. Akira räusperte sich tadelnd und gewann Arraks Aufmerksamkeit.

Eine gewisse Feindseligkeit, die man nur einem Rivalen entgegenbrachte, schien den Sultan plötzlich erfasst zu haben. Arrak behielt die Fassung und bot den dreien prächtige Unterkünfte an.

Karkaras Zimmer lag direkt neben Akiras, nahe beim Eingang zum Palast. Arrak veranlasste, dass Sarai ein abgelegeneres Gemach beziehen sollte – um dadurch Ruhe zu finden oder gar von ihren Gefährten getrennt zu sein, damit der Sultan frei über sie walten konnte?

„Sie bleibt bei mir“, gab sich Akira unbeirrbar und zog Sarai augenblicklich zu sich. Er würde nicht zulassen, dass sie Arrak in die Hände fiel.

Der Sultan schluckte seinen Ärger hinunter und verkündete gastfreundlich: „Erholt euch von der Reise! Später könnt ihr euch nach Belieben in meinem Reich umsehen. Zum Abendessen schicke ich einen Diener vorbei, um euch zu holen.“

Karkara schlief im Raum nebenan. Akira hatte durchgesetzt, dass Sarai bei ihm verweilte.

Er nahm die Ohrringe ab. Das schwere Gehänge schmerzte allmählich. Akira legte es in ein vergoldetes Schälchen, das auf einer Kommode stand.

Im Spiegel konnte er Sarai beobachten. In Gedanken versunken saß sie auf der Kante des Himmelbettes. Die Arme stützten den Oberkörper.

Kein Wunder, dass Arrak ihr verfallen war. Zum ersten Mal bemerkte Akira bewusst, wie schön sie war.

„Woran denkst du?“, er goss das Wasser im Krug in eine Schüssel und wusch sich die Hände.

Sarai erhob sich und schritt auf die offene Stelle in der Wand zu, um ihren Blick über Kanan schweifen zu lassen. Fensterscheiben waren an diesem Ort unüblich. Das Wetter blieb beständig trocken und warm. Sandstürme tobten nur außerhalb der Stadt.

Sie schüttelte kurz den Kopf, als wolle sie ihre Gedanken verwerfen und schenkte Akira ein Lächeln. „Unwichtig.“

Zur Abenddämmerung klopfte ein Diener an die Türen der zwei Gemächer. „El Rabbat erwartet euch.“

Die drei folgten dem Diener über etliche Flure des verwinkelten Palastes. Letztlich gelangten sie in einen kleinen, gemütlich gestalteten Raum. Entzündete Stäbchen verbreiteten einen süßlichen Duft.

Der Sultan saß im Schneidersitz auf dem fransigen Teppichboden und winkte die Gäste zu sich an den niedrigen, runden Tisch.

„Verehrte Shirra, erweist Ihr mir die Ehre, zu meiner Rechten Platz zu nehmen?“ Geschickter Zug. Was sollte sie selbst oder gar einer ihrer Mitstreiter darauf erwidern, um die Bitte abzulehnen?Entschlossen ließ sie sich auf dem Kissen neben ihm nieder. Ganz voneinander trennen konnte Arrak Akira und Sarai jedoch nicht. Der Auserwählte setzte sich Sarai gegenüber und behielt sie, wie auch den Sultan, genauestens im Blickfeld.

„Lasst es euch schmecken!“, eröffnete Arrak das reichliche Mahl. Karkara nahm sich eine große Keule und begann, hungrig daran zu nagen. Akira versetzte ihm unauffällig einen maßregelnden Tritt. Karkara verschluckte sich vor Schreck und hustete.

„Kanan ist bezaubernd“, lenkte Sarai das Augenmerk des verwunderten Sultans wieder auf sich. „Ja, da habt Ihr ganz Recht“, Arrak rückte etwas näher an sie heran.

„Könnte ich noch einen Schluck bekommen?“, unterbrach Akira mit Absicht Arraks offensichtliches Werben und hielt dem Sultan seinen leeren Trinkbecher entgegen. Dieser wirkte verdrießlich und gab einem Burschen ein Zeichen, der sich darum kümmerte.

Sarai konzentrierte sich auf die Weintrauben vor sich, aß ab und zu eine und versuchte, Arraks verschwitzte, riesige Pranke auf ihrem Oberschenkel zu ignorieren.

Akira ließ sich nicht viel Zeit mit dem Essen und kam gleich zur Sache: „Wir wollen mit Euch über …“ Der Sultan winkte ab. „Verhandeln können wir nachher. Zuerst möchte ich euch meine Diamanten zeigen. Lehnt euch zurück und genießt die Aufführung!“

Arrak klatschte dreimal. Ein Vorhang wurde zur Seite geschoben, wodurch eine Kammer sichtbar wurde.

Ein Flötenspieler trat herein und erfüllte den Raum mit orientalischen Klängen. Sechs Tänzerinnen folgten dem Ruf der Musik. Sie bewegten sich voller Anmut, Schönheit und Sinnlichkeit. Die Farbenpracht ihrer knappen Gewänder sowie der Schleier vor dem Gesicht, der nur die betonten Augen preisgab, schürten in nahezu jedem Mann das Verlangen nach dem weiblichen Körper.

Arrak lief sichtlich das Wasser im offenen Mund zusammen. Karkara stützte den Kopf gelangweilt auf den

Händen ab. Akira sah zwar durchaus aufmerksam zu, aber verfiel nicht im Geringsten dem Charme der Suleikas.

Was ist mit denen? Sonst stürzen sich die Männer wie wilde Tiere auf sie. Dieser verfluchte Son Piero … Irgendwie muss es doch zu schaffen sein, die Nacht allein mit Shirra zu verbringen.

Arrak biss sich auf die Zunge und bestellte mehr Wein. *Der Trunkenheit könnt ihr nicht entfliehen.*

Eine Tänzerin versuchte, Karkara zu umgarnen. Sie räkelte sich einzig für ihn, obwohl er sie nicht einmal beachtete.

Zärtlich tätschelte sie ihm über das schwarze Haar. Karkara schniefte, als müsste er sich beherrschen, Ruhe zu bewahren.

Die Tänzerin massierte gefühlvoll seinen verspannten Nacken und drückte dabei ihren Busen mutwillig an seinen Rücken. Er schob sie von sich. Er wollte diese Berührungen nicht. Prompt machte sie es sich auf seinem Schoß gemütlich. Das war zu viel.

Karkara griff mit seinem Arm unter ihre Beine und schwang sie von sich herunter. Mit einer Rückwärtsrolle polterte sie auf den harten Boden. Karkara lachte.

Irgendetwas stimmt mit den Kerlen nicht. Bevorzugen sie womöglich Knaben?, zweifelte der Sultan.

„Er ist schüchtern“, flüsterte Sarai Arrak beschwichtigend zu. Karkara trank seinen dritten Krug Wein.

Vragel liegt bald unter dem Tisch, wenn er so weitertrinkt. Son Piero hingegen nicht. Verdammt, sein Becher ist noch fast voll.

Arrak scheuchte seine Tänzerinnen unerwartet zusammen und drängte sie in eine Ecke des Zimmers. „Jetzt gebt Acht, wie die wahre Verführung aussieht!“, kündigte er überzeugend an. Was hatte er vor?

Der Sultan reichte Sarai die Hand. „Dein Licht lässt das alles verblassen. Dein Tanz vermittelt eine Leidenschaft, die mein Herz zum Beben bringt. Shirra ni Saraff, lass das Feuer von damals noch einmal erglühen!“

Arrak zog sie hoch. Sarais Entsetzen verbarg sich hinter einem erstaunten Gesichtsausdruck.

Ein Untergebener brachte dem Sultan ein blaues Seidentuch. Arrak schnüffelte genüsslich daran und legte es Sarai um die Schultern. „Einst schenktest du mir dieses Tuch. Es ist mein kostbarster Schatz“, er berührte ihren Oberarm.

Akira trank einen kräftigen Schluck aus seinem Becher, um sich abzukühlen. Karkara wusste, dass Akira notfalls auf schlagkräftige Art und Weise dazwischengehen würde, ließe der aufdringliche Sultan nicht endlich von Sarai ab. Noch hielt der Auserwählte seinen aufsteigenden Zorn im Zaum. Ihm war bewusst, dass er durch einen Konflikt die geplante Verhandlung zunichtemachen konnte.

Alle Augen weilten auf Sarai. Sie war zum Mittelpunkt geworden.

Eine Melodie ertönte.

„Ich möchte einmal Tänzerin werden und die Menschen verzaubern“, fantasierte Sarai und spielte Suleika mit einer Decke, die ihre Mutter ihr gegeben hatte.

Mares erinnerte sich: „Als ich damals drei Jahre alt war, wollte ich Hirte werden, wie mein Vater.“

Sarai tänzelte durch den angewärmten Raum, immer um den Schaukelstuhl herum, in dem ihre Mutter strickte.

Der Vater kam mit Brennholz auf den Armen in die spärlich eingerichtete Hütte.

„Ich bin eine Tänzerin“, strahlte Sarai und umtanzte ihren Vater. Er zündete sich eine Pfeife an und scherzte: „Da musst du aber noch ganz schön üben.“

Sarai stoppte. …Was?! Ich mach' es genauso wie die Frauen auf dem Fest oder willst du sagen, dass sie nicht tanzen konnten?"

Vater und Mutter sahen einander an und lachten herzhaft.

Sarai warf das Seidentuch in die Luft und drehte sich mit einer unvorstellbaren Eleganz im Kreis. Ihre Beine, die Arme, die Hüfte, der Körper, ihr gesamtes Blut schien von dem Rhythmus ergriffen. Als würde sie eins mit dem Flötenspiel werden, bot sie eine Darstellung, wie sie es selbst nicht erwartet hätte.

Die Musik verstummte. In Sarai pulsierte eine unglaubliche Wärme. Ihr Herz raste vor Aufregung. Schnelle Atemzüge waren nötig, um ausreichend Sauerstoff zu bekommen.

Sarai hatte es gewagt. Sie hatte sich getraut und es geschafft. Sie hatte die Zuschauer in ihren Bann gezogen.

Sprachlos und beeindruckt hatte selbst Karkara den Tanz verfolgt. Er brachte noch Minuten später keinen Ton heraus.

Arrak verfiel in lobendes Gebrüll. Akira applaudierte anerkennend. Die Suleikas des Sultans jubelten.

Gorlois stützte seine Hände auf eine Brüstung und beobachtete zufrieden die Kinder seines Clans, die an einem Wasserloch spielten.

„Das ist Frieden", sprach er, als ein Freund zu ihm herantrat. Dieser entgegnete: „Kinder sind das Geschenk der Götter. Unsere Aufgabe ist es, ihnen Freiraum zu geben, um sich entfalten zu können, und sie zu ernähren, mit Liebe und Nahrung."

Der Freund bemerkte, dass Gorlois' Blick auf einem brünetten Mädchen weilte. Dieses bespritzte sich und die Gleichaltrigen vergnügt mit Wasser.

„Sarai … So war ihr Name, richtig?" Gorlois nickte.

„Das Mädchen hat eine hohe Auffassungsgabe, Gorlois. Vorhin wurden die Kinder von Karlington spielerisch auf die Probe gestellt. Sie sollten zu einem Problem eine eigene Lösung entwickeln. Während sich die anderen Kinder darauf stürzten, beobachtete Sarai anfänglich. Dann verknüpfte sie verschiedene Ideen zu einer, verbesserte diese und schuf ihre eigene, originelle Taktik. Sie war eine halbe Stunde vor allen anderen mit der Aufgabe fertig.“

Gorlois lächelte zufrieden: „Sie wird es zu Großem bringen.“

Sarai verbeugte sich. Akira kam ihr entgegen, aber Arrak war flinker. Der Sultan umarmte Sarai und hielt sie mit seinen Pranken fest.

„Ihr tut mir weh“, murmelte sie schmerzerfüllt unter seinem kräftigen Druck. „Oh, verzeiht.“

„Arrak Smura el Rabbat“, sagte Akira in scharfem Ton, „unser Anliegen eilt.“ Die Miene des Auserwählten schwankte zwischen Angriffslust und Selbstbeherrschung.

„Na gut“, stimmte Arrak widerwillig zu und verwies Diener und Tänzerinnen des Gemaches.

Eine der Suleikas zischte Sarai im Vorbeigehen tadelnd zu: „Bilde dir bloß nichts auf deine Leistung ein! Ich bin und bleibe die Favoritin des Sultans.“

Akira verdeutlichte: „Von vorneherein sollten wir etwas klarstellen. Shirra …“ Nein, er durfte es nicht aussprechen, dass sie zu ihm gehörte. Vielleicht war Sarai das entscheidende Mittel, um den Sultan zur Unterschrift zu bewegen.

„Was wolltet ihr sagen?“, Arrak lutschte an einem Scheibchen Melone. Akira ignorierte die Frage: „Kommen wir zur Sache.“

„Ich bin gespannt“, Arrak wischte sich mit einem Seidentüchlein über den feuchten Mund.

„Wollt Ihr verhindern, dass der Teufel Euer Reich zunehmend überschwemmt und gänzlich einnimmt, so müsst Ihr Euch laut der Prophezeiung mit den verbliebenden drei Reichen zusammentun und den Einigkeitsvertrag unterschreiben."

Arrak verging der Appetit bei Akiras Worten. Das war ein schwieriges Thema. Der Sultan strebte keine Einigung an. Ihm reichte Andúl, er wollte nicht mehr und nicht weniger und erst recht nicht drei weitere Herrscher, die dann ein Mitbestimmungsrecht über sein Morgenland hätten.

Andúl war nach Arraks Meinung ein eigenständiges Land.

Mit solch einer Nachricht, gleich einer Forderung, hatte Arrak nicht gerechnet. Er wetterte: „Was erlaubt Ihr Euch, Son Piero? Meint Ihr etwa, ich hätte mein Territorium nicht im Griff?!"

„Nicht mehr lange", mischte sich Karkara beiläufig ein und naschte ein paar Früchte.

Vragel hat so viel gesoffen … Warum ist der noch klar bei Verstand?

„Nur der Zusammenhalt bringt Fortschritte", argumentierte Akira. Der Sultan schüttelte verärgert den Kopf: „Lächerlich."

Akira sprach unbeirrt weiter: „Der Tag wird kommen, an dem Ihr auf die Hilfe der anderen Könige angewiesen seid und sie auf die Eurige." Arraks Augen verengten sich bösartig. „Wagt Ihr einen miserablen Scherz?! Treibt es nicht zu weit, Son Piero!"

Sarai legte ihre Hand auf Arraks Arm. Sie verdeutlichte mit sanfter, dennoch auffordernder Stimme: „Die Völker müssen im Herzen vereint sein. Wir alle streben nach demselben Ziel. Lasst uns den Weg zum Sieg gemeinsam gehen. Allein unterliegt ein jeder."

Arrak sah Sarai verdutzt an. „Selbst Ihr, Shirra?! Selbst Ihr fangt jetzt davon an?“ Ihr durchdringender Blick sorgte dafür, dass Arraks Auffassung über die Reiche und den Teufel ins Wanken geriet.

Kann Tadur tatsächlich so mächtig werden wie in der früheren Ära? Wie lange bin ich fähig, mein Reich vor ihm halbwegs zu schützen? Was geschieht, wenn er meine letzte Mauer überrennt?

Gemeinsam? Sich zusammenschließen? Soll das die Lösung sein?

Ich dachte, die drei Möchtegern-Herrscher würden die Beseitigung des Teufels übernehmen und ich müsste mich nur um die Sicherung meines Reiches kümmern.

Doch dieses teuflische Wesen aufzuhalten, vermochte selbst in vergangenen Zeiten keine Menschenhand. Es war eine Göttin, die die Völker von Tadur befreite.

Ich glaube, ich habe den Ernst der Lage unterschätzt. Es wird mir bewusst.

Tadur gewinnt an Macht und wird bald über alles herrschen. Was soll ich tun? Welche Möglichkeiten habe ich, den Schaden zu begrenzen? Ich könnte … überlaufen. Mich auf seine Seite schlagen.

Arraks Blick veränderte sich, als hätte er eine Entscheidung von großer Tragweite getroffen.

Arglistig gab er von sich: „Was bringt die Vereinigung? Besiegen kann man *ihn* ja doch nicht.“

„Allerdings“, entgegnete Sarai überzeugt. „Die *Drei* sind unterwegs.“

Arrak horchte auf. *Die Auserwählten?*

Wenig beeindruckt zweifelte er: „Fragt sich, ob sie es überhaupt bis zur Festung schaffen.“

Sarai hielt inzwischen Arraks Hand und übte auf diese einen leichten Druck aus, um ihre Worte zu bestärken:

„Deshalb brauchen *sie* Zeit und Deckung, die ihnen die *verbündeten* Heere verschaffen, indem diese des Teufels Streitkräfte hindern, die Auserkorenen von ihrer Aufgabe abzubringen."

Arrak machte es sich auf dem Sitzkissen bequemer. Er hatte versucht, die unerfreulichen Nachrichten mit einer würdevollen, aufrechten Haltung hinzunehmen, bis ihn seine Körperspannung verließ.

Schließe ich mich dem Teufel an, unterstehe ich ihm. Ich, Arrak Smura el Rabbat, Sultan des Morgenlandes Andúl, müsste die Knie vor einem anderen beugen. Eine Vorstellung, die Arrak missfiel.

„Ich unterzeichne das Abkommen unter einer Bedingung." Akira fixierte den Sultan misstrauisch: „Die wäre?"

Arrak sog den angenehmen Geruch einer Haarsträhne von Sarai ein und schloss die Augen. Sie wich zurück.

„Shirra verbringt die heutige Nacht mit mir."

Der Vollmond glänzte am Sternenhimmel. Eine Windbrise umspielte Sarai, die in ihrem dünnen Kleidchen auf dem Balkon stand und in den Nachthimmel schaute.

Eine Sternschnuppe fiel herab. Sarai faltete die Hände und senkte das Haupt, sodass die Stirn ihre Finger berührte. Murmelnd entsandte sie einen Wunsch.

Arrak trat zu ihr und umfasste sie von hinten. Ein Schauer lief ihr über den Rücken. Ihr Körper verkrampfte sich.

„Vertraust du den Auserwählten?", versuchte sie ein Gespräch zu beginnen.

Arrak küsste ihren Hals und wann immer seine Lippen ihre Haut nicht berührten, antwortete er. „Sie sollen die Einzigen sein, die den Schutzwall der Festung passieren können, um ins Innere vorzudringen, heißt es. Die Drei seien einst Gehilfen des Teufels gewesen. Er hinterging sie. Jene wurden wiedergeboren und erhalten nun die Chance, sich zu rächen."

Diese Version ist mir unbekannt. Was für ein Schutzwall? Gehilfen des Teufels? Diener Tadurs? Damals zu ihm gehörig? Wir? Niemals.

„Die Vereinbarung", Sarai entkam Arraks Umarmung und hielt ihm das Schriftstück entgegen, auf dem die Signaturen der anderen drei Herrscher verewigt waren.

„Die Nacht ist lang", grinste Arrak sie an, entriss ihr das Blatt und zog sie leidenschaftlich zu sich heran.

„Ich bin genial", kicherte das blonde Mädchen voll des Eigenlobs. Als Dienstmagd verkleidet hatte sie leichtes Spiel, in den Palast zu gelangen.

Eine verdrießlich dreinblickende Person fragte sie: „War das wirklich nötig, Fide?"

„Hör auf zu jammern! Mir nach!"

Fide hatte zwei abgetragene Gewänder von Mägden auf Kanans Markt preiswert erstanden. Pech für Ginta, dass er ein Mann war, aber kein Hindernis für Fide, die so lange auf ihn einredete, bis sich Ginta mit Hilfe einer Perücke als Frau verkleidete.

Eine schwarze Haarpracht zierte Gintas Kopf. Der Brustkorb war teilweise ausgepolstert worden, damit sich Erhebungen in Form von Brüsten unter dem Oberteil des Mannes abzeichneten.

Der derbe Stoff kratzte am ganzen Körper und bedeckte gerade so Gintas behaarte, lange Beine. In der engen Kleidung fiel es ihm schwer, sich natürlich zu bewegen, geschweige denn zu atmen.

Veri hatte sich rechtzeitig aus dem Staub gemacht, um bei der Verkleidungsaktion nicht mitmachen zu müssen. Ginta beneidete seinen Gefährten und tapste ohne Begeisterung Fide hinterher.

„Ihr da! Wohin des Weges?“, rief ein Wächter, der auf den Gang einbog. „Brüll nicht so! Es ist mitten in der Nacht. Du weckst ja alle auf!“, die beiden Verkleideten trippelten ihm auf leisen Sohlen entgegen.

„Wir sollen die Laken im Gemach des Sultans wechseln. Er möchte die nächste Frau in wenigen Minuten empfangen“, Fide deutete auf die Leintücher in ihren Armen.

Die nächste Frau? Was für ein Glückspilz, unser Sultan. Ich würde mich schon mit einer zufriedengeben.

„Drei Gänge weiter, dann rechts, geradeaus und das letzte Zimmer ist es.“

„Danke“, Fide warf dem Soldaten eine Kusshand zu.

Ginta atmete erleichtert aus. Dadurch, dass Fide die Aufmerksamkeit der Wache auf sich gezogen hatte, blieb der schwerfällige Ginta so gut wie unbemerkt.

Er lugte um die Ecke in den folgenden Flur. Fide stand dicht hinter ihm und flüsterte entschlossen: „Wir knöpfen uns diesen dämlichen Nichtsnutz von Pascha gehörig vor! Der wird betteln, seine Unterschrift auf das Pergament setzen zu dürfen.“

„Hast du es dabei?“

„Ich?! Du wolltest es doch nehmen.“

Ginta widersprach vehement.

„Ich kann's nicht glauben“, Fide ballte erbost ihre Faust. „Dieser verdammte Veri krallt sich aber auch alles!“

„Ich zieh doch keine Weiberklamotten an. Sind die blöd?! Sollen sie zusehen, wie weit sie kommen. Ich erledige das auf meine Art", Veri verstaute den wichtigen Brief zwischen Hemd und Oberkörper.

Sprünge über etliche Dächer und sein akrobatisches Geschick halfen dem Burschen, bis auf die Kuppel des Palastes zu gelangen.

Von hier hatte man eine schöne Aussicht auf die Stadt. Der Großteil der Bevölkerung schlief. In vereinzelten Häusern brannten Kerzen. Die Straßen und der Markt Kanans waren leer gefegt.

Der Vollmond erschien Veri größer als gewöhnlich. Der Junge sog die frische Luft mit einem tiefen Atemzug ein. So fühlte sich Freiheit für ihn an, wenn man dem Himmel am nächsten war.

Veri brach unbemerkt in den Palast ein. Er hatte sich dafür einen Platz ausgesucht, der von keiner Seele bewacht wurde, der Hintereingang zur Gesindekammer.

„Das ist leichter, als ich dachte", grinste Veri vergnügt und schlich voran.

„Sie hätte nicht auf mich hören brauchen", verteidigte sich Karkara mit gedämpfter Stimme, obwohl er gerne lauter geworden wäre. Dies könnte ihnen allerdings zum Verhängnis werden, würde jemand die beiden zu dieser späten Stunde erwischen.

Sie durchkämmten etliche Flure des Palastes, auf der ständigen Suche nach dem Gemach des Sultans. Hin und wieder murmelte Karkara etwas. Akira hatte bislang kein einziges Wort mit ihm gewechselt.

Beide wussten, dass die Entscheidung mit Sicherheit falsch gewesen war.

„Auf keinen Fall", widersprach Akira strikt. Er ließ sich nicht auf den Handel mit dem Sultan ein. Sarai würde er gewiss nicht

gegen seine Unterschrift tauschen. Karkara dagegen schlug eine List vor. Sarai könne mit Arrak gehen und seinen Namen auf dem Papier verlangen. Sobald er unterschrieben hätte, würden die beiden sie aus den Fängen des Sultans befreien. Gegen Akiras Wunsch willigte Sarai letztlich in den Plan ein.

Klang einfach, erwies sich jedoch als eine selbst gestellte Falle. In welchem der unzähligen Räume des Palastes hielt sich Arrak in dieser Nacht mit Sarai auf?

Als Arrak aufdringlich wurde, gab sie ihm eine schallende Ohrfeige. „Stehe für dein Land und dein Volk ein! Unterzeichne!“, bestand Sarai auf die Abmachung. „Eine Raubkatze, die man zähmen muss … Du hast dich nicht verändert, Shirra.“

Arrak warf sie auf das Bett und hielt ihre Arme fest. Sie sah ängstlich in seine gierigen Augen. Mit schneller Atmung erinnerte sie ihn: „Ihr habt versprochen, Eure Unterschrift zu geben.“

Arrak fuhr sich mit seiner Zunge lüstern über die Oberlippe. Er stierte ihre Brüste wollüstig an.

Das war zu viel. So war es nicht geplant gewesen. Verzweifelt schrie sie nach Akira.

„Was geht denn bei euch ab? Eine private Party?“, ertönte plötzlich eine kecke Stimme. Arrak hielt inne und sah über die Schulter zurück.

Veri, der über den Balkon in das Gemach gelangt war, hielt die Klinge seines Degens an die Halsschlagader des Sultans. „Rufst du deine Wachen, bist du tot.“

„Wer bist du und was willst du?“, brummte Arrak, ließ von Sarai ab und krabbelte vom Bett herunter.

Veris Blick schweifte kurz zu Sarai, die ihr Gewand richtete. „So sieht man sich wieder, Lady“, zwinkerte er ihr zu.

Sarai nickte dankend, eilte vom Bett und suchte Sicherheit hinter Veri. Tränen befeuchteten ihre Wangen. Wenn er nicht gekommen wäre …

„Also, du herrschendes Riesenbaby“, Veri kramte das Papier hervor, „eine Unterschrift bitte, sonst regiert bald dein Nachfolger.“

„SARAI!“, Akira und Karkara stürzten in den Raum. Endlich hatten sie diesen ausfindig machen können.

Ginta und Fide in ihrer Verkleidung folgten wenige Sekunden später. Fide drängte sich an den jungen Männern vorbei, bis sie freie Sicht auf das Geschehnis hatte.

Veri begrüßte seine zwei Mitstreiter amüsiert: „Wisst ihr eigentlich, wie dämlich ihr ausseht?“

„DU … DU …“, kochte Fide vor Zorn.

Veri beruhigte: „Ich habe alles unter Kontrolle, Schätzchen. Kein Grund zur Aufregung.“

„WER REGT SICH DENN AUF?!“, Fide trampelte mit den Füßen.

Karkara und Ginta kümmerten sich um die herbeiströmenden Wachen, die der ungewöhnliche Lärm angelockt hatte.

Akira nahm Sarai beschützend in seine Arme. Niemand dürfte ihr zu Leibe rücken, er würde es um jeden Preis verhindern.

„Beeilung!“, hetzte Karkara, da die vielen Soldaten nach und nach überhandnahmen.

Arrak Smura el Rabbat gab sein Signum. Die Tat war vollbracht. Das Dokument würde mittels eines Subarus nach Sagem gelangen.

„Hab Dank“, sprach Akira zu Veri, bevor beide Gruppen aus dem Palast flohen. Und obwohl sie dasselbe Ziel einte, trennten sich ihre Wege im fahlen Mondschein.

Kapitel 8

Wege durch die Wüste

Die sengende Hitze zehrte reichlich an Karkaras und Sarais Kräften. Akira dagegen war wie stets gelassen und kam auch mit dieser Situation dem Anschein nach problemlos klar.

Die drei standen auf einer Düne, mitten in der glühenden Wüste von Andúl. Sie umgab nur der glutheiße Sandboden mit seinen abertausenden gelben Körnchen, die der Wind in die trockene Luft wirbelte.

Um ihre empfindliche Haut vor der starken Sonneneinstrahlung zu schützen, waren sie in bodenlange Gewänder aus Wolle gehüllt, die knapp unter der Taille von einem Gürtel lose zusammengehalten wurden.

Zu jedem Gewand gehörte ein capeähnlicher Umhang mit Kapuze, der zusätzlichen Schutz vor Sonne und Wind bot. Der von Karkara war bräunlich, Akiras schwarzweiß gestreift und Sarais vermittelte die Farbe des Morgenrotes.

Akira hatte seinen Kopf mit einem einfachen Tuch bedeckt, das er zu einem Turban geschlungen hatte. Karkara verwendete ein beiderseits des Gesichts herabfallendes Seidentuch, das er mit Bändern aus Kamelhaar befestigt hatte.

Sarai trug einen Gesichtsschleier, der nur die Augenpartie unbedeckt ließ.

Als Fußbekleidung dienten ihnen Sandalen aus Leder.

Akira schulterte drei Wasserschläuche. Karkara schleppte Proviant und allerlei andere Nützlichkeiten. Sarai hatte genug mit sich selbst zu tun. Auf einem Stock gestützt schleppte sie sich mühsam voran.

Karkara wollte Akira in nichts nachstehen und bemühte sich, ihm stets mindestens einen Schritt voraus zu sein – ein Wettbewerb, in dem er der einzige Teilnehmer war.

„Beeil dich!“, trieb der schwarzhaarige Karkara seine Gefährtin ungeduldig an. Er wollte dieses verhasste Klima schnellstmöglich verlassen, aber ihre Langsamkeit und Akiras ewiges Warten auf Sarai stellten für ihn ein Hindernis dar.

Die Umgebung verschwamm, taumelte, verdoppelte sich. Sarai sackte zu Boden. *Ich kann nicht mehr. Verzeiht mir!*

„Was soll das denn werden?!“, schimpfte Karkara aus einiger Entfernung. Er hatte sich an die Spitze der Gruppe begeben, während Akira besorgt in Sarais Nähe blieb.

Der wortkarge Akira löste den Gürtel seines Gewandes, schnürte die drei schweren Trinkbehälter mit flinken Handgriffen zusammen und hing sie über die rechte Schulter. Mit dem geschulterten Gepäck ging er etwas in die Knie und bedeutete Sarai, auf seinen Rücken zu steigen.

Angora, die Oase, kreuzte wie ein Hoffnungsschimmer ihren Pfad.

Eine Kleinstadt hatte man hier vor wenigen Jahren errichtet, am klaren Wasser und an schattenspendenden Palmen. Für erschöpfte Reisende das Paradies.

Karkara stürzte sich unverzüglich ins lauwarme Wasser. Er stand an tiefster Stelle und es reichte ihm bis zu den Knien. Mit den Händen spritzte er sich die angenehme Feuchtigkeit ins Antlitz.

Sarai tauchte beide Arme in das Wasser und beugte ihren Kopf, um zu trinken.

Akira saß neben ihr, spielte mit den Fingerspitzen auf der nassen Oberfläche und zog dadurch Linien.

Plötzlich hielt Akira in seinen Bewegungen inne und fixierte eine bestimmte Stelle. Ein Greis mit ernstem Gesichtsausdruck schritt langsam durch die offene Stelle des Walls, der sich hinter den Auserwählten um die Häuser entlangzog.

Seine Kleidung war verschlissen. Von den unbedeckten Unterarmen und seinem traurigen Gesicht pellte sich sonnenverbrannte Haut. Ein schwarzer Bart, durchtränkt mit Schweißperlen, zog sich über das Kinn von einem Ohr zum anderen.

Der Alte riss erschrocken die buschigen Augenbrauen nach oben, als er die Gefährten entdeckte.

„Was … Was tut ihr hier?!“, keuchte der Greis, als er in seinen abgenutzten Sandalen mit kurzen, raschen Schritten auf sie zuschlurfte. „Verschwindet!“, warnte der nervöse Alte mit gedämpfter Stimme und sah ängstlich zum Durchbruch zurück.

„Was ist los?“, Sarai erhob sich unruhig. Karkara stapfte an Land und schüttelte sich wie ein nasses Tier. Akira blieb ungerührt in entspannter Lage sitzen.

Da trabten vier Kamele aus der Stadt. Ihre Herren saßen zwischen den Höckern und unterhielten sich lauthals.

Eines der Kamele stieß einen schrillen Ton aus. Dessen Reiter hielt an. Er vertraute dem Instinkt seines Tieres, das ihm durch den Laut etwas mitteilen wollte. Der Reiter blickte sich um. Wegen des Sonneneinfalls kniff er die Augen eng zusammen. Trotzdem konnte er nur wenig erkennen. Da war doch etwas? Der Reiter blinzelte und bemerkte die Gruppe. Ungläubig rief er ihnen zu: „Hoshi? Bist du das? Ja, das ist Hoshi.“

Hastig verschlang ein weiterer der zwielichtigen Reiter sein Brötchen. Ein anderer warf unbekümmert seine abgenagte Keule fort.

Prall gefüllte Säcke baumelten an den Sätteln der Kamele. Die wachsamen Augen der Männer musterten die Auserkorenen aufmerksam.

„Gut gemacht, Hoshi!“, lobte ein Reiter. „Die wären uns doch glatt durch die Lappen gegangen.“

Einer der Männer riss die Zügel seines Kamels herum und grölte Richtung Stadt: „Boss, wir haben noch drei.“

Der Greis Hoshi zuckte bei dem Ruf nach dem Anführer zusammen. *Zu spät!*

„Ja. Ganz recht“, entgegnete der Greis schnell, um keinen Verdacht des Verrats aufkommen zu lassen und packte sogar den soeben aufgestandenen Akira am Oberarm. Doch als der Ältere in die Augen des Jüngeren blickte, verzog sich die Miene des Alten angstvoll, als hätte er etwas Furchteinflößendes vor sich.

Akira umfasste mit Daumen und Zeigefinger Hoshis Handgelenk und drückte es mühelos von seinem Körper weg.

Die Reiter näherten sich der Gruppe und fuchtelten unbeholfen mit ihren Degen vor den Auserwählten herum, um diese in Schach zu halten. Der Lärm, den die kleine Meute durch ihr Gebrüll verursachte, musste auf Außenstehende durchaus einschüchternd wirken.

„Geld, Schmuck und so was! Her damit! Flotti!“

„Wir sind gefährlich, also tut, was wir sagen!“

Ein stämmiger Rappe galoppierte aus dem Dorf und bäumte sich schnaubend auf. Sein Reiter, ein hochgewachsener, kräftiger Mann, straffte die Zügel.

Er war der Anführer dieser Bande. In eine Rüstung gekleidet thronte er auf seinem Ross. Das rechte Auge fehlte, eine Narbe zog sich diagonal über die Stelle hinweg.

Eine blonde Frau mit Pferdeschwanz lag gefesselt auf dem Rücken seines Pferdes. Sie zappelte, versuchte den Knebel im Mund auszuspucken und die Stricke zu lösen. Es gab für sie kein Entrinnen.

„Akira!“ Sarai streifte seinen Arm. „Vergiss es!“, erwiderte Karkara. Er ahnte, worauf sie hinaus wollte und legte fest: „Die geht uns nichts an. Is’ eh nur ’nen Weib.“

Der schweigsame Akira wandte sich zu Sarai. Besorgt schaute sie zu der Gefangenen. Sarai würde ihr helfen, ohne Zweifel, wäre sie selbst stärker.

Akira schlug seine metallenen Handschoner zusammen. Klingen wurden ausgefahren. Er nahm eine Gefechtsstellung ein und verkündete: „Lasst die Frau frei!“

Verdutzt starrte Karkara seinen Gefährten an. *Will der jetzt den Helden raushängen lassen? Na warte, dir werde ich die Suppe versalzen. Niemand ist mächtiger als ich!!!*

„Ich habe heut’ meinen guten Tag und werde dir helfen. Nicht, dass du uns noch abkratzt“, rechtfertigte Karkara das Ziehen seines Schwertes.

Den beiden Auserwählten war es ein Leichtes, die Bande zu besiegen, wobei der barbarische Karkara weitaus brutaler vorging als Akira.

Das Oberhaupt der Wüstenräuber und wenige seiner Gefolgsleute, die den Angriff der zwei unbeschadet überstanden hatten, flohen in weite Ferne.

Die gefangene, blonde Frau und ein Großteil der Beute hatten sie zurückgelassen. Die Bürger der Stadt kamen aus ihren Verstecken gekrochen und umjubelten die Auserkorenen.

Gierig sammelten die Menschen alles auf, was ihnen in die Finger kam, sei es ihr eigenes entwendetes Eigentum oder fremdes Diebesgut.

Sanft löste Sarai die Fesseln des blonden Mädchens und half ihm vom Pferd. Striemen blieben auf der Haut.

„Da hatte ich Glück. Vielen Dank!“, es nahm das Stoffknäuel aus dem Mund und lächelte Sarai erleichtert an.

„Mein Name ist Boleer“, stellte sich die junge Frau vor. Sie löste ihr Haarband und gewelltes Haar, das bis zur Hüfte reichte, fiel über ihre Schultern herab. Blaue, große Augen, schmale, dunkle Brauen, feine, geschwungene Lippen und zarte Züge kennzeichneten ihr bezauberndes Antlitz.

In der Taverne des Dorfes legte Sarai ihr langes Gewand ab. Hier drin brauchte sie keine Kleidung, die sie vor Sonnenstrahlen schützte.

Boleer setzte sich zu ihren Rettern an den Tisch. Sie war schmal gebaut, wirkte noch zierlicher und zerbrechlicher als Sarai. Jede ihrer Bewegungen schien sie mit Bedacht auszuführen. Das Trinkglas ergriff sie mit einer Anmut und Eleganz, die Akira nachdenklich stimmten.

„Du bist nicht aus dieser Gegend“, stellte er fest und trank aus. Seine Direktheit schien sie kurz verunsichert zu haben. „Genau. Ich bin lediglich auf der Durchreise.“

„Und wo soll es hingehen?“, erkundigte sich Sarai. Betrübt murmelte Boleer: „Das weiß ich nicht.“

„Pah! Was ist denn das für ein Schwachsinn?!“, Karkara knallte seinen Becher auf die Tafel. „Willst du uns veralbern?“

Sarai vermutete, dass Boleer nicht über dieses Thema sprechen wollte oder konnte. Sanftmütig sagte Sarai zu ihr: „Schon gut.“

Am darauffolgenden Tag erwarteten Karkara *drei* Aufbruchbereite.

„Einen wunderschönen guten Morgen“, begrüßte ihn Boleer freudestrahlend mit Gepäck auf ihrem Rücken.

„Was soll das werden?“ Karkaras Stimme klang leicht bedrohlich. „Ich komme mit euch“, lächelte Boleer und war sichtlich erfreut.

Karkara weigerte sich, dieser Antwort Glauben zu schenken. „Noch so’n Weib? NIE UND NIMMER!“, rastete er aus. Boleer bekam Angst vor seinem Groll.

„Und du bist damit einverstanden?“, brüllte er Akira vorwurfsvoll an. Karkara war stinksauer. „Wir haben eine Aufgabe zu erfüllen. Zu *dritt*. Sonst wär’ ich gar nicht da.“

„Sie begleitet uns ein Stück“, war Akiras unumstößliche Entscheidung.

Warum tat sich Karkara so schwer, Boleer mitzunehmen? Ging es ihm tatsächlich bloß um die Aufgabe, die ihnen bevorstand? Duldete er keinen Zuwachs der Gruppe? Oder lag es einzig und allein daran, dass sie eine Frau war?

„Du hast Hunger?! Dann iss doch!“, sie goss ihm die heiße Suppe über den Kopf.

Der Kleine schrie wie am Spieß und rannte heulend im Raum umher. Um ihn herum nichts als schallendes Gelächter.

Unbeabsichtigt rempelte er in seiner Hilflosigkeit einen Krug um. Das schadenfrohe Lachen verstummte. Verärgert prügelte die Erste auf ihn ein und die anderen taten es ihr nach.

Um seine Peiniger wieder versöhnlich zu stimmen, humpelte er am selben Abend in den benachbarten Wald, um ihre begehrten Blumen zu pflücken. Das anpirschende Raubtier bemerkte er zu spät.

Blutüberströmt kehrte er heim und reichte der korpulenten Mutter unter vierzehn aufmerksamen Geieraugen den zerrupften Strauß.

Und sie sah nur das Insekt in all dem rotbesudelten Unkraut und stopfte es prompt in seinen Rachen.

Er säuberte die Kuhställe des Bauernhofes mit bloßen Händen. Übersah der Knirps Dreck oder weigerte sich, tunkten sie ihn kopfüber in einen Misthaufen, immer und immer wieder, sodass er fast erstickte.

Karkara wuchs in einer Familie mit sieben Schwestern heran. Der Vater hatte das Haus unmittelbar vor der Geburt seines Sohnes verlassen, wofür ihn die Mutter zeitlebens verantwortlich machte. All die Wut auf ihren Gatten ließ die Verlassene an ihrem Jüngsten aus. Die Mädchen lernten früh, ihn zu quälen und machten sich daraus einen Spaß.

Brüder oder gar Freunde hatte Karkara nicht.

Verdammt dazu, ohne Liebe und Zuwendung groß zu werden, machte er sich auf, ein Leben ohne die verhassten Weiber zu führen. Im Alter von zehn Jahren trat er dem Clan der Barbaren bei, in dem dem Mann die alleinige Befehlsgewalt obliegt.

Fortan verabscheute er alle Frauen. Denn in jeder sah er nur seine Schwestern und die kaltherzige Mutter. Jede Frau war für ihn gleich. Jede war eine Bestie.

Karkara trampelte eingeschnappt vorne weg und wechselte kaum ein Wort mit seinen Begleitern. Mit seinem beharrlichen Schweigen protestierte er stumm gegen die Aufnahme von Boleer.

Er akzeptierte bereits *ein* Mädchen. Das war mehr als genug.

Der Sand unter ihren Sohlen wurde weniger, bis er beinahe gänzlich wich und sich in die staubige, ausgetrocknete Erde der Steppe verwandelte.

Kakteen und einzelne Sträucher, die die endlose Dürre überstehen konnten, waren zusammen mit der vierköpfigen

Gruppe die einzigen Lebewesen an diesem verlassenen Ort. Selbst der Wind schwieg. Die Vögel mieden solch ein erbärmliches Futterloch.

Diese Landschaft würde sie bis an ihr Ziel begleiten. Triste, einsame Gegend, die auf jedes Gemüt schlägt.

Vereinzelt reckten sich Felsbrocken in die Höhe. Sarai bemerkte Risse in dem alten, wackligen Gestein.

Karkara pfiff ein betont heiteres Liedchen, um seine Stimmung zu heben und seine Kameraden zu nerven. Allerdings gab ihm keiner einen Anlass, erneut in Wut auszubrechen. Weil niemand auf sein zermürbendes Gepfeife reagierte, erhöhte er die Lautstärke.

„Was ist?“, fragte Boleer und schaute dabei über die Schulter zu Sarai. Akira und die Auserwählte musterten eine zurückliegende, größere Steingruppe, die ins Schwanken geraten war.

„Karkara, hör auf!“, rief Sarai ihm aufgeregt zu. Dieser zuckte vor Schreck über den plötzlichen Ausruf und verstummte.

Der erste Klumpen bröckelte vom Steinblock. Daraufhin lösten sich ganze, riesige Brocken, die geradewegs als Geröll-Lawine unaufhaltsam auf die Gemeinschaft zurollte.

„Vom Pfad runter!“, grölte Karkara, dessen Stimme die donnernde Gefahr übertönte.

Boleer war steif vor Angst. Sarai zog sie mit sich. Die beiden jungen Frauen rannten los und verloren auf einmal den Boden unter ihren Füßen. Sie fielen in eine Grube, von der aus eine Höhle unter die Erde führte.

Sarai rappelte sich auf und half Boleer auf die Beine. Die Blonde klopfte ihre verstaubte Kleidung ab.

Der Eingang zur Höhle war breit und hoch. Sarai spähte in die Finsternis, als Akira und Karkara die Mädchen fanden.

Tief war die Mulde nicht, etwa zwei Meter. Akira kniete sich nieder, stützte sich mit einer Hand ab und hielt die andere den Gefährtinnen hinunter, um sie heraufzuholen.

Boleer stellte sich ungeschickt an. Sie fand erst Halt, als Sarai sie an den Beinen hochschob.

Während Akira das hellhaarige Mädchen mit seiner Armeskraft aus der Grube zog, machte Karkara durch einen kurzen Pfiff auf sich aufmerksam. *Er* bot Sarai seine Hand an.

Ein bösartiges Knurren drang aus der Höhle. Etwas kam näher, das die Eindringlinge in seinem Revier nicht duldete.

Akira trat rasch an Karkaras Seite und half ihm, Sarai schnellstmöglich nach oben zu holen. Karkara überließ das Herausziehen der Gefährtin unerwarteterweise seinem Verbündeten. Stattdessen griff er zu seiner Waffe. Wie der Instinkt ein Tier leitete, schien auch Karkara genau zu wissen, wann das Biest aus seinem Versteck kommen würde, um Sarai zu fassen. Ein Hieb des Breitschwertes genügte und das Haupt des übergroßen Wolfes kugelte zu Boden.

Boleer kreischte, schlug die Hände panisch vor das Gesicht und drehte sich entsetzt von dem Blutbad weg.

Stumm vor Bestürzung sah Sarai zur Blutlache hinab. *Blut vergossen, um mein Leben zu wahren …*

Akira berührte Sarais Schulter. Sie blieb starr.

Karkara lobte sich selbst: „Sauberer Schnitt." Gefühlskalt sprang er hinunter, um den Kopf seiner Trophäe zu betrachten.

Tote Augen eines Torba Marey stierten Karkara an. Er ließ den abgetrennten Kopf vor seinem grinsenden Gesicht hin und her baumeln.

„Beschmutze nicht sein Anwesen!", brachte Sarai ernst hervor. *Tote lässt man ruhen.*

„Hey!“, ermahnte Karkara, „Hätt ich ihn nicht erledigt, wärst du draufgegangen.“

Akira wollte Sarai von der Grube fortschieben, als ein Winseln hörbar wurde. Das hohe Quieken drang aus dem Inneren der Höhle. Es klang qualvoll und verängstigt, als würde etwas oder jemand verzweifelt nach einem anderen rufen.

Karkara warf den leblosen Überrest beiseite. „Da kommt was“, er glaubte Umrisse in der Dunkelheit der Höhle zu erkennen. Kurz darauf tapsten drei Wolfsjungen in das Tageslicht.

Tollpatschig taumelten sie zu dem Leichnam des Elterntieres, quietschten vor sich hin und suchten nach den Zitzen.

„Du hast ihre Mutter getötet …“, stotterte Sarai fassungslos. Boleer, die immer noch mit den Händen die Augen bedeckte, spreizte die Finger und spähte zwischen den Lücken hindurch.

Die flauschigen Welpen drückten mit ihren Pfoten gegen den Unterleib des regungslosen Muttertiers, um an flüssige Nahrung zu gelangen.

„Wir können sie nicht zurücklassen“, sagte Sarai verantwortungsbewusst. Boleer stimmte ihr zu: „Genau. Die Babys würden sterben. Wir sind schließlich Schuld, dass sie jetzt …“ Karkara donnerte, augenblicklich gegen Boleer: „Halt du dich raus! Du gehörst nicht zur Gruppe.“

Sein Blick richtete sich auf Sarai: „Vergiss es! Tiere sind wie Kleinkinder. Mit denen kannst du nicht einfach so huckepack in die Festung marschieren.“

Festung? Warum wollen sie zur Festung? In Boleer kamen Fragen auf.

Eines der Welpen beschnupperte Karkaras Bein. Er stieß die kleine Wölfin mit dem Fuß weg und kletterte aus eigener Kraft hoch. „Lasst uns weitergehen“, forderte Karkara seine Mitstreiter auf.

Zu seiner Überraschung kletterte Sarai prompt in die Grube und setzte sich zu den Wolfswaisen.

Neugierig näherten sich die putzigen Wollknäuel Sarai und leckten ihre Hände. Flüsternd versprach sie: „Ihr werdet überleben.“

Sarai griff den ersten Welpen und reichte ihn Boleer. „Richtig knuffig“, die Blonde betrachtete den Gruppenzuwachs.

„Verzeiht uns“, wisperte Sarai dem letzten Wolfskind ins Ohr, bevor es in Boleers Hände überging.

„Sag doch auch mal was, Akira!“, Karkara suchte Unterstützung. Dem barbarischen Krieger kam ein Gedanke: „Was ist, wenn der Vater der kleinen Viecher zurückkommt?!“

Keine Reaktion von Akira.

Karkara spuckte verächtlich aus. „Zieht allein mit eurem Zoo weiter! Hier trennen sich unsere Wege. Wir treffen uns bei der Festung, in exakt einem Monat.“

„Nein, Karkara! Nicht!“, rief Sarai ihm flehentlich nach. Die Auserwählten waren vereint und sollten zusammenbleiben.

Boleer krümmte sich vor Lachen. Eines der Wolfsbabys trottete Karkara anhänglich hinterher. Während er seine Schritte beschleunigte und so versuchte, die weißgraue Wölfin abzuhängen, sah diese sich zum Spielen aufgefordert und sprang ihm vergnügt nach.

Es dauerte nicht lange, bis die anderen Torba Mareys ihrem Geschwisterchen folgten und Karkara letztlich drei Welpen um sich geschart hatte.

Töten?, kam es ihm in den Sinn, um den tapsigen Nervenbündeln zu entfliehen. Er entschied sich dagegen.

Vier Menschen und drei Raubtierknirpse begaben sich Richtung Festung.

Abends sank die Temperatur stark. Die Hitze des Tages war in keiner Weise mehr spürbar.

Das Lagerfeuer spendete dafür ausreichend Wärme. Karkara drehte sich schmollend von seinen Gefährten weg und legte sich auf die Seite. Er war lange nachtragend.

Die kleine Wölfin, die ihm als erste nachgelaufen war, nutzte die Gelegenheit, sich zwischen Karkaras Kinn und seiner Brust einzukuscheln. Sie schien in den harten Barbaren regelrecht vernarrt zu sein.

Die Mädchen gaben ihr den Namen Hiwu. Ihre Geschwister tauften sie Nila und Capu.

Die handgroßen Geschöpfe würden sich später nach eigenem Willen in einen übergroßen Wolf mit drei Schwänzen und messerscharfen Zähnen verwandeln können, um sich zu verteidigen oder Beute zu erlegen.

Die außergewöhnlichen Eigenschaften dieser Rasse wurden von Menschen oft missbraucht. Man zähmte die scheuen Tiere, lehrte sie, gezielt anzugreifen und schuf lebendige Waffen.

Weil immer mehr Torba Mareys auf Grausamkeiten abgerichtet wurden, statuierten die Herrscher ein Exempel. Die Tiere wurden ausgerottet, bis nur noch wenige von ihnen in freier Wildbahn existieren.

Während Akira über diese Sache nachdachte, beobachtete er die Welpen. Capu versuchte auf Boleers Schulter zu klettern. Nila ließ sich von Sarai genüsslich über das Fell streichen.

„Welche Pläne hast du für die Zukunft?“, sprach Boleer Sarai an und stützte Capus Hinterpfoten, um ihm bei seinem

Vorhaben, auf ihre Schulter zu gelangen, ein bisschen zu helfen.

Pläne? Zukunft? Gibt es überhaupt ein Danach?

Sarai verlangsamte ihre Handbewegung, bis sie schließlich inne hielt. Nila sah sie kurz darauf mit großen Augen an, als wollte sie sagen: „Bitte, bitte, weiterkraulen!"

„Ich weiß nicht", schien Sarai die ehrlichste Antwort, obwohl sie diese Wahrheit frustrierte.

„Was?!" Boleer war überrascht. „Also ich möchte mit meinem Mann und den Kindern glücklich zusammenleben", träumte Boleer vor sich hin. Sarai fragte: „Bist du schon verheiratet?"

„Nein." *Aber ich finde ihn …*

„Kein Wunder, der arme Mann", entgegnete Karkara, der die beiden heimlich belauscht hatte. Empört griff Boleer einen Ast und schleuderte diesen, ohne zu treffen, nach ihm.

Karkara drehte sich den anderen zu und erzählte mit feuriger Stimme und einer überzeugenden Selbstsicherheit: „Ich werde Anführer der Barbaren. Koste es, was es wolle!"

„Barbar? Das passt zu dir", brummte Boleer unbeeindruckt. „Und du, Akira?"

Fast als würde man ihn aus seinen Gedanken reißen, blickte er in die Gruppe. „Einen Neuanfang", dann holte er Feuerholz.

„Du könntest Länder bereisen, Tiere züchten, eine Familie gründen oder einem Clan beitreten. Die ganze Welt steht dir offen", breitete Boleer Sarai einen bunten Strauß an möglichen Zielen für ihr Leben aus. Und das tat sie in ihrer überschwänglichen Begeisterung bereits seit dem morgendlichen Aufbruch.

Karkara fuhr die Schnatterente erneut an: „Halt die Klappe!“ Wie um seinen Anspruch auf die zukünftige Führungsposition zu unterstreichen, lief er vorneweg. Hiwu trottete ihm nach.

„Wenn das nicht Liebe ist?!“, Boleer wies mit dem Kopf in Richtung der anhänglichen Wölfin. Karkara stoppte sofort, machte kehrt, stampfte auf Boleer zu und packte sie an der Bluse. „Hör gut zu. Bist du jetzt nicht ruhig, mach ich dich, ohne mit der Wimper zu zucken, kalt.“

Sarai versuchte seinen Griff von ihr zu lösen, bis er selbst nachgab.

„Außerdem kommen wir hier viel zu langsam voran. Runter von der Hauptstraße! Wir laufen querfeldein“, ordnete Karkara an.

„Kennst du dich gut genug aus, um Abkürzungen zu nehmen?“ Auf Sarais skeptische Nachfrage erwiderte Karkara überheblich und leichtfertig: „Na klar.“

Vertrocknete Büsche und kahle Bäume säumten ihren Weg durch die trostlose Steppe. Das Sonnenlicht war selbst am Tag nur noch blass und fahl. Sarai hatte Angst – vor dem Unerwarteten, der Festung und der baldigen, alles verschlingenden Dunkelheit.

Während Boleer und Karkara sich weiter gegenseitig piesackten, schritten Sarai und Akira nebeneinander. Lange hatten die beiden nicht mehr miteinander gesprochen. Nicht, weil sie es so wollten, sondern weil keiner den anderen durch irgendeine Äußerung kränken wollte.

Akira wusste, wie es um Sarai stand. In ihr herrschte Chaos. Sie, die für ihn die reine Unschuld verkörperte, sollte zum Töten gezwungen werden. Das musste er verhindern, doch bis zu welchem Zeitpunkt war ihm das möglich?

„Ich gebe nicht auf", brach sie das Schweigen. „Ich weiß, du hältst mich für schwach. Du hast Recht. In dieser Angelegenheit bin ich schwach. Aber, aber …" Sarai stockte. Sie kämpfte vergeblich gegen ihre Tränen, die ihr schließlich über die Wangen kullerten.

Akira drehte Sarai zu sich und schloss sie fest in seine starken Arme. All ihren Schmerz, ihre Trauer fing er auf.

Der Boden wurde steiniger. Raubvögel zogen am Himmel ihre Runden und hielten nach Beute oder Aas Ausschau.

Boleer stolperte über ein Skelett. „Und das soll der richtige Weg sein?!", fauchte sie Karkara an. „Kannst ja zurückgehen, Memme!"

Ein Rabe setzte sich auf den Ast eines morschen, tief verwurzelten Baumes. Seine dunklen Augen folgten aufmerksam den Bewegungen der Gruppe.

Akira blieb stehen und fragte sich, wem das unaufhörliche Krächzen des Tieres wohl gelten mochte. Dem Wind?

Der Rabe stierte den Auserwählten an und das Krächzen des Tieres klang aufgeregter als zuvor. Der Vogel schlug mit den Flügeln und sauste im Sturzflug mitten durch die vier davon.

Karkara amüsierte sich über den dummen Raben und schubste Hiwu weiter, die dem Vogel neugierig hinterhersah.

Akira hatte das seltsame Gefühl, dass der Rabe ihm etwas mitteilen wollte. Waren die Feinde nah? Führte der Pfad zu einer Gefahr?

Obwohl nirgendwo Rauch aufstieg, roch Akira Feuer. Er wandte sich hastig in alle Richtungen. Das konnte keine Einbildung sein.

„Was ist los?", sein Verhalten verunsicherte die scheue Boleer. Sie nahm Capu auf den Arm und drückte ihn an sich. „Du wirst mich doch beschützen, Kleiner?"

„Akira!“, ermahnte Karkara ihn, endlich mit diesem Theater aufzuhören. Akira hielt inne. Dort hinten, am Horizont.

Staubwolke um Staubwolke. Aufschlagende Hufen. Bebende Erde. Feuer und Asche.

„Casca“, kam es Akira über die Lippen.

Die Gruppe rannte um ihr Leben – doch wohin sollten sie auf offener Ebene fliehen, um sich zu verstecken?

Das Kampfgeschrei der tosenden Armee saß ihnen im Nacken.

Boleer und Sarai trugen jeweils einen Welpen, wodurch sie langsamer waren. Hiwu sprintete Karkara nach. Die Wölfin wollte ihn nicht verlieren. Die Kleine knickte um und jaulte auf.

Akira wollte Hiwu greifen und mit sich nehmen, doch sie fletschte die Zähne und sträubte ihr Fell, als er seine Hand nach ihr ausstreckte. Karkara kam zurück und holte das Tier.

An einem Felsvorsprung wurde die Gruppe in die Enge getrieben. Um sie herum hatte sich ein Halbkreis aus Dämonen gebildet, der jeden Fluchtversuch verhindern würde.

Der rothaarige Casca stieg von seinem scheußlichen Getier ab. Dieses stieß einen heißen Atem aus. Speichel tropfte auf den Boden.

„Wolltet ihr uns entkommen?“, grinste er höhnisch. Mit der Sense in der Hand näherte er sich bedrohlich seiner Beute.

Boleer suchte Deckung hinter Karkara. Sie drückte Capu aus Furcht so fest an sich, dass sich ihre Fingernägel in sein Fell bohrten und er schmerzerfüllt aufquietschte.

„Wie ich sehe, führt ihr eine seltene Tiermeute mit euch. Wenn man sie richtig dressiert, taugt sie sogar zu etwas …“, scherzte Casca und betrachtete die drei Welpen.

Cascas Blick streifte weiter zu Sarai. Akira schob sie eilig hinter sich.

Der Rotschopf kam gemächlich auf die beiden zu. Casca war so groß wie Sarai und musste ein wenig zu Akira aufschauen, um ihm in die Augen sehen zu können.

Mit einem Ruck riss Casca Akira zur Seite, der sich sofort wieder schützend vor Sarai stellen wollte. Die Sense an seinem Hals zügelte ihn.

„Ich sah dich in Sagem, auf dem Dach“, Casca stand Sarai gegenüber. „Es heißt, die drei Auserwählten seien in jener Nacht geflohen.“

Er strich ihr eine Haarsträhne aus dem Gesicht, berührte sanft ihre zarte Haut und packte sie schroff am Kinn. „Jetzt gehörst du mir, Auserkorene.“

Kapitel 9

Die verfluchten Tempel der Scharame

Der staubige Boden dieser Gegend war lange nicht mehr von solch einer großen Anzahl an Wesen betreten worden. Windböen wirbelten den Staub durch die Luft. Kiesel und großes Gestein wechselten einander ab. Die durstige Erde der Steppe war vollkommen ausgetrocknet.

So geschah es, dass das poröse Erdreich nachgab.

Casca und seine Armee, Akira und seine Gefährten – sie alle stürzten mit der schlagartig wegbrechenden Erdmasse in die Tiefe.

Einige von ihnen landeten in einer Quelle, weit unterhalb des normalen Wasserspiegels. Andere kollidierten mit den ebenfalls einstürzenden Findlingen und ihre Leiber wurden zerschmettert.

Akira war der Erste, der nach diesem gewaltigen Sturz zu sich kam. Seine Glieder fühlten sich taub an, als müssten sie nach einem langen Schlaf erweckt werden. Und sonst? Keine Schmerzen, kein Kratzer. Ein Wunder Selenes?

Seine verkrampften Finger hatten Sarai gehalten. Er war ihr Schutzschild gewesen, sodass sie unversehrt blieb.

Sarai lag zwar regungslos in seinen Armen, aber sie atmete.

Akira rappelte sich von dem feuchten Boden der unterirdischen Grotte hoch. Sein Blick suchte die Umgebung nach den verbliebenen Mitstreitern ab.

Karkara trieb mit einer Platzwunde am Kopf im Wasser. Akira fischte ihn aus dem Gewässer und holte den Krieger mit einer Ohrfeige ins Leben zurück.

Karkara riss die Augen auf und sah Akira empört an. *Auf diese Gelegenheit hat der bestimmt schon 'ne ganze Weile gewartet*, fluchte Karkara stillschweigend vor sich hin und rieb sich die schmerzende Wange.

Sarai erlangte ihr Bewusstsein wieder und sah Hiwu an sich vorbeihumpeln, auf Karkara zu.

Die Gruppe fand Boleer neben einem Trümmerhaufen. Sie weinte vor Schmerzen, denn ihr Arm war eingeklemmt.

Karkara setzte an, diesen schnell und recht schonungslos unter dem Gestein hervorzuziehen. Boleer schrie auf und weigerte sich. „Nicht du!! Du bist viel zu brutal!!“, jammerte sie mit tränennassem Gesicht.

Karkara stöhnte und überließ es Akira, Boleer zu befreien. Er ging diese Aufgabe mit viel Feingefühl an.

Boleer litt: „Mein Arm ist gebrochen, zerquetscht oder so was. Das tut so weh.“ Akira sah ihr in die Augen und besänftigte sie: „Boleer, alles ist gut. Dein Arm ist höchstens verstaucht.“

Gebannt von seinem Blick bemerkte Boleer ein seltsames Funkeln in seinen Augen. Im nächsten Moment war ihr Arm freigelegt. Boleer hatte sich dermaßen auf Akira konzentriert, dass sie das Herausziehen gar nicht mitbekommen hatte.

Seltsamerweise verspürte sie kaum noch Schmerzen, als wäre fast nichts passiert. Der Arm sah gesund aus und sie konnte ihre Finger mühelos bewegen.

„Wenn das die Macht von euch Auserwählten ist, muss sich der Teufel in Acht nehmen“, bedankte sie sich mit einem Lächeln bei Akira.

Sarai bemerkte etwas Graues zwischen den Felsen. Sie ahnte Schlimmes. Vorsichtig näherte sie sich den Gesteinsbrocken, unter denen ein Pfötchen hervorlugte. Sarai kniete sich nieder, nahm eine Hand erschüttert vor den Mund und umfasste mit der anderen die noch warme Pfote. Sie spürte, wie ihr Tränen in die Augen schossen.

Die Gesteinsmassen hatten Capu tot unter sich begraben.

Zum Abschied küsste Sarai das Pfötchen. Ein weiteres Mal hatte sie versagt. Wieder konnte sie nicht jene schützen, an denen ihr etwas lag.

Boleer hielt Abstand zu dem verschütteten Capu. Das Elend wollte sie sich nicht antun. Sie schluchzte und rieb sich über die schmutzige Stirn.

Hiwus Ohren spitzten sich. Sie sprang hastig von Karkaras Hand und humpelte zu einem Spalt in einer Steinwand. Diese Wand trennte die Gruppe von Casca und einem Großteil seiner Armee.

Aus dem winzigen Spalt drang ein Piepsen hervor. Es hörte sich an, als würde etwas an der Wand schaben. Hiwu begann ebenso, ihre Krallen an dem Gestein zu wetzen, als wolle sie einen Zugang schaffen.

Boleer trat näher zu Hiwu heran, um zu verstehen, warum sie dies tat. Dann entdeckte das Mädchen durch den Spalt Nila auf der anderen Seite.

Die Wand abzutragen, war unmöglich, aber Akira und die anderen versuchten mit aller Kraft, Hiwu bei ihrem Vorhaben zu unterstützen. Allerdings konnte man Stein nicht mit bloßen Händen oder Tatzen zerstören.

Es war vergeblich. Für Nila schien die Reise beendet.

Die Dämonen, die sich auf derselben Seite wie die Auserwählten befanden, ließ Karkara gar nicht erst zu Kräften kommen, sondern erledigte sie blindwütig. Dies war seine

Art, mit Trauer umzugehen. Nur wegen ihnen hatten sie zwei Gefährten verloren.

Karkara erfasste Hiwu im Nacken und schleuderte die Wölfin in einen unterirdischen Gang, der von der Quelle aus verlief. Es hatte seiner Meinung nach keinen Sinn, hier länger zu verweilen. Nila war verloren und Karkara konnte das verzweifelte Winseln der gewaltsam getrennten Geschwister nicht länger ertragen, das sich jedoch bereits in sein Herz gebrannt hatte.

Boleer folgte Karkara heulend und bat ihn, eine Möglichkeit zu finden, die eingeschlossene Wölfin zu retten. Karkara schüttelte das Mädchen von seinem Arm ab, wischte sich kurz über das Gesicht und verschwand mit Hiwu in der Höhle.

Sarai weilte immer noch bei Nila. Sie steckte ihren Finger durch die Ritze und der Welpe schleckte ihn ab.

Mit verquollenen Augen schaute sie hilflos zu Akira, der sich zu ihr hinhockte.

„Wir kommen nie mehr nach oben. Wir werden sterben“, klagte Boleer jämmerlich. Sie rechnete bereits mit ihrem Tod und sinnierte: „Alles war umsonst. Ich werde *ihn* nicht mehr finden.“

„Ey, von wem redest du?!“, blaffte Karkara sie genervt an. Boleer murmelte vor sich hin.

Seit geraumer Zeit lief die Gruppe den feuchten Gang entlang, der hin und wieder von brennenden Fackeln erhellt wurde.

„Weiß einer, wo wir sind?“, fragte Boleer, um wenigstens zu erfahren, wo sie sterben müsste. „In den …“, Akira fuhr mit dem Zeigefinger über die eingeritzten Bildnisse und Schriftzeichen an der Wand, „… verfluchten Tempeln der Scharame.“

„Oh Gott!!!“ Boleer fiel theatralisch auf die Knie und riss die Hände nach oben. „Wir sind verloren!“

„Red keinen Scheiß. Das Katzenvieh is’ seit Jahrhunderten verreckt.“

„Aber wer entzündet die Fackeln?“ Sarais Frage verursachte eine Gänsehaut.

Richtig. Warum loderten Flammen, und vor allem, wie konnte das Feuer an solch einem feuchten Ort bestehen?

„Laut der Legende erlischt das Feuer der Hölle nie“, erzählte Akira. „Pah!“, antwortete Karkara schnippisch, schnappte sich eine der Fackeln und stieß sie an die glitschigen Kieselsteine. Als das Licht verglühte, triumphierte der barbarische Krieger. Er hatte seines Erachtens nach bewiesen, dass das Feuer durchaus zu löschen war. Karkara warf die Fackel fort, welche kurz darauf selbstständig Feuer fing.

„Wir sind in der Hölle“, wimmerte Boleer.

Sarai hob die Fackel auf, bevor Hiwu diese als Spielzeug benutzen konnte, und stellte klar: „Nein. Das Reich der Scharame unterstand zwar dem Teufel, hatte aber seine eigene Kultur voller Reichtum und Prunk.“

Sarai starrte in die tanzende Flamme und berichtete: „Als Tadur herrschte, sammelte er viele Anhängerschaften um sich, solche, die ihn als Gott verehrten. Das Katzenvolk, die sogenannten Scharame, gehörten zu seinen treuesten und wichtigsten Verbündeten. Ihre Anführerin Shir soll selbst eine Gottheit gewesen sein, voller Schönheit und Anmut. Heutzutage weiß niemand mehr, wie es Tadur gelang, mit den legendären Katzen zu kommunizieren. Sie gehorchten zwar seinen Befehlen, doch blieben selbstständig.

Die Scharame verführten und mordeten. Als Tadur gebannt wurde, sollten auch seine Gefolgsleute zugrunde gehen. Der Fluch, der auf dem Teufel lastete, weitete sich auf sie aus. Viele Menschen starben oder verschwanden und die Katzen wurden versteinert. Ihre Macht war zu groß, als dass man sie hätte vollständig ausmerzen können.

Etliche Jahre später machten sich Gierige auf, um die Schätze der Shir zu stehlen. Keiner kehrte zurück – die Höhle war verwünscht und jeder Eindringling dem Tode geweiht."

Boleer heulte wieder auf: „Wir sterben."

„Oder werden reich", Karkara witterte ein Vermögen.

Der Pfad gabelte sich. „Von links her weht eine Brise", stellte Akira fest und hielt sein Gesicht in den leichten Wind. *Ein Ausgang?*

„Quatsch. Ich spür gar nichts", Karkara stapfte nach rechts. Er, das Oberhaupt der Truppe, wollte entscheiden, welcher Weg zu nehmen sei.

Sarai bemerkte einen verärgerten Ausdruck in Akiras Miene. Sie nahm zaghaft seine Hand, um die Wogen zu glätten. „Wir dürfen nicht auseinandergehen", flüsterte das Mädchen.

Abzweigung nach Abzweigung. Ungeduldig beschleunigte Karkara seine Schritte. Wie lange sollten sie in diesem dunklen Loch umherirren?

„Halt bloß die Fresse, Akira!", schnauzte der Barbar, obwohl dieser kein Wort gesagt hatte. Karkara fühlte sich der Unwissenheit ausgeliefert, die ihm seinen Führerstatus streitig machte.

Hätte er Akiras Gespür Glauben schenken sollen? Nein, er wusste natürlich alles besser, oder?

Die nachdenkliche Sarai bildete das letzte Glied der Gruppe.

Sie passte sich Akiras Tempo an, ohne auf irgendetwas zu achten.

Wie hatten sie diesen Absturz unbeschadet überstehen, geschweige denn überhaupt überleben können?

Akira blieb abrupt stehen. Sarai blickte an ihm vorbei nach vorn. Warum hatten sie angehalten?

Karkara stand kalter Schweiß auf der Stirn. Er atmete schnell und schwer. *Links oder rechts? Links? Rechts? Links. Rechts.*

„Verdammt!“, er ballte die linke Faust und boxte sie mit aller Wucht gegen die klamme Steinwand. Die Flamme der Fackel zuckte durch den entstandenen Luftzug auf.

Ein Klicken – leise, aber deutlich. Karkara sah zu seiner Hand. Der Ziegelstein hatte sich um eine Handbreit nach innen verschoben. Zufall?

Etwas rotierte. Karkara warf Akira, dessen Augen sich bedrohlich verengten, einen entsetzten Blick zu. Ein lautes Grollen donnerte durch den Tunnel, ohne dass man erkennen konnte, aus welcher Richtung es kam.

„Du hast einen Mechanismus in Bewegung gesetzt“, Boleer zitterte.

Akira griff nach hinten, tastete nach Sarai und zog sie an seinen Rücken.

Die Decke öffnete sich einen Spaltbreit. Verbunden mit einem lauten Schrei von den Mädchen sowie dem Barbaren, schoss eine Mauer hervor und kollidierte krachend mit dem Boden.

Die Gruppe wurde dadurch getrennt. Karkara war gänzlich auf sich allein gestellt.

Er pochte an den Fels, doch er vernahm kein einziges Signal seiner Gefährten. Erschöpft sank er auf die Knie. Die ganze Reise zehrte sehr an seinen Kräften, auch wenn er das niemals zugeben würde.

Die Wunde an seinem Kopf schmerzte. Karkara lehnte sich an die Wand und ließ sich auf dem kühlen Grund nieder.

„Scheiß Teufel“, er vergrub sein Haupt zwischen den Knien und Armen.

Rechts. Links. Es hatte keine Bedeutung mehr. Er wählte einfach irgendeinen Weg.

Karkara hatte inzwischen jegliches Zeitgefühl verloren. Wie lange irrte er schon orientierungslos in diesem tückischen Labyrinth?

Hatte er einhundert Abzweigungen passiert oder waren es gar mehr oder weniger? Egal.

Die Füße wurden träge und die Augenlider schwer.

Wo die anderen wohl waren? Ging es ihnen gut? Hatten sie gemeinsam oder dank Akira in die Freiheit zurückgefunden?

Links. Rechts. Rechts. Rechts. Links.

Karkara sackte bewusstlos zu Boden.

Ein süßlicher Geruch weckte den erschöpften Barbaren. Er konnte sich nicht entsinnen, sich zeitlebens schon einmal so müde und entkräftet gefühlt zu haben.

Mühsam rappelte er sich hoch, zuerst auf die Knie. Er stützte sich mit den Handflächen auf dem Boden ab, welcher seine Rauheit anscheinend verloren hatte. Der Boden fühlte sich glatt an und glänzte. Er spiegelte die Lichter der Fackeln wider, doch Karkaras Augen fühlten sich von einem anderen Leuchten geblendet.

Der Barbar riss den Kopf ruckartig hoch, um eventuelle Trugbilder abzuschütteln. Aber er hatte sich nichts eingebildet, der ganze Raum war mit purem Gold ausgelegt.

Das Zimmer wirkte so groß wie ein stattlicher Saal. Verzierte Säulen trugen die Decke. Dunkelrote Samtvorhänge schmückten alte Gemälde. Unter jedem Bild stand ein eingemeißelter Satz in der alten Sprache, wie Karkara zu wissen glaubte.

Die Malereien erzählten gewiss eine Geschichte. In den Motiven wiederholten sich Personen. Karkara kannte keine von ihnen.

Statuen von Katzen säumten die Wegränder. Je weiter der Auserwählte den Pfad beschritt, desto höher wurden die Podeste für die Figuren.

Letztlich, am Ende der Halle, thronte auf einem Podium in der Mitte des Ganges die eindrucksvolle Statue der Katzengöttin. Als ranghöchstem Tier gebührte ihr der beste und höchste Platz.

„Pah! Göttin …", spuckte Karkara respektlos vor dem Abbild aus. Ihre vergoldeten Augen glühten rötlich auf, als wollte die Seele der Katze ihn zu Anstand ermahnen.

Plötzlich spürte Karkara einen warmen Hauch seinen Nacken streifen. Als er sich umdrehte, stand Akira vor ihm, der ihm merkwürdig fremd vorkam. Der gutmütige Akira strahlte eine solch furchteinflößende Macht aus, dass Karkara im ersten Moment starr vor Angst zu ihm hinaufblickte.

Wer bist du?, wäre ihm fast über die Lippen gekommen, aber Karkara fing sich rechtzeitig. Es lag sicherlich an dem spärlichen Lichtschein, der Akiras Miene verfinsterte. Diese Annahme beruhigte Karkara, weil sie nicht nur vernünftig erschien, sondern gleichzeitig sein wenig heldenhaftes Erschrecken erklärte. Ein wahrer Barbar fürchtete sich schließlich nicht vor diesem harmlosen Akira.

Hiwu sprang Karkara sehnsüchtig in die Arme und schleckte seine Wange ab. Karkara sah, wie die Mädchen hinter Akira zum Vorschein kamen. Sie stierten mit bleichem Gesichtsausdruck auf etwas neben dem barbarischen Krieger. Hiwu begann leise zu knurren. Ihr Nackenfell sträubte sich.

Ängstigten sie sich vor der Skulptur? Ohne Vorsicht drehte Karkara sich um und erblickte etwas, was sein Herz schneller schlagen ließ.

Feinste Goldblättchen bröckelten von der Statue der Shir ab. Anmutig hob sich eine Vorderpfote. Der edle Katzenkopf schüttelte sich. Glänzender Staub wirbelte auf.

Die Katze streckte ihre Glieder, als wäre sie aus einem jahrhundertelangen Dornröschenschlaf erwacht. Ihr seidig glattes Fell schimmerte selbst jetzt goldgelb.

Ein edles Halsband aus viereckigen Edelsteinen schmiegte sich an ihren schlanken Hals und ließ einen prachtvoll geschliffenen Rubin vor dem Brustkorb der Göttin funkeln. Ihre schwarzen Schnurrhaare zuckten. Der eiskalte Blick der Katze richtete sich auf die ungebetenen Besucher.

Wie sie dort auf ihrem Podium stand, überragte sie die Köpfe der Auserwählten um mindestens einen halben Meter.

Zaghafte Rückwärtsschritte sollten die Gruppe aus der Situation führen, aber sie waren bereits umzingelt. Die Scharame, das Katzenvolk, war ebenfalls zum Leben erwacht.

Hiwu duckte sich im Schutz von Karkaras Beinen. Zeitweilig gab sie ein Knurren von sich, doch die Überzahl der Katzen verunsicherte sie zunehmend.

Karkara zog prompt sein Schwert und hielt die Klingenspitze Shir entgegen. „Du lässt uns gehen", knirschte er warnend mit den Zähnen. Seit wann sprach er mit Tieren? Verstand sie ihn?

Shir war die einzige übergroße Katze und würde einem erwachsenen Mann bis zum Bauch reichen.

Die Kater und Kätzchen hatten eine normale Größe. Sie schauten grimmig und angriffslustig drein.

„Was machen wir jetzt?!" Die ängstliche Boleer hätte sich am liebsten versteckt.

Ein heftiges Beben erschütterte den Boden. Die Katzen suchten Halt mit ihren Krallen, etliche rutschten aus.

Steine lösten sich von den Wänden und ein schmaler Gang, der aus dem Saal führte, kam zum Vorschein. Eine Verständigung innerhalb der Gruppe war nicht nötig. Die Gefährten wussten, was sie zu tun hatten, und flohen.

Die Scharame nahmen die Verfolgung auf. Shir rannte an vorderster Front und hatte die fünf Gejagten nach wenigen Sprüngen eingeholt. Die Katzengöttin stürzte sich auf Sarai und riss sie nieder. Geistesgegenwärtig packte Akira Karkaras Schwertgriff, entwendete ihm leichthändig die Waffe und hielt die Klinge dem Tier entgegen.

Shir starrte in seine Augen. Akira vernahm ihre Stimme in seinem Kopf: „*Warum schützt du dieses Mädchen? Sie wird dir den Tod bringen.*“

Ein Feuersturm wütete plötzlich in der vergoldeten Halle. Die Hitze drang bis in den geheimen Flur vor.

„Schlachtet die ganzen Missgeburten ab!“, ertönte es mit barschem Ton aus dem Saal.

„Das ist Cascas Stimme“, wisperte Sarai. Shir ließ von ihr ab, um sich dem Tumult zuzuwenden.

„Wie ist er durch den Wall gekommen?“, schrie Boleer panisch und fürchtete ein weiteres Mal ihr nahes Lebensende.

Sarai stand mit einem Ruck auf und sprach hoffnungsvoll: „Dann ist Nila vielleicht auch bei ihm.“

Karkara wollte weitere Gefahren abwenden: „Kommt bloß nicht auf die Idee, nach ihr zu ruf …“

„NILA!!!“, Boleer überging den barbarischen Krieger entschieden.

Ein kleiner Welpe kraxelte unbeholfen, aber zielstrebig – während des mächtigen Sprungs der Katzengöttin zurück in ihren Tempelraum – über ein paar Gesteinsbrocken hinweg.

„Nila!", Boleer breitete begrüßend ihre Arme aus. Voller Wiedersehensfreude leckte Hiwu ihre Schwester sehnlichst ab.

„Hab ich richtig gehört …?", Casca stand mit seinem fiesen Grinsen vor dem Gang und hatte freie Sicht auf die Gruppe.

Hinter ihm tobte ein Kampf. Die angegriffenen Katzen fauchten und kratzten. Soldaten der Geisterarmee versuchten Shir, die ihrem Volk zu Hilfe geeilt war, in die Enge zu treiben.

Cascas Kleidung war schmutzig. Soweit man es erkennen konnte, waren seine unbedeckten Körperteile wie die Arme mit Verletzungen überzogen. Der Sturz hatte klaffende Wunden in seinem Gesicht hinterlassen.

Casca war durchaus schlimm zugerichtet. Wieder stellte sich die Frage, warum Sarai und die anderen kaum einen Kratzer abbekommen hatten.

„Geht vor!", befahl Akira fest entschlossen und hielt Karkaras Schwert mit beiden Händen. „Wir lassen dich nicht zurück!" Sarai empfand allein den Gedanken empörend.

Akira sah über die Schulter zurück zu Karkara. Sekunden trafen sich ihre Blicke.

Karkara fuhr sich mit den Fingerspitzen durch die Haare und rief verschmitzt: „Wehe, mein Schwert geht kaputt. Das hab ich von Buras."

„Keine Sorge."

Karkara stieß Boleer voran, um sie zum Loslaufen zu bewegen. Grob fasste er Sarai am Handgelenk und schleifte das Mädchen, gänzlich unbeeindruckt von Sarais Widerstand, mit sich.

Vergeblich versuchte sie sich aus dem eisernen Griff des Barbaren zu befreien. Ihr blieb nur eine Hoffnung: „AKIRA!"

Die Tempel der Scharame lagen verborgen unterhalb der Erde. Vereinzelte Wege führten zu den Gewölben hinab und nur ein einziger Pfad führte hinauf an die Oberfläche, sofern man wusste, ihn richtig zu nutzen.

Dort, wo der Gang endete, befand sich eine steinerne Wand. Sie zu überwinden, bedeutete, in die Freiheit zu gelangen und demzufolge nach draußen.

Vor diesem verschlossenen Ausgang, dem Rücken eines Berges, standen zwei Gestalten.

„Warum tust du das?“, drang ein tiefer, holpernder Klang aus dem Maul des Tierkriegers. Seine Haut war überwiegend mit braunschwarzem Fell überzogen. Die Stirn des hundeähnlichen, spitzen Gesichtes war weiß. Große, grüne Augen sahen die junge Frau neben ihm fragend an.

„Gib mir deinen Speer!“, sie nahm ihm die Waffe weg.

„Aber …“

„Ruhe! Ich muss mich konzentrieren“, wies sie ihn zurecht.

Ihr kinnlanges, dunkelrotes Haar mit schwarzen Strähnen war streng hinter die Ohren gekämmt.

Grüne Pupillen wurden von einer senkrechten, knallorangefarbenen Iris kontrastiert. Die des rechten Augapfels hatte eine blassere Farbe.

Die Frau stemmte sich gegen den Hang und ritzte mühevoll ein Symbol in die Bergwand.

„Deine Rüstung blendet mich. Geh aus dem Licht!“ Der Tierkrieger gehorchte und stellte sich artig in den Schatten eines Baumes. Sein buschiger Schwanz hing traurig nach unten.

Die dunklen Lederstiefel der Frau bekamen durch die Reibungen an den spitzen Steinen helle Striemen, ebenso wie ihr kurzer, lacklederner Rock und das aus dem gleichen Material bestehende Bustier.

„Ich verstehe dich nicht …“, rief der Kämpfer so laut, dass sie es hören musste.

„Anweisung ist Anweisung“, entgegnete sie ungerührt. Der Tierkrieger setzte noch einmal an: „Aber … Du unterstützt seine Feinde. Sie wollen ihn vernichten.“ Ihre Tat war ihm unbegreiflich.

Sie ignorierte seine Äußerung und vollendete das Symbol: „Fertig!“ Das Zeichen des Teufels war an dem Berghang eingraviert.

Der Kämpfer wusste, dass der Frau dieses Vorgehen nicht so leichtfiel, wie es den Anschein hatte. Sie verbarg gekonnt ihre Gefühle.

Betrübt flüsterte er ihren Namen: „Neru …“

Sie warf ihm den Speer zu.

Ihre Handfläche ruhte an dem eingravierten Symbol in der Steinwand. Flüsternde Worte kamen über ihre Lippen. Nerus Augen waren geschlossen, bis sie sich mit einem Ruck öffneten. Gleichzeitig tat sich eine bestimmte Stelle des Berges auf, wodurch ein Zugang zu einem bis dahin verborgenen Gang zu den Tempeln der Scharame sichtbar wurde.

„Lass uns gehen. Den Rest schaffen sie allein.“

„Neru … Du weißt nicht, was du tust.“

Ein Lichtschein am Ende des Weges, womöglich ein Ausgang?

Boleer rannte schneller und Karkara zerrte die unwillige Sarai mühsam mit sich. Dann hatten sie es geschafft. Sie waren draußen an der frischen Luft.

Völlig außer Atem ließ sich die erschöpfte Boleer auf den Boden plumpsen und betrachtete den imposanten Berg, aus dem sie gekommen waren.

Karkara ließ Sarai los. Sie machte augenblicklich kehrt, um Akira beizustehen. Er packte sie, hielt die Entschlossene ruppig zurück und machte ihr unmissverständlich klar: „Was willst du machen, wenn du bei ihm bist? Du kämpfst nicht, und verteidigen kannst du dich auch nicht."

Ich weiß, in deinen Augen bin ich schwach, Karkara. Du hast Recht. Verzeihe mir, dass ich so bin, wie ich bin.

„Lasst uns abhauen!", drängte Boleer aus Furcht. Casca und seine Gehilfen konnten ihnen bereits auf der Spur sein.

Sarais Entschluss war unumstößlich: „Nicht ohne Akira!"

„Wenigstens von der Höhle weg", bettelte Boleer.

Während sie auf ihren Mitstreiter warteten, löcherte Boleer die beiden mit Fragen über den Teufel und die Auserwählten, bis Karkara ihre Neugierde spöttisch dämpfte: „Wie lange willst du uns noch nachrennen? Doch bestimmt nicht bis zum Thron des Teufels, oder?"

„Du wirst dir noch mit dem Ding da wehtun", deutete Casca amüsiert auf das Breitschwert. Akira überhörte die Provokation und forderte den Spötter auf: „Kehr um!"

Der Dämonenheerführer zeigte sich erstaunt über Akiras Mut. „Du willst mir Befehle erteilen?"

„Kehr um, solange du noch kannst!", warnte Akira wiederholt.

Cascas Laune sank. Niemand durfte so mit ihm reden. „Deine Fresse werd ich dir stopfen", der Rotschopf erhob seine Sense und rannte brüllend auf den Auserwählten zu.

„Treib es nicht zu weit!", ermahnte Akira ihn ein letztes Mal, dann war er schon in den Kampf verwickelt.

Casca war hartnäckig und stark. Doch der Auserkorene war ihm ebenbürtig.

Während der übermütige Casca ohne Sinn und Verstand mit seiner Sense kämpfte, suchte der wachsame Akira gezielt nach Schwachstellen seines Gegners, um ihn empfindlich zu treffen. Woher hatte Akira solch eine Kampferfahrung? Lernte man dies in Klöstern? Oder war es ein Talent aus Kindheitstagen?

„Lege deinen alten Namen ab! Fortan sollst du ‚Akira' heißen. Du bist auserkoren, mein Sohn. Du bist der Einzige von uns, der diese Aufgabe übernehmen kann. Du trägst mein Zeichen. Mache uns stolz und nimm deinen Platz in der Geschichte Zirons ein!"

Mit einem Satz warf sich Shir auf Casca und begrub den blindwütigen Heerführer unter ihrem sehnigen Körper.

Das gesamte Gewicht der Katzengöttin lastete auf dem gefangenen Casca und machte jede Bewegung unmöglich. Triumphierend thronte sie auf ihrer Beute. Nie würde sie es zulassen, dass jemand ihren geweihten Ort beschmutzte und ihrem Volk Schaden zufügte. Ein solches Vergehen verlangte Strafe.

Shir sah Akira an, der seine Waffe senkte und sich zum Rückzug entschloss. Die Katzengöttin ließ den Auserwählten, ohne ihn daran zu hindern, entkommen.

Als Akira aus dem Berg hinaustrat, befand er sich nicht mehr in der tristen Steppe. Frische Gräser, Bäume und Blumen umgaben ihn. Dies war zweifellos der „Wald des Überlebens". Das einzige grüne und fruchtbare Fleckchen im Süden Zeders.

Ein Schatten tauchte hinter ihm auf. Ohne sich umzuwenden, wusste Akira, wer hinter ihm stand.

„Erledige ihn!", sprach er und die rothaarige Frau erwiderte: „Jawohl." Sie verschwand im Berg und mit ihr der Zugang zum Tempel.

Akira hörte Sarais Stimme. Sie lief auf ihn zu, warf sich in seine Arme und drückte ihn ganz fest an sich. Sarai atmete tief ein. Ja, das war Akiras angenehmer Geruch. Er war wieder bei ihr. Er lebte. Er war hier.

Karkara nahm ihm unverzüglich die Waffe ab und begutachtete sein Schwert sehr genau – nicht eine Schramme. Er hatte also nichts zu meckern.

Nilas Schwanz wackelte vor Freude. Sie hopste an Akiras Beinen hoch. Hiwu hingegen hielt strikt Abstand zu ihm.

„Wie hast du das geschafft?!" Boleers Mund stand vor Erstaunen offen. Ehrlich gesagt hatte sie ihn schon aufgegeben.

Akira erläuterte knapp: „Shir hat sich Casca gegriffen. Los, lasst uns von hier verschwinden!"

Im dichten Hain konnte die Gruppe möglichen Verfolgern leichter entrinnen.

„Ob die schmecken?" Boleer pflückte eine der roten Beeren von dem Strauch und musterte sie interessiert. „Ich kenne die Sorte gar nicht."

Sie roch an der Frucht und wollte gerade probieren, als Akira sie ihr im letzten Moment aus der Hand schlug. „Das sind Trauerneiden, die sind giftig. Eine genügt, um dich ins Jenseits zu befördern."

Boleer nahm augenblicklich eine größere Entfernung zu den Büschen ein. Jammernd trottete sie weiter: „Mir knurrt der Magen."

„Hör auf, dich zu beklagen!" Karkara konnte ihre Wehleidigkeit nicht mehr ertragen.

Sarai stützte sich an einen massiven Stamm, um kurz auszuruhen. Ein Pfeil sauste um Haaresbreite an ihr vorbei und blieb im Baum stecken.

Die Bogenschützin stand auf einem breiten Ast in Höhe der Baumkronen. Hellblonde Haare waren zu einem hohen

Pferdeschwanz zusammengebunden. Eine lange, rosafarbene Haarschleife wehte im Wind.

Die Fremde, bewaffnet mit einem Langbogen und einem Köcher auf dem Rücken, trug ein kurzärmliges Kleid, dessen Länge ihre Knie umspielte. Der hellgrüne Faltenrock war leicht ausgestellt.

Der quadratische Ausschnitt am Hals schmeichelte ihrem spitzen Gesicht leider wenig. Im Bereich des Brustkorbes ähnelte das Kleid einem geschnürten Mieder. Dieses war weiß, ebenso die Ärmel.

Zwei rosafarbene Längsstreifen zogen sich seitlich vom Körper über das gesamte Gewand hinweg.

„Dies ist unser Territorium“, schallte es herunter und die Schützin legte erneut einen Pfeil an.

„Hör auf!“, schrie Boleer. „Wir wollen nichts Böses.“

„Komm runter, du Schnepfe, und kämpf wie ein Mann!“ Karkara fuchtelte herausfordernd mit seiner Waffe herum.

Die Fremde spannte den Bogen. „Lass ab!“, wies sie jemand barsch zurecht. Ein Mann mit grauem Spitzbart und Jägerkleidung kam zwischen den Büschen hervor. Falten durchfurchten sein Gesicht. Ein Hütchen, das die Form eines Schiffes hatte, bedeckte einen Teil seiner dunkelbraunen, lockigen Haarpracht.

„Wer seid ihr und was wollt ihr?“, richtete sich der Jäger an die Auserwählten. Akira ergriff das Wort: „Wir sind auf der Durchreise.“

„Und wohin soll es gehen?“

„Das geht dich nichts an“, erwiderte Karkara schroff.

„Gehört die zu dir, die uns eben abschießen wollte?“, fragte Boleer zynisch. Der Jäger antwortete: „Wir haben schlechte Erfahrungen mit Fremden gemacht. Wir sind auf der Hut.“

„Jetzt nicht mehr?“, provozierte Karkara. Akira stieß ihn zurück und machte eine nahezu unmerkliche Kopfbewegung nach rechts oben.

Diese Geste entging auch dem Jäger nicht. Zu Akira gewandt sprach er: „Du passt gut auf, Jungchen. Ganz recht, meine Leute halten sich bereit, für den Fall, dass ihr Ärger machen wollt.“

Sämtliche Bogenschützen weilten schussbereit in den Baumkronen.

Boleer verkündete hartnäckig: „Anstatt Kleinkriege zu führen, solltet ihr besser den Armeen Unterstützung geben und gegen den Teufel kämpfen. Sie brauchen jeden Mann.“

Der Jäger entgegnete keck: „Ach, ihr wollt euch also als Freiwillige melden?“ Sie schüttelte schüchtern den Kopf. „Angenommen euer Ziel wäre diese Festung ... Bist du etwa ...?“, schlussfolgerte der fremde Mann.

Er ging zu Boleer und betrachtete sie aufmerksam: „Ist uns womöglich eine echte Auserwählte ins Netz gegangen?“ Sein Blick schweifte über die Gruppe. „Vielleicht sogar alle drei und ein Anhängsel.“

Die Schützin kletterte geschickt vom Baum, sprang das letzte Stück hinunter und platzierte sich neben dem Jäger. Sie brachte ihn auf eine Idee: „Für die drei würden wir gewiss viel Lösegeld kassieren.“

„Ihr verwechselt mich!“, versuchte Boleer den Irrtum aufzuklären und sah hilfesuchend zu Sarai.

Der Jäger hob seine Hand und wedelte mit dieser. Ein Zeichen für die etlichen Bogenschützen. Jetzt durften sie aus ihren Unterschlupfen hervorkommen. Nach und nach bildete sich eine Menschenmenge um die Auserkorenen.

„Seid ihr eine Räuberbande?“, Boleer bekam es wieder mit der Angst zu tun. Die Meute grölte belustigt.

„Kessler!“, ein Bursche rannte aufgeregt zu dem Jäger. Der Knabe rang nach Atem und brachte stockend hervor: „Dämonen haben gerade das kleine Wäldchen passiert. Sie vernichten, was ihnen in die Quere kommt – haben schon zehn unserer Männer getötet und sie steuern direkt auf unser Lager zu.“

Dieser Bursche … Boleer wurde bei seinem Anblick ganz warm und wohlig zumute. Er war schlank, groß und ähnlich gekleidet wie der Anführer Kessler.

Blonde Haare lugten unter der Kappe des Knaben hervor. Diese glasklaren, blauen Augen kamen ihr ungemein vertraut vor …

„Sammelt euch! Stellt einen Trupp zusammen!“, gebot Kessler unverzüglich. Die blonde Schützin deutete auf die sechs Fremdlinge: „Und was ist mit denen?“

Hiwu und Nila versuchten, mit ihren Tatzen nach einem Schmetterling zu haschen.

Der Jäger sprach zu der Gruppe: „Uns wäre jede Hilfe willkommen.“

„Pah!“ Karkaras Antwort fiel eindeutig aus. „Ihr wolltet uns gefangen nehmen. Nun bittet ihr um Beistand? Was seid ihr denn für'ne verrückte Horde?“

„Keine Horde“, verbesserte Sarai den barbarischen Krieger, „Ein Clan. Ihr Name ist Kessler? Dann sind Sie das Oberhaupt der Naturschützer ‚Gelbes Kleeblatt‘“. Der Jäger staunte über dieses Wissen.

Boleer stierte den Burschen, der die Nachricht über den Einfall der Dämonen gebracht hatte, unentwegt an. Sie erstarrte regelrecht. Ihr Herz pochte und pochte. *Er ist es … Er muss es sein …*

„Alles bereit. Wir gehen“, berichtete der blonde Jüngling neben Kessler und gab das Signal für den Aufbruch.

Bevor der Bursche sich abwandte, rief Boleer energisch seinen Namen: „TARAN!!!“

Erschrocken über den unerwarteten Ausruf gehörte ihr seine volle Beachtung.

„Erkennst du mich nicht?! Siehe mich an! Ich bin es, Boleer. Deine Boleer.“ Sie lief schnellen Schrittes zu dem blonden Jüngling und schmiegte sich glücklich an seine Brust. „Ich habe so lange nach dir gesucht“, schluchzte sie aufgelöst.

Taran schob sie von sich. „Ich kenne dich nicht“, war seine Reaktion.

Zusammen mit Kessler führte er die Bogenschützen zielgerichtet in die Tiefe des Urwaldes.

Kapitel 10

Sarais Wandlung

„Lasst uns abhauen!“ Karkara trottete in die Gegenrichtung der vermeintlichen Auseinandersetzung zwischen Dämonen und Bogenschützen.

Kreidebleich blickte Boleer mit leeren Augen Taran nach, bis sie ihn nicht mehr sehen konnte.

Sarai stand neben ihr und legte der Verschmähten tröstend eine Hand auf ihre Schulter. Das blonde Mädchen nahm die sanfte Stimme der Auserwählten nicht wahr.

„Das kann nicht sein“, stammelte Boleer immerzu. Dann lief sie los, in die Richtung des Schlachtfeldes.

Ein hinterhältiges Kinderlachen tönte gellend durch das Kampfgeschrei. Von allen Seiten drang es auf einen ein, laut und kreischend.

„Bleibt stehen, verdammt!“, donnerte Karkara. Er war – zusammen mit den Wölfen – seinen Mitstreitern Akira und Sarai auf den Fersen, die wiederum Boleer folgten.

Auf einer Anhöhe überblickte das blonde Mädchen das Kampfgetümmel. Der Clan machte Gebrauch von seinen Kenntnissen über den Hain. Hier und da hatten sie Fallen aufgestellt. Dies war ihr Gebiet und sie wussten es zu ihrem Vorteil zu nutzen.

„Was machst du für'ne Scheiße?!", fuhr der kräftige Karkara Boleer derb an, als er sie eingeholt hatte. Wie in Trance wisperte sie teilnahmslos: „*Er* ist mein Leben."

Das schaurige Kinderlachen dröhnte zunehmend in den Köpfen und schwächte die Menschen. Grausige Monster ergriffen ihre Gelegenheit zur Attacke.

Wie aus dem Nichts schwebte eine grelle Gestalt belustigt über dem Kampfgeschehen. Es war ein kleines Mädchen mit blasser Hautfarbe, dem das markante Lachen gehörte. Von ihren weißen Haaren, Augen und dem gleichfarbigen Rüschenkleid strahlte eine derartige Helligkeit aus, dass allein ihr Äußeres genügte, um andere zu blenden.

„Seht ihr nicht in die Augen, sonst verliert ihr *euer* Augenlicht!", warnte Akira. *Jaseri, weiße Dämonenführerin des Lichts, so begegnen wir uns also …*

„Ich muss zu *ihm*", rief Boleer und war auf dem Sprung in das Getümmel. Sarai klammerte sich an sie, um sie von ihrem Vorhaben abzuhalten: „Die bringen dich um!"

„Da kommen welche!", bemerkte Karkara und hatte die sich rasch nähernden Dämonen im Visier. Er und Akira nahmen schützend und kampfbereit Stellung vor den Mädchen.

Boleer wollte sich mit Gewalt aus Sarais Umklammerung befreien. Letzten Endes stürzten beide durch das Hin und Her zu Boden. Boleer fuchtelte mit den Armen.

Für Akira und Karkara begann der Kampf.

Ein rothäutiges Ungetüm, einem Minotaurus ähnlich, mit breitem Schädel und zwei Hörnern riss seine Axt über den uneinigen Mädchen hoch.

Ein Pfeil bohrte sich in seine Pranke, woraufhin er das Beil fallen ließ. Dafür holte er mit seinem stark behaarten Bein aus und trat Sarai mit dem Huf von Boleer fort. Gekrümmt vor Schmerzen rollte Sarai über abgebrochene Zweige und niedergetrampelte Grashalme.

Abermals setzte das Ungeheuer mit seinem Pferdefuß an, doch ein weiterer Pfeil tötete das Wesen.

Die vorlaute Göre von vorhin war die Schützin.

Hiwu und Nila verkrochen sich in der Aushöhlung eines Baumstammes und verfolgten das Ereignis – Hiwu aufmerksam, Nila verängstigt.

Taran schlug sich verbissen an Kesslers Flanke. Nicht einen Gedanken verschwendete er an die Begegnung mit Boleer. Konzentration war von höchster Wichtigkeit.

Die kindliche Jaseri, die weiß gekleidete Heerführerin, schwebte vor der verletzten Sarai. Gehässig fragte sie: „Hast du Schmerzen?"

Sarai biss sich auf die Lippe. *Ich darf sie nicht ansehen. Ich darf sie nicht ansehen.* „Hast du ein großes Aua?" *Ich darf sie nicht ansehen.*

Jaseri kam naher: „Wie wäre es, wenn ich …?" Die Kleine streckte ihre Hand nach Sarai aus. Diese presste ihre eigenen Hände an die schmerzenden Rippen. Sie lag auf einem harten Gegenstand und tastete nach ihm. Im nächsten Moment schleuderte die Auserkorene Jaseri einen Dolch entgegen: „Verschwinde!" Die Kinderstimme verhallte. Die Gestalt verschwand. Schlagartig zogen sich auch die Dämonen zurück.

Der Dolch fiel blutbeschmiert auf das Gras. Hatte sie die Dämonin verletzt oder gar getötet? Sie, Sarai?

„Zum Glück nur eine Prellung. Die Kühlung wird dir guttun", meinte ein Arzt und deckte Sarai zu, ehe er zum nächsten Verwundeten ging.

Die Auserwählte lag schweigend auf mehreren ausgebreiteten Decken in der Nähe des lodernden Lagerfeuers.

Akira wachte den ganzen Abend und die Nacht neben ihr. Noch einmal sollte ihr so etwas nicht passieren. *Ich habe versagt, konnte sie nicht beschützen …*

Karkara warf Sarai böse Blicke zu. War er sauer, dass sie sich verletzt hatte?

Etliche Männer, Frauen und Kinder wärmten sich an den Flammen. Viele tranken auf den Sieg und sangen.

„Es ist noch nicht vorüber", mahnte Akira vorwurfsvoll. Wie konnten diese Leute feiern, wenn woanders ein Dorf vernichtet wurde?

„Bitte, bitte Taran!", Boleer hing sich an den Burschen. Er entgegnete gereizt: „Wie oft soll ich mich wiederholen? Ich habe keine Erinnerungen an früher. Wenn ich dich kenne, gut, hallo. Und?"

„Was hat man dir zugefügt, Liebster?" Sie streichelte ihm vertraut über die Wange und schob seinen Haarpony aus der Stirn. Taran hielt sie auf Abstand: „Lass das! Ich kenne dich nicht, auch wenn dir mein Name bekannt ist."

Boleer sank weinend auf die Knie. „Aus dem Weg, Heulsuse", die Schützin drängte sie zur Seite und setzte sich zu Kessler auf einen herumliegenden Holzbalken.

„Ihr könnt jederzeit gehen. Wir wissen, dass ihr nicht die aus der Prophezeiung seid", erklärte Kessler und knabberte genüsslich an seinem gegrillten Keulchen.

Akira, Sarai und Boleer wiesen das Essen zurück. Karkara dagegen langte ordentlich zu.

Begeistert erzählte die stolze Schützin: „Es gibt die Auserwählten. Sie kamen vorbei. Wir gaben ihnen Geleit, damit sie um jeden Preis am Leben bleiben."

Sarai wurde hellhörig. *Fide?*

Kessler rempelte die plappernde Frau neben sich unauffällig an. Sie aber weigerte sich zu schweigen: „Was denn, Vater?! Soll es ruhig die ganze Welt wissen, dass wir bald erlöst werden."

Kessler lenkte die Unterhaltung auf ein anderes Thema: „Ihr wisst nun, wer wir sind. Wollt ihr uns nicht auch eure Namen verraten?"

„Nö", schmatzte Karkara, „In der heutigen Zeit kann man keinem trauen." Einen Augenblick lang herrschte Stille, dann brach der Clan in Gelächter aus.

„Wohin euch der Pfad des Lebens auch führen mag, mögen Samue und Fortuna, Göttinnen der Natur und des Glücks, euch auf ewig begleiten", wünschte Kessler den Reisenden zum Abschied.

„Wo ist meine Tochter? Wo ist Miku?", fragte der Anführer einige der Umstehenden. „Taran ist auch nicht da", kam als Antwort.

„Bei uns fehlt Boleer", bemerkte Sarai.

„Wir wurden in der kleinen Kapelle getraut, heimlich", Boleer ließ Erinnerungen aufleben. Sie stand direkt vor Taran und sah ihn flehentlich an. Er sollte zur Besinnung kommen. „Das sagt mir nichts", erwiderte er gleichgültig.

Sie gab nicht auf: „Du hast mir deine Liebe geschworen, wolltest für immer bei mir bleiben."

„NEIN! Ich erinnere mich an rein gar nichts."

Die Schützin Miku fand die beiden auf einer abgelegenen Lichtung. Selbstbewusst ging sie auf Boleer zu und sprach: „Lass ihn endlich in Ruhe! Deine Freunde ziehen weiter! Beeil dich lieber und lass ihm seinen Frieden."

Boleer interessierte sich nicht im Geringsten für Miku und redete weiter auf Taran ein: „Ich bin deine Frau."

Die Schützin drängelte sich zwischen die beiden. Verächtlich stieß sie aus: „Hau ab! Wir sind seine Familie, seit er vor zwei Jahren zu uns fand."

„Sieh mich an! Sieh mich an!", brüllte Boleer Taran ins Gesicht und schob sich dabei an Miku vorbei.

Er sah sie an. Boleer beruhigte ihre Stimme: „Und nun sage mir, dass du mich nicht kennst."

„Du bist mir fremd."

Diese anteilslosen Worte versetzten ihr einen gewaltigen Stich mitten ins Herz, der ihre letzte Hoffnung auf ein glückliches Ende endgültig zerstörte. Entmutigt ließ sie von ihm ab.

Während Sarai und die anderen auf Boleer, Taran und Miku warteten, hallte ein kindliches Kreischen durch den Wald. Die Stimme war bekannt. Sie gehörte Jaseri. Mit ihrem Ruf scharte sie die Dämonenarmee um sich.

Unter den Mitgliedern des Clans brach Unruhe aus. Hektisch suchten sie nach ihren Waffen und rüsteten sich eilig für das nächste Gefecht. Zahlenmäßig waren die Menschen ihren teuflischen Gegnern weit unterlegen.

Jaseri flog durch den Hain. Die Dämonen waren dicht hinter ihr. Sie deutete mit dem Zeigefinger auf eine junge Frau und schrie: „Das dort ist sie! Die mit den braunen Haaren."

Jaseri spähte hasserfüllt zu Sarai hinüber.

„Die Missgeburt hat mir die Schramme an der Wange verpasst. Tötet sie!", befahl die Heerführerin skrupellos.

Das Einzige, was Sarai erfasste, war die Tatsache, dass Jaseri lebte. Sarai hatte nicht getötet. Noch war sie keine Mörderin.

„Lauf mit ihr weg!", forderte Akira Karkara energisch auf. Dieser nahm Sarai sofort an sich und brachte sie in Sicherheit.

Der Lärm des Kampfes dröhnte bis zu Taran, Miku und Boleer. Der Bursche und die Schützin kamen ihren Verbündeten augenblicklich zu Hilfe.

Boleer verweilte einige Minuten auf der Lichtung, bis auch sie sich aufmachte.

Kaum hatten Taran und Miku das Schlachtfeld erreicht, mussten sie dem Schlag eines wuchtigen Kolbens ausweichen. Ein weiterer Schlag des gehörnten Ungeheuers streifte Taran am Kopf. Längst vergessene Bilder zuckten vor seinem geistigen Auge und formten sich zu einer Geschichte, zu *seiner* Geschichte.

„Liebst du mich?“

Taran taumelte.

„Liebst du mich, dann küsse mich!“

Wer war diese Frau, die mit einem Mal durch seine Gedanken wandelte? Ihr Gesicht konnte er nicht erkennen. Ihr langes, leicht gewelltes Haar schimmerte im Licht der Mittagssonne golden. Ein wunderschönes Kleid zierte ihren schlanken Körper.

Ein Mann stand ihr gegenüber.

Er küsste sie zärtlich auf ihre sanften Lippen.

Dieser Blonde … Taran erkannte sich in ihm wieder.

„Folge mir mein Liebster, bevor die Wachen uns finden“, sie ließ seine warmen Hände los, erfasste ihr kostbares Gewand und lief leichtfüßig und kichernd in den Garten.

Er wollte ihr hinterherlaufen, als jemand ihn zurückrief: „Mein Prinz!“

Eine Person, nicht ganz so edel wie Taran gekleidet, kam angelaufen und sprach aufgeregt: „Wir wurden bemerkt. Wir müssen umkehren! Ihr wisst, dass sie einem anderen versprochen ist. Euer Königreich wird fallen, wenn ihr das ihrige herausfordert.“

Und Taran wusste, was auf dem Spiel stand. So verließ er ihr Schloss, ohne Abschied nehmen zu können. Nie sollte er sie wiedersehen, denn noch am selben Tag wurde sie auf die Reise zu ihrem Zukünftigen gesandt.

Sein Getreuer brachte in Erfahrung, wo sie sich aufhielt. Taran folgte seinem Herzen. Er konnte seine Geliebte nicht einfach einem alten, verdrossenen Tyrannen überlassen. Er drang in dessen Burg ein, um sie zu befreien.

Auf dem Plateau des Turmes lief er dem bösartigen Hausherrn in die Falle. Dieser hatte dem gutgläubigen Taran vorgegaukelt, dass sich das Mädchen dort aufhalte, stattdessen aber verweilte die Ahnungslose im zweiten Turm.

Boleer kam bei der Kampfstätte an. Als sich Tarans Blick mit ihrem traf, erkannte er seine Prinzessin.

Pfeile durchbohrten den Königssohn, der in die Tiefe hinabstürzte und von dem reißenden Strom mitgerissen wurde. Zuvor schrie er aus Leibeskräften ihren Namen.

„BOLEER!!!"

Sie zuckte zusammen. Es war seine Stimme, die sie beim Namen rief. Zweifellos, er war es, er rief sie. Er, ihr Geliebter.

So schnell sie ihre Füße trugen, eilte sie auf das Schlachtfeld, ohne an die Gefahr zu denken, geschweige denn sie wahrzunehmen.

Sie sahen sich an wie damals im Garten und beide wussten, dass sie einander liebten.

Er hatte sie erkannt. Er hatte sie gefunden.

Das Monster hob seinen Streitkolben und ließ ihn auf Taran niederfallen.

„Nimm und kämpf'!", Karkara drückte Sarai erbarmungslos ein Kurzschwert von einem der gefallenen Waldläufer in die Hände.

Sie ließ die Waffe unverzüglich fallen, hatte sie kaum berührt. „Ich kann nicht", wisperte sie und wich zurück.

Karkara hob das Schwert sofort auf und hielt es ihr hartnäckig entgegen: „Verteidige dich wenigstens!“

Eine Druckwelle erfasste Karkara und Sarai unerwartet. Die beiden wurden einige Meter weit geschleudert.

Das Hexenmädchen Sakobi hatte sich eingefunden – nicht etwa, um Jaseri beizustehen, sondern um Rache zu üben.

Mit hasserfülltem Blick stierte sie Karkara an und donnerte: „Warst *du* es? Hast du Casca ermordet?“

Sakobi wartete auf keine Antwort. Sie tobte vor Wut und ließ ihrem Zorn freien Lauf. Mit geschickten Handbewegungen erzeugte sie magische Kräfte, die den barbarischen Krieger von einem Baumstamm zum nächsten schmetterten.

„Hör auf, Sakobi!“, verlangte Sarai inständig. Machtlos sah die Auserwählte mit an, welche Schmerzen Karkara ausstehen musste. Sarais Blick fiel auf das Kurzschwert vor ihren Füßen. War das die Lösung? *Was soll ich tun?*

Karkara sackte verletzt zu Boden und spuckte Blut. „Miststück!“, murmelte er verächtlich.

Aus den Augenwinkeln heraus nahm er verschwommen wahr, dass Jaseri auf Sarai zuraste. Die Heerführerin triumphierte voller Vorfreude: „Hab ich dich!“

Karkara nahm seine verbliebene Kraft zusammen und richtete sich schwankend auf. Er hatte versprochen, Sarai zu schützen, und das würde er auch tun, selbst wenn es ihn sein Leben kostete.

Nur wenige Meter trennten ihn von seiner schutzlosen Gefährtin. Er schleppte sich zu ihr, verlor allerdings die Kontrolle über seine Beine, stolperte, griff nach Sarai und riss sie im Fallen mit sich herab.

Jaseris Geschwindigkeit war zu hoch gewesen, als dass sie rechtzeitig hätte stoppen können. Mit voller Wucht kollidierte sie mit Sakobi, die den Aufprall nicht mehr verhindern konnte und direkt in die dornige Krone eines Stachelbaums geschleudert wurde. Sakobi wurde aufgespießt.

Jaseri war die dramatische Wendung ihres Angriffs unbegreiflich.

Karkara zerrte Sarai auf die Beine und wollte mit ihr fliehen. „Das ist eure Schuld", bezichtigte Jaseri die Auserwählten wutentbrannt.

Jaseri beschwor ihre höchste Macht. Sie, die Dämonin des Lichts, ließ ihren gesamten Körper in einer gewaltigen Helligkeit erstrahlen. Karkara wurde geblendet.

Er schrie schmerzvoll auf und ließ sein Schwert fallen, um sich die verletzten Augen zu bedecken.

Jaseri, die sich sonst zu fein war, eine Waffe in ihren zarten Händen zu halten, hob nun einen Speer auf. Die Gegner nur zu blenden schien ihr nicht Vergeltung genug. Sie sollten für ihre Taten büßen und zugrunde gehen.

Jaseri preschte mit dem Speer auf den sichtlich beeinträchtigten Karkara und ihr eigentliches Opfer, Sarai, zu.

Karkara versuchte zu blinzeln, vergeblich. Die Schmerzen waren zu groß, als dass er die brennenden Augen hätte öffnen können. Verbissen kniff er sie zusammen.

Sarai sah Jaseri auf sich zufliegen. Die Auserwählte erhob sich. Karkara tastete nach ihr und bemerkte, dass Sarai Stellung vor ihm bezog.

„Was machst du? Was passiert da?", fragte er sie aufgeregt.

Karkara, du hast mich bis aufs Blut verteidigt. Nun will ich mich erkenntlich zeigen. Jetzt bin ich dein Schutzschild. Überraschend erschien eine rothaarige Frau vor Sarai. Sie hatte der Auserkorenen ihren Rücken zugewandt und stellte sich der angreifenden Jaseri mutig entgegen. Diese bremste ihren Flug ab und kam direkt vor dem Rotschopf zum Stillstand. Die Spitze des zitternden Speers befand sich wenige Millimeter vor der Stirn der Fremden.

„Neru?“, flüsterte Jaseri verwundert und senkte die Waffe.

„Abbruch!“, teilte diese der weißen Dämonin unwirsch mit. Jaseri konterte: „Das kann nicht sein! Nicht jetzt!“

Sie holte mit dem Speer aus, um an Neru vorbei Sarai zu erwischen. Ein Tierkrieger gebot Jaseris Attacke mit seiner Armeskraft Einhalt.

Neru fixierte ihre Verbündete streng.

Jaseri biss die Zähne fest zusammen und warf den Speer achtlos in ein Gebüsch.

„So sei es“, knurrte sie. Bevor Jaseri mit Neru und all den teuflischen Gefolgsleuten entschwand, versprach sie mit finsterem Unterton: „Werdet euch dessen gewahr, dass es noch nicht vorbei ist.“

Akira trug sichtbare Verletzungen aus dem Kampf davon. Keine von ihnen war wirklich bedeutend. Akira hatte Glück gehabt, im Gegensatz zu Karkara.

Sein geschundener Körper wies etliche Prellungen auf, aus seiner schiefen Nase und den noch frischen Wunden trat Blut aus. Sein Brustkorb schmerzte. Sein gebrochenes, rechtes Bein lag regungslos an seinem Körper. Obwohl Karkara beide Augen weit aufgerissen hatte, sah er nur in eine ewige Nacht. Er hatte sein Augenlicht verloren.

Sein selbstloser Kampfeinsatz hatte den ehemals unerschütterlichen Barbaren in einen armseligen Krüppel verwandelt. Er lag schweigend auf einer Bahre und wünschte sich, lieber den Tod gefunden zu haben als derartig weiterleben zu müssen.

Der Traum vom Anführer der Barbaren, überhaupt von einem Leben in dem Clan, war geplatzt. Was taugte ein Blinder?

Karkara wollte niemanden bei sich haben. Kam jemand zu ihm, ignorierte er ihn so lange, bis dieser wieder ging. Einzig Sarai war hartnäckig und wich erst von seiner Seite, als er sie erbost anbrüllte.

Akira streunte durch den Wald. Der Priester Olong van Ga hatte seinen Schülern einst von einer Pflanze erzählt, die bloß an einem Ort gedieh, dem „Wald des Überlebens". Diese Pflanze wuchs alle zehn Jahre und war das älteste und seltenste Heilmittel des Kontinents.

Nach stundenlanger Suche hatte Akira gefunden, was er suchte. Kannte man diese unscheinbare Pflanze nicht, würde man sie womöglich für Unkraut halten.

Akira kniete nieder und betrachtete das Gewächs Heliorix beglückt, das in Moos gebettet war. Die Pflanze trug Knospen. Olong hatte berichtet, dass die dunkelblauen Blüten sich erst öffnen würden, wenn die Pflanze unmittelbar vor dem Verwelken stand.

Akira pflückte das Kraut und vergrub die Wurzeln an derselben Stelle. Es würde Jahre dauern, bis sich eine neue Heilpflanze aus dem Erdreich emporhob.

Akira kehrte zum Lager des „Gelben Kleeblatts" zurück und presste den Saft aus dem Stiel und den Knospen der Heliorix. Die Flüssigkeit fing er in einem Becher auf.

Mit einem Mörser zerkleinerte Akira das ausgepresste Kraut, dann ging er zu Karkara.

„Verschwinde!", empfing dieser ihn unfreundlich. Akira setzte sich unbeeindruckt zu ihm. Karkara wurde ungehaltener, vor allem, weil er nicht sehen konnte, wer die Frechheit besaß, sich seiner Anweisung zu widersetzen.

„Hau ab, hab ich gesagt!“, schimpfte der barbarische Krieger und zog die Decke höher, die ihm unbeabsichtigt zur Hüfte gerutscht war.

Karkara hörte Akiras gleichmäßigen Atem und wetterte empört: „Du bist ja immer noch da!“

Er holte mit der Hand aus, um Akira wegzuschubsen und traf an seiner statt den Trinkbecher mit dem kostbaren Saft, den der Auserwählte eben abgestellt hatte.

Der Becher fiel um und der Saft ergoss sich über den Boden. Akira konnte ein paar Tropfen retten und besänftigte Karkara: „Beruhige dich und weise nicht jene ab, die dir helfen wollen!“

Karkara murrte hoffnungslos: „Mir kann keiner mehr helfen.“

Akira berührte Karkaras Kinn, um dessen Gesicht zu sich zu drehen. Der Barbar schlug die Hand seines Gefährten weg und ermahnte ihn bösartig: „Fass mich nicht an!“

„Willst du dich dein ganzes Leben lang selbst bemitleiden, dann gehe ich. Willst du genesen, lass mich walten“, stellte Akira ihn vor die Wahl.

Karkara schnaufte: „Mach was du willst! Es wird eh nichts.“

Akira gab Karkara von dem zerriebenen Kraut zu essen und träufelte den Saft in seine Augen.

Sarai trat stumm zu den beiden heran.

Karkara wischte sich mehrfach über die Augen. Er blinzelte und glaubte, leichte Umrisse der Umgebung erkennen zu können.

Karkara setzte sich auf und öffnete die Augen vollständig. „Sarai?“, brachte er ungläubig hervor. Er zwinkerte einige Male und stand von der Pritsche auf.

Er verspürte keinerlei Schmerzen mehr und seine Sicht war klar und deutlich, als hätte er sein Augenlicht nie verloren. Er drückte Akira überglücklich an sich, hob Sarai überschwänglich in die Luft und drehte sich vergnügt mit ihr im Kreis.

Der Clan des Waldes hatte viele Verluste durch die zwei Kämpfe erlitten.

Kessler selbst trug eine tiefe Fleischwunde am linken Oberschenkel davon. Seine Tochter Miku hatte einen Kopfverband. Schrammen zeichneten sich auf ihrem Körper ab, wie bei vielen anderen auch.

Boleer hatte sich an Tarans leblosen Leib geklammert, als man sie von ihm wegziehen wollte.

Nila und Hiwu waren unbeschadet davongekommen. Beide rümpften ihre Nasen und witterten den noch frischen Geruch vergossenen Blutes.

„Wir gehen“, Karkara schulterte ein Beutelchen mit Broten. Die Auserwählten waren für den weiteren Marsch bereit. Erwartungsvoll drängte Karkara Boleer zur Eile. Sie senkte ihr Haupt leicht und sprach mit schlechtem Gewissen: „Ich komme nicht mit.“

Boleer konnte ihren Freunden nicht in die Gesichter schauen. Sie erwartete die Frage nach dem „Warum?“, welche ihr jedoch niemand stellte.

„Tzz …“, zischte Karkara verständnislos und trampelte ohne ein Wort des Abschieds los. Hiwu und Nila sprinteten ihm hinterher.

Akira reichte Boleer die Hand. Sarai umarmte sie. Boleer verabschiedete sich: „Für alles, was ihr für mich tatet, habt Dank. Mein Platz ist nun hier. Mögen euch die Götter auf eurer Reise begleiten und euch bei eurer Aufgabe unterstützen.“

Karkara war ein Großteil der Strecke auffällig still, wollte keine langen Pausen einlegen, sondern möglichst schnell vorankommen. Hatte er es dermaßen eilig, dem Teufel ins Antlitz zu schauen?

An einem hölzernen Wegweiser bemerkte der barbarische Krieger einen eingeritzten Text. Neugierig las er laut: *„Ihr seid zu lahm. Veri* ^-^" Diese höhnische Inschrift brachte Karkaras Blut in Wallung. *Wie können die es wagen …* Unwiderrufliche Rivalität stieg in ihm auf.

„Da fällt mir ein", wandte sich Karkara vorlaut Akira zu, „du schuldest mir noch einen Zweikampf."

Ein Klappern unterbrach die Aufforderung. Hölzerne Sandalen schlugen bei jedem Schritt auf dem Boden auf. Ein Jüngling, in eine Kutte gekleidet, kam den Auserwählten mit ruhigem Gang entgegen.

Er lugte unter seinem Strohhut hervor, lächelte fröhlich und eröffnete: „Oh, hallo. Ich hätte nicht gedacht, dass ich zum späten Nachmittag in dieser Gegend jemanden treffen würde."

Karkara musterte den Fremden streng. Sein Blick fiel auf den Stab des Jungen. Karkaras Hand legte sich an den Griff seines Schwertes.

„Keine Angst", der Jüngling hatte Karkaras vorsichtigen Argwohn bemerkt. Der Fremde schmunzelte: „Das ist kein Kampfstock. Ich bin ein Zauberlehrling auf Wanderschaft zur wunderschönen Stadt Smaragd, dem Reich der Königin Victri."

Der Jüngling stellte fest: „Ich habe mich noch gar nicht vorgestellt, wie unhöflich von mir. Entschuldigt bitte. Mein Name ist Jerf Grel."

Er verkörperte eine Ruhe und Lieblichkeit, wie Sarai sie seit langem nicht mehr erlebt hatte.

Jerf Grel gab ihr das Gefühl, dass Ziron immer noch einen Funken Gutes in sich trug, obwohl der Teufel erwacht war und sein Knechten begonnen hatte.

Sarai trat näher an Jerf heran und streckte ihm ihre Hand begrüßend hin: „Freut mich sehr, dich kennenzulernen, Jerf Grel. Ich bin …“

Noch bevor sich die Hände der beiden berühren konnten, schlug Karkara ermahnend Sarais Hand zur Seite.

Sie sah den Barbaren erschrocken an, zog die Hand zurück und rieb sich die schmerzende Stelle.

Jerf fixierte Karkara mit einem durchdringenden Blick, dem der Barbar standhielt. Jerf beließ es dabei und kommentierte den Zwischenfall nicht weiter, sondern kramte einen Keks aus seiner Umhängetasche und zerbröckelte diesen. Dann hockte er sich zu der interessierten Nila und fütterte sie.

„Ein wundervolles Geschöpf“, lobte er und streichelte Nila liebevoll über das seidige Fell. „Ohne Tiere wäre die Welt um ein Vielfaches weniger lebenswert.“

Sein warmherziges Lächeln prägte sich Sarai ein.

Karkara kam ein Gedanke. Geistesgegenwärtig sprach er diesen in Bezug auf Nila aus: „Nimm sie an dich!“

Jerf sah zu Karkara auf. Seine Miene war ernst. Karkara ergänzte: „Für das, was wir vorhaben, können wir sie nicht gebrauchen.“

Sarai schluckte. *Ja, Karkara, für dich hat alles immer nur dann einen Wert, wenn man es gebrauchen kann.*

Jerf erhob sich. Nila stellte sich auf die Hinterbeine und kratzte mit ihren Vorderpfoten an seinem Gewand.

Karkara hob Nila hoch und drückte sie Jerf in die Arme. Dieser sah in die aufmerksamen Augen des kleinen Wolfes.

Jerf legte dar: „Meine Meisterin offenbarte mir, ich werde einer Gruppe begegnen, die mir etwas Wichtiges anvertraut. Jenen soll ich die Botschaft überbringen, dass sie, Nirva Soll, die mächtigste Hexe, einen entscheidenden

Hinweis für sie hätte. Seid ihr die aus ihrer Prophezeiung, so werdet ihr sie früher oder später treffen, wenn es euer Wunsch ist."

Nach der ungewöhnlichen Begegnung schlugen die Auserwählten am Abend ihr Nachtlager am Rande des Urwaldes auf. Dies war der letzte Abend, an dem sie im Schutz der Bäume und Pflanzen untertauchen konnten. Mit dem morgigen Marsch würde der „Wald des Überlebens" hinter ihnen liegen. Bis zur Festung würde kein einziges Grün mehr ihren Weg kreuzen.

Die Sonne ging allmählich unter und tauchte ihre Umgebung in rötliches Licht.

Während Karkara und Sarai beim Lager blieben, sammelte Akira Brennholz.

Sarai kauerte sich vor der Feuerstelle zusammen und flüsterte traurig: „Ich vermisse die beiden."

Sie dachte an Nila, die sich manchmal auf ihrem Schoß eingekuschelt hatte und an Boleer, jemand, mit dem sie unbeschwert über vieles reden konnte.

Karkara warf Holz in die Flammen und stocherte mit einem Stöckchen auf dem Waldboden herum. Der dünne Ast brach. Karkara zermalmte den Zweig mit seiner Hand. Er wirkte verärgert.

„So geht das nicht weiter", er erhob sich angespannt. Sarai sah zu ihm.

Karkara fügte hinzu: „Akira und ich, wir können dich nicht immer verteidigen." Vorwurf und Verachtung lagen in seiner Stimme.

Sarai schlang ihre Arme fester um die angewinkelten Beine. Ihr Blick hielt dem seinen nicht stand, sondern schweifte verunsichert von einer Seite zur anderen.

Er stand vor ihr. Sie sah immer noch nicht zu ihm hoch, sondern starrte in die lodernden Flammen.

Karkara fuhr unnachgiebig fort: „Wir können uns nicht richtig konzentrieren, wenn wir genau wissen, dass du jede Sekunde in Gefahr schweben könntest. Deine Empfindsamkeit treibt uns in den Wahnsinn!"

Du verstehst mich nicht, Karkara. Hör auf damit!

Er packte sie derb an den Oberarmen und schüttelte Sarai, bis sie ihm in die Augen blickte. Dann sprach er mit hartem Ton: „Du gefährdest nicht nur dein eigenes Leben, sondern auch meins *und* Akiras. Das nächste Mal stirbt vielleicht einer von uns beiden bei dem Versuch, dich zu schützen. Letztens hätte *ich* fast das Zeitliche gesegnet."

Es war die reine Wahrheit, die aus Karkara heraussprudelte. Eine Wahrheit, die sich wie Messerstiche in Sarais Seele bohrte. Es war das, wovor Sarai die ganze Zeit Angst gehabt hatte. Das war genau der Moment, der wohl schon längst überfällig war. Karkara würde sie gewiss am liebsten loswerden, weil sie zu schwach war. Oder eher deshalb, weil sie nicht einmal eine Waffe berühren wollte, obwohl man dies von ihr verlangte.

Sarai zitterte am ganzen Leib. Sie riss sich energisch von Karkara los, stieß ihn weg und rannte davon.

Seine Stimme wiederholte sich fortwährend in ihrem Verstand: *„Du gefährdest nicht nur dein eigenes Leben. Das nächste Mal stirbt vielleicht einer von uns beiden."*

Das war eine Tatsache, die Sarai immer verdrängt hatte. Aber Karkara hatte Recht. Durch ihre Schwäche könnte einer von ihnen oder gar beide sterben. Es wäre ihre Schuld. Sie würde abermals jene verlieren, die sie schützen wollten. Nein, das musste ein Ende haben. Das durfte nicht passieren.

Als Akira nach einiger Zeit mit Brennholz zurückkehrte, fand er nur Karkara am Lager vor, der sich hingelegt hatte.

Akira legte das Holz nieder und fragte: „Wo ist Sarai?“

Karkara zuckte teilnahmslos mit den Schultern.

Akiras Blick fiel auf das Gepäck: „Wo ist der Bogen, wo ist der Köcher?“

Dein Leben … Stirbt einer von uns …

Sie achtete nicht auf den Pfad, schlug sich quer durch Sträucher und Büsche. Tränen quollen aus ihren Augen. Sie war blass und ihr war kalt.

Sie werden sterben, wenn ich mich nicht ändere! Sie werden sterben … Wegen mir.

Ein Vogel saß in der Krone eines Baumes. Er trällerte sein Lied, zufrieden und glücklich.

Sarai zitterte unaufhörlich, erst recht, als sie nach einem Pfeil aus dem Kocher griff und ihn an den Bogen anlegte.

Flieg weg!

Sie schauderte derart, dass der Schuss fast gewollt danebenging und der Pfeil sich in den Stamm eines anderen Baumes bohrte. Aufgeschreckt flatterte der Vogel davon.

Sarai bekam das Bibbern nicht unter Kontrolle. Ihr Herz pochte in solch einer Geschwindigkeit, dass es schmerzte.

Ich muss mich ändern!!! Ich muss!!!

Sie fiel in sich zusammen, knickte um und rollte einen Hügel hinab.

Es ist meine Schuld. Wegen mir wäre Karkara beinahe gestorben. Akira könnte der Nächste sein. Bis keiner mehr da ist. Bis sie alle tot sind.

Sie landete hart im Gestrüpp. Die Glieder taten weh.

Wacklig war sie und auf allen vieren, als ihr Blick einen Hirsch erhaschte. Zwanzig Meter von ihr entfernt graste er in aller Gelassenheit.

Ich muss mich ändern …

Ein Zweig brach unter ihren Händen. Das Tier horchte auf. Es hatte sie bemerkt. Beide sahen sich an.

Doch der junge Hirsch verspürte keinerlei Furcht vor dieser menschlichen Kreatur und rupfte weitere Grasbüschel aus.

Was tust du? Hau ab! Um Gottes Willen, verschwinde!

Bedächtig rappelte Sarai sich auf. Der innerliche Schauer verstärkte sich.

Der Hirsch machte keine Anstalten, fliehen zu wollen. Im Gegenteil, er schien ihr regelrecht zu vertrauen.

Sarai zog die Sehne des Bogens zurück. *Akira lehrte mich …*

Der Pfeil rammte sich in das Sprunggelenk. Das Tier gab einen fürchterlichen Laut von sich. Es ging zu Boden. Seine Beine zuckten. Vergeblich versuchte es, sich aufzurichten.

Die Schützin näherte sich ihm. Verdrängt hatte sie die Jammerlaute und den grausamen Anblick des verendenden Hirsches.

Mit seinen schwarzen, glänzenden Augen sah er sie voller Schrecken an. Ein zielgenauer Pfeil ins Genick hauchte ihm das Leben aus.

Reglos lag das Tier in seiner eigenen Blutlache.

Sarai fiel vor ihm auf die Knie. Ihre Hand ruhte auf seinem warmen Bauch. Sie zog einen Dolch aus ihrem Stiefelschaft. Er gehörte Karkara.

Blindlings stach sie auf den leblosen Hirsch mit dem kleinen Geweih ein.

„SARAI!“ Akiras Stimme wurde allmählich heiser. Wo war sie? Ging es ihr gut? Karkara machte sich inzwischen auch Sorgen. Ihm tat es zwar nicht leid, *was* er gesagt hatte, jedoch die Art, *wie* er die Wahrheit ausgesprochen hatte.

Wie lange suchten die beiden sie schon?

Unvermutet schallte von rechts ein Ruf, der einem das Blut in den Adern gefrieren ließ: „KARKARA!“

Das Dämmerlicht schien hinter Sarais Silhouette und zwischen den Bäumen hervor. Sie stand mit einem leicht ausgestellten Bein auf einem Hang. Zum ersten Mal wirkte die Auserwählte unnahbar und furchteinflößend.

In ihrer linken Hand zeichneten sich die Umrisse eines Messers ab, während die rechte ein zotteliges Etwas hielt.

Das undefinierbare Etwas warf sie Karkara vor die Füße. Der unsauber abgetrennte Kopf eines Hirsches kugelte über den Waldboden.

Die Mitternachtsstunde war längst angebrochen. Im Schein des Mondlichtes ließ Sarai sich nackt an einer abgelegenen Quelle innerhalb des Waldes nieder. Sie kratzte an Armen, Händen und Beinen. Sie bohrte die Fingernägel in ihr Fleisch. Die rötlichen Striemen blieben.

Geh ab! Geh ab! Aufs Neue bespritzte sie die Haut mit klarem Wasser und schrubbte kräftig.

Sarai wollte sich reinwaschen, sich von den Blutspuren befreien. Obwohl sie längst wieder unbefleckt und sauber war, blieb das Rot aus ihrer Sicht auf ewig, wenn auch unsichtbar, an ihr kleben.

Es war geschehen. Das, was sie nie für möglich gehalten hatte. Das, wovor Akira sie bewahren wollte. Sie hatte gemordet.

„GEH AB!“, jammerte sie flehentlich. Sarai schlug die Hände vor das Gesicht und sank in die Knie. Das Wasser umhüllte ihren Brustkorb, der von einem bitterlichen Weinen erschüttert wurde.

Bei nächster Gelegenheit wechselte Sarai ihre Kleidung. Sie wollte sich von jeglichem trennen, das sie an ihre erste Bluttat erinnern würde.

Sie erhielt braune Stiefel und ein weißes Unterhemd. Über dieses zog sie einen warmen Pullover, von rötlichbrauner Farbe, der die Schultern unbedeckt ließ. Der Pullover hatte einen gräulich-schwarzen Fellbesatz und überlappte den Gürtel der kurzen, dunkelblauen Hose.

Sarai trat aus dem kleinen Laden am Wegesrand, der wahrscheinlich eine der letzten Hütten war, die sie vor der Festung antrafen. Karkara und Akira staunten nicht nur über ihren neuen Kleidungsstil, sondern ebenso über die kürzeren Haare, die knapp über das Kinn hingen.

Akira wollte mit ihr reden, abermals wies sie ihn ab. Reden tat weh. Er sollte es einfach so hinnehmen, wie sie es musste.

Sarai aß mehr Fleisch als sonst. Zweimal übergab sie sich deswegen.

„Hör auf!“ Akira konnte ihr Verhalten, das ihm selbstzerstörerisch vorkam, nicht länger mit ansehen. Er schickte Karkara mit einem ermahnenden Blick fort, um allein ein Gespräch mit ihr führen zu können.

„Verzeihe mir, dass ich damals nicht bei dir war. Ich …“, suchte Akira nach den richtigen Worten. Sie warf ein: „Morden.“

„Was?“

„Meine Aufgabe besteht darin, zu kämpfen und zu töten. Ihr hattet Recht, ich bin zu weich gewesen. Aber irgendwann musste ich einen Anfang machen“, spulte sie die Sätze geistesabwesend ab. Akira sah in ihren Augen, dass sie sich vor der grausamen Wirklichkeit abzuschirmen versuchte. Sie innerlich zu erreichen, war so gut wie unmöglich.

Karkara besorgte ihr, gegen Akiras Willen, ein Kurzschwert. Ein reisender Händler hatte ihm das alte Ding für ein paar Tegs überlassen.

Sarai befestigte die lederne Scheide an der rechten Seite des Gürtels.

Karkara schmunzelte: „Du willst eine Kriegerin sein? Ich denke, du bist Rechtshänder. Das Schwert muss auf die linke Seite.“

Sarai funkelte ihn feindselig an. *Spotte nicht, Karkara! Lass es sein!*

Akira sprach kaum ein Wort zu ihr. Seine letzten beiden Sätze hallten in ihren Gedanken wider: *Du kannst mit solch einer Waffe nicht umgehen. Das ist gefährlich.*

Akiras Blick genügte, um ihrem Herzen einen Stich zu verpassen.

Der nächste Angriff ließ nicht lange auf sich warten. Ausgehungerte Kreaturen sehnten sich nach den Menschenkörpern.

Sarai stellte sich den fünf Tierkriegern mutig entgegen. Sie musste nicht mehr auf den Schutz ihrer Begleiter vertrauen, sondern wusste sich selbst zu verteidigen.

Skeptisch und äußerst wachsam beobachtete Akira jede ihrer Bewegungen, während er es selbst mit zwei Gegnern zu tun hatte. Ein falscher Handgriff könnte Sarai das Leben kosten.

Unbeholfen holte sie mit dem Schwert aus. Ihr gelang nicht ein Treffer. Immer wieder griffen ihre beiden Gefährten in ihren Zweikampf ein, um sie vor einem Gegenschlag zu bewahren.

„Hört auf!", befahl sie erzürnt, als die zwei die Aufmerksamkeit von Sarais Widersacher auf sich lenken wollten.

Das ist mein Kampf. Ich werde ihn selbst ausfechten.

Die Schlacht endete in einem blutigen Gemetzel. Es war getan, abermals. Akira glaubte fast, ein befriedigtes Lächeln auf Sarais Lippen zu erkennen, als sie triumphierend auf ihr Opfer hinabschaute.

Je näher die Gruppe der Festung kam, desto mehr Konfrontationen standen ihnen bevor. Sarai duellierte sich stets an vorderster Spitze. In den letzten Tagen hatte sie einiges dazugelernt.

Ihre Art zu kämpfen war bei weitem rauer geworden. Auch wenn der Gebrauch des Schwertes noch immer eine Herausforderung für sie war, so konnte sie im Notfall noch auf Pfeil und Bogen zurückgreifen. Doch die größte Wirkung erzielte Sarai mit dem Dolch, den ihr Karkara inzwischen vermacht hatte.

Wie der Stachel eines Insektes bohrte sich die scharfe Klinge tückisch in unzählige Anhänger des Teufels.

Sarai tötete nicht nur, sie schlachtete ab. Sie zerfetzte die Leichen, auf dass sich diese nie mehr erheben würden.

Akira konnte sich der ihm widerstrebenden Vermutung nicht erwehren, dass sie allmählich Spaß am Morden fand. Schonungslos drosch sie auf die Kontrahenten ein. Sie schien sich kaum im Zaum halten zu können, als dürste sie förmlich nach Blut.

Am Siebenundzwanzigsten der Wikim war das Ziel der Auserkorenen noch einen Wochenmarsch entfernt. Die Gegend wurde bergiger.

Karkara wurde zunehmend langsamer, trödelte. War das Zögern ein Zeichen seiner Angst vor dem Ungewissen, vor Tadur?

Selbstsicher und gleichmütig schritt Sarai voran. Akira versuchte seit geraumer Zeit nicht mehr, mit ihr mitzuhalten. Sie wollte führen, sollte sie es tun.

Der Geruch von Feuer erfüllte die Luft. *Casca?! Unmöglich.*

Ein Dorf aus drei Häusern und einer Kapelle stand in Flammen. An einem Speer befestigt flatterte ein weißes Laken. Mit Blut beschrieben lautete die Nachricht: „Auserwählte, willkommen!"

Die Gruppe blieb dicht beisammen.

Ein kleines Mädchen, heulend und mit Ruß beschmiert, hastete angsterfüllt um die Ecke eines in sich zusammenbrechenden Gebäudes. Es rief verzweifelt nach den Eltern.

Ein haariges Ungetüm sprang plötzlich hinter der Kapelle hervor und baute sich eindrucksvoll vor dem Kind auf.

Es wird das Mädchen töten, mutmaßte Sarai und drängte sich zwischen ihren Mitstreitern hindurch.

Die Rüstung des Tierkriegers schimmerte im schwachen Licht der Sonne. Das Untier beugte sich über die Kleine und streckte seine großen Pranken nach ihr aus.

Bevor das Monster das Kind greifen konnte, sprang Sarai ihm das letzte Stück entgegen. Sie zielte mit dem Kurzschwert auf den ungeschützten Nacken des Tieres. Sie riss das Schwert in die Höhe und durchstieß den Hals des Tierkriegers.

Mit vor Entsetzen geweiteten Augen sah das Mädchen mit an, wie die Bestie niedersank. Als Sarai zu einem weiteren Hieb ausholte, warf sich die Kleine beschützend über den verendenden Körper des Monsters. „Nein!“, flehte das Mädchen und die Tränen kullerten ihr unkontrolliert über die beschmutzten Wangen.

Was soll das? Was tut die Kleine da?

Sarai verließ die Kraft in ihrer Hand. Das Schwert fiel zu Boden.

„Du darfst nicht sterben!“, rüttelte das Kind unnachgiebig an dem Leichnam. „Verlass mich nicht, Geratos! Nicht du auch noch. Du bist mein einziger Freund. Bitte!“

Sarai verlor den Halt. Sie sackte auf die Knie.

Das Mädchen jammerte erbärmlich: „Du darfst nicht sterben!“

Was habe ich getan? Was bin ich für ein schlechter Mensch?

„Bleib bei mir! Bleib bei mir! Geratos!!!“

Starre, wässrige Pupillen, klopfender Herzschlag …

Ich habe getötet. Ich habe getötet. Ich habe etwas Gutes getötet. Es ist meine Schuld. Ich bin schuld. Ich habe getötet.

Karkara legte seine Hand behutsam auf Sarais Schulter, um sie zu beruhigen. Akira zerrte das wimmernde Kind von der noch warmen Leiche.

Ich habe getötet. Ich bin schuld.

„AAARRRGGGHHH!!!!!“ Sarai schlug die Hände über den Kopf. Ihr kläglicher Schrei drang bis in weite Ferne.

Kapitel II

Die Schlucht von Mongul

Karkara verbrachte die Nacht auf ausdrücklichem Wunsch von Akira bei dem kleinen Mädchen. Sie war die einzige Überlebende der ländlichen Gemeinschaft. Von einem Moment auf den anderen hatte sie ihre Familie verloren, war allein, auf sich gestellt.

Trostsuchend kuschelte sie sich an Karkara. Schluchzend schlief das Mädchen mit einer Puppe im Arm ein, die Karkara aus den Resten des Brandes gebastelt hatte.

Der Barbar ließ es zu, dass die Kleine seine Hand hielt und ihr Kopf an seiner Brust ruhte. Er blieb regungslos, um ihren Schlaf nicht zu stören.

Vor der geringen Aushöhlung eines riesigen Felsens hatte Akira ein Feuer entzündet. Sarai hockte zusammengekauert an der kalten Steinwand. Die Beine hielt sie angewinkelt und fest umschlungen und schaukelte geringfügig vor und zurück.

Ihr verlorener Blick richtete sich starr in die Flammen.

Akira riss sie aus ihrer monotonen Bewegung. Sarai fuchtelte mit den Armen um sich, wollte ihn von sich stoßen, in Ruhe gelassen werden.

Doch Akira war hartnäckig.

Dann begann sie auf einmal zu weinen und drückte sich an ihn. „Ich wollte das alles nicht", stammelte sie und krallte sich an seinem Rücken fest, als fürchtete sie, ihn jeden Augenblick zu verlieren.

„Ich bin eine Mörderin. Ich habe getötet. Ich verdiene es nicht zu leben, Akira. Ich verachte mich.“ Er flüsterte: „Die Menschen sind die einzigen Lebewesen, die sich selbst hassen und selbst zerstören.“

Er schob sie ein wenig von sich, damit er ihr in die Augen sehen konnte und fügte hinzu: „Doch haben sie die Möglichkeit …“

Sie unterbrach ihn, indem sie ihren Zeigefinger zärtlich an seine Lippen legte. Nach und nach beruhigte sie sich. Sarai sprach: „Ich muss nur noch ein einziges Mal töten und dann beginnen wir beide ein neues Leben.“

Sie wusste, sie konnte der Prophezeiung nicht entfliehen. Was sie jetzt tat, war, sich ihr zu stellen.

Die Tränen versiegten.

„Ruh dich aus!“, empfahl er ihr. Sie nickte.

Sarai breitete eine Decke auf dem kalten Boden aus und legte sich hin.

Akira beugte sich über sie, um an das Gepäck zu kommen. Dabei glitt Selenes Anhänger aus dem Halsausschnitt seines Hemdes.

Sarai griff nach dem Schmuckstück.

Die innigen Blicke der beiden trafen sich.

Sanft zog Sarai an dem Anhänger. Widerstandslos gab Akira dem leichten Druck nach und beugte sein Gesicht tief über Sarai, sodass sein warmer Atem ihre Haut streifte. Sie schloss ihre Augen.

Akiras weiche Lippen berührten sachte die ihrigen. Seine Küsse waren vorsichtig und sehr zärtlich. Sarai bemerkte, wie eine wohlige Wärme ihren Körper durchströmte und ihn langsam vor Begierde glühend heiß werden ließ.

Für wenige Sekunden lösten sich ihre Lippen, um einander anzusehen, dann verschmolzen sie wieder zu intensiven Küssen, in denen sich ihr gegenseitiges Verlangen entlud.

Sarais schlang ihre Arme um seinen Nacken. Mit ihrer Hand strich sie ihm liebevoll über seinen Rücken. Sie genoss seine Nähe.

Seine linke Hand stützte sich ab, da er immer noch über sie gebeugt war. Die andere Hand ruhte an ihrer Hüfte.

Sarai schob sein Hemd höher. Sie sehnte sich danach, endlich seine Haut zu berühren. Und das tat sie auch.

Sie fühlte seine Hitze – ihm schien es ähnlich zu gehen wie ihr. Dann richtete er sich etwas auf, sodass er vor ihr kniete. Sie tat es ihm gleich.

Sarai küsste ihn leidenschaftlich und streifte ihm ungeduldig das Hemd vom Körper. Er drückte sie an sich und hauchte zarte Küsse auf ihren samtweichen Hals.

Seine Haut war rau, aber das störte sie nicht. So wie er war, liebte sie ihn.

Sanft drängte er sie mit seinem Oberkörper zurück, sodass sie sich rücklings niederlegte. Akira küsste ihr entblößtes Schlüsselbein.

Ihr Brustkorb hob sich und sank, im Rhythmus ihrer schnellen Atemzüge. Seine Hand strich über ihre bedeckte Brust. Er begann sie zu entkleiden.

Die aufsteigende Wärme ihres Körpers verdrängte die Kälte. Akira strich Sarai eine Haarsträhne aus dem Gesicht.

„Muss ich Angst haben?“, wisperte sie ungewiss. Sie hatte keine Furcht vor ihm, nur vor der unbekannten Situation.

Bevor er antworten konnte, schüttelte sie den Kopf. „Akira, ich habe keine Angst, wenn du bei mir bist.“

Sie lächelte. Er küsste sie.

Langsam öffnete er den Gürtel ihrer Hose. Sie spürte, wie seine Hand ihrer empfindlichen Stelle immer näher kam.

Sie zuckte kurz, als sie seinen Oberschenkel an ihrem spürte. Sarais Herz raste vor Aufregung.

Nackt rieben sie ihre erhitzten Körper aneinander, bis Sarai Akiras pralle Männlichkeit tief in sich spürte und sich lustvoll den leidenschaftlichen Stößen hingab.

Nerus Fingernägel kratzten an der steinigen Wand entlang. Kiesel bröckelten von dem Fels.

Die Heerführerin, im Schutze der Dunkelheit und des Gesteins, nahm die Vereinigung der beiden Auserwählten zähneknirschend wahr.

Unbeschreiblich zornig und tief enttäuscht zog sie von dannen.

Ein Windhauch weckte Sarai. Sie lag in Akiras Armen, die sie umschlungen hielten. Sein Gesicht war nah an dem ihrigen.

Lächelnd strich sie ihm über die Wange und gab ihm einen Kuss. Akira öffnete verschlafen seine Augen.

Lange verweilten sie nicht in dieser Vertrautheit. Es war längst Morgen und sie mussten weiterziehen.

Akira sammelte seine Sachen auf, zog sich an und beschloss, Karkara Bescheid zu geben, dass er sich fertigmachen sollte.

Sarai wartete auf seine Rückkehr. Sie streifte sich den Pullover über, als sie ein Knacksen vernahm, das nicht sie verursacht hatte. Die Auserkorene wandte sich um und spürte im nächsten Moment einen massiven Schlag in der Magengegend, der ihr das Bewusstsein raubte.

Ein tierischer Krieger, der den Schlag ausgeführt hatte, fing Sarai auf, schulterte sie mühelos und verschleppte sie.

Sein Weg führte ihn direkt in das Gebirge von Mongul. Diese Aktion lag nicht in seinem Interesse. Vielmehr tat er es um einer Freundschaft willen. Er handelte auf ausdrückliche Anweisung von Neru.

Ein schmaler, hochgelegener Pfad wand sich einen Berghang entlang. Der tierische Krieger beschritt ihn mühelos. Sein buschiger Schwanz sorgte für die nötige Balance.

Unten im Tal schlängelte sich der Fluss Blacksha durch die Gebirgsgegend. Ein Mädchen kniete am Ufer und schöpfte mit ihren geschundenen Händen Wasser. Es war Fide und ihre geflochtenen Zöpfe rutschten über die Schulter, hinein ins Nass. Der Fluss wurde einst verflucht, so hieß es. Früher glaubte man, dass nur ein Wahnsinniger aus ihm trinken würde, allein wegen der schwarzen Färbung des Wassers. Allerdings gab es nirgends sonst in der Umgebung eine Quelle. Dies war die einzige Möglichkeit, nicht zu verdursten.

Kurz bevor Fide das dunkle Wasser des Blackshas an ihren Mund führte, bemerkte sie in beträchtlicher Entfernung einen Tierkrieger, der das tückische Gebirge springend erklomm. Eine Person, Fide glaubte ein Mädchen zu erkennen, hing regungslos wie ein Stück erbeutetes Fleisch über seiner linken Schulter.

Fide verlor den tierischen Krieger aus ihrer Sicht, als er in einem Spalt einer Bergwand verschwand.

Schließlich erreichte der Kämpfer die Dämonenheerführerin Neru. Diese hatte ungeduldig auf seine Ankunft gewartet.

„Ich bringe sie dir", der Krieger legte die entführte Sarai vor ihren Füßen nieder.

Sie standen vor einem Tor, dem Zugang zu einer geheimen Höhle. Dieses wurde von innen aufgestoßen.

„Herein mit *ihr*!“, wies eine tiefe Stimme von drinnen an. Sie gehörte zu einem Mann, dessen Leib unter einer schwarzen Kutte verborgen war. Die Kapuze verdeckte zwar seine Augen, aber die Narbe an der rechten Wange war unübersehbar.

Ein Sprechgesang setzte ein, als die gefangene Sarai in das Höhleninnere gebracht wurde. Die hölzerne Tür wurde geschlossen.

Zwei Mönche ketteten Sarai so an die Wand, dass man glauben könnte, es handele sich um eine Kreuzigung.

Danach gesellten sich die beiden Männer zu ihren Brüdern, den „Schwarzen Wölfen“. Gemeinsam bildeten die neun Priester einen Halbkreis um Sarai.

Rashi, das Oberhaupt des Clans, trat vor das Mädchen. Neru stand dicht hinter ihm, ihr getreuer Tierkrieger dagegen abseits. Wollte oder durfte er nicht dabei sein?

Der Anführer warf die Kapuze zurück. Die zackenartige Narbe verlief von der Wange ausgehend über die Nase und endete im Haaransatz. Gänzlich düstere Augen fixierten die ohnmächtige Sarai.

Aus seinem Ärmel holte der Teufelsanbeter ein Fläschchen hervor, welches er vor der Auserwählten in der bloßen Hand zerspringen ließ.

Der Sprechgesang wurde leiser, dennoch intensiver, als sollte ein Trancezustand erreicht werden.

Der widerwärtige Duft des zersplitterten Gefäßes durchzog den Unterschlupf. Jeder der acht Anhänger der „Schwarzen Wölfe“ hielt eine Fackel.

Rashi nannte die Auserkorene bei ihrem Namen: „Sarai Thoras.“ Die alles erschütternde Tonlage ging ihr durch Mark und Bein. Bestürzt schreckte sie auf.

„Auserwählte“, zischte das Oberhaupt.

Der schwefelartige Geruch betäubte Sarais Sinne. Sie war kaum in der Lage, ihre Glieder zu bewegen. Das Zimmer drehte sich, Umrisse verschwammen und Stimmen hallten wie ein Echo in ihrem Kopf.

„Zügle dich, Neru!", ermahnte Rashi leise, „Ich erahne deinen Hass ihr gegenüber. Tötest du sie jetzt, kehrt sie aufs Neue wieder und Tadur wird abermals nicht von seinen Erzfeinden erlöst werden. Dann hättest du versagt."

Neru starrte ihn finster an: „Was meinst du damit?" Er erwiderte: „Es gibt nicht unzählige Auserwählte, die dem Teufel nach der Existenz trachten. Es gibt bloß drei. Drei, die jedes Mal wiedergeboren werden. Stets sind es dieselben, nur in einer anderen Hülle. In der Sekunde, in der sie sterben, werden sie geboren. Sie sind die ewige Sicherheit dieser Welt. Sie bestehen als Gegenmacht zum Bösen, seit unser Pharao den Planeten heimsuchte."

Neru runzelte fragend die Stirn: „Willst du damit sagen, ich kenne, kannte ihr eigentliches Ich, dass uns diese Gegenwart heraufbeschworen hat?"

„Beschwörung ist gut", grinste das Oberhaupt wissend.

„Ich habe bereits zu dieser Zeit gelebt. Ich kenne die Vergangenheit", versicherte Neru. Mit einer seltsam auffälligen Betonung stellte Rashi dies in Frage: „Kennst du sie?" Er deutete nickend in Sarais Richtung: „Willst du nicht sehen, was hinter dieser liebreizenden Fassade wirklich steckt?"

Nerus Augen verengten sich: „Woher nimmst du dein Wissen, Rashi?"

„Schon vergessen? Ich bin ein Seher, jedoch zu alt, um auf alle Fragen eine Antwort einzuholen. Endlich sind wir im Besitz einer der Auserwählten. Ihr versiegeltes Gedächtnis von damals wird uns vielleicht neue Aufschlüsse geben. Sie wird dich ungewollt führen. Wir machen uns die Kleine zu Nutze."

Neru zweifelte: „Was bringt mir die Reise?" Das Oberhaupt Rashi reagierte: „Erkenntnis, Wiedersehen und möglicherweise findest du jenen Schlüssel, der die fortwährende Reinkarnation der Auserwählten verhindert. Zerstörst du ihn, sind sie nicht mehr im Stande, Tadur zu vernichten. Dann haben wir gesiegt und du kannst die Drei hinrichten."

Ein einvernehmliches Grinsen breitete sich auf Nerus Lippen aus. „Einverstanden. Tue es, Rashi! Schick mich zurück! Ich will die Wahrheit sehen."

Rashi presste die Handflächen aneinander und begann, den verhängnisvollen Spruch in der alten Sprache zu predigen. Die Fingerkuppe seines linken Zeigefingers berührte Sarais Stirn. Ein blauer Schein ging von diesem Kontakt aus, der sich auf Neru ausweitete.

„Heil dir Pharao. Mögest du für immer leben."

Neru blickte sich aufgeregt um. Das geheime Lager der „Schwarzen Wölfe" verschwand, wich den Erinnerungen vergangener Jahre.

Tadur gelangte mit Gewalt an die Macht, indem er das Reich von seinen *Gegnern befreite. Er erkämpfte sich den Thron und wurde vom Volk als Herrscher gefeiert. Er schenkte seinen Untertanen Reichtum, Schutz und stand stets für sie ein, doch verbündeten sich die Menschen nach und nach gegen ihn, weil seine unermessliche Gier nach Einfluss ihnen Angst einjagte. Dabei hätte er seinem eigenen Volk niemals Schaden zugefügt.*

Der Pharao sollte Opfer eines Anschlags seiner Bevölkerung werden. Jenen, denen er Güte entgegengebracht hatte, hintergingen ihn, woraufhin er nahezu jeden knechtete und erbarmungslos unterwarf. Seitdem trug er den Titel „Teufel".

Ja, für Neru war er wirklich einzigartig, einfach grandios.

Tadur wollte nicht sterben, wollte immerfort seine mächtige Position verteidigen und seine Diener versklaven. Er aß von der seltenen Ambrosia, die ihm die Unsterblichkeit der Götter verlieh.

Einzig zwei Personen genossen sein vollstes Vertrauen. Die eine war sein Sohn, welchen er Akatari nannte. Nerus Herz pochte erregt, als sie ihn sah.

Die andere hieß Sinara, deren Name in der Überlieferung Selene lautete, und der Pharao hatte sie aufgezogen, als wäre sie seine leibliche Tochter.

Und Akatari und Sinara empfanden Zuneigung füreinander. Neru war erschüttert. Seit wann liebte er sie? Das konnte doch nicht sein?!

Sinara erhob sich gegen den Alleinherrscher Tadur, wollte seine Grausamkeit gegenüber dem Volk nicht mehr tatenlos hinnehmen. Er sagte ihr, die Menschen selbst hätten ihn so geformt, zu dem gemacht, was er sei. Damit gab sie sich nicht zufrieden. In einer Nacht beschwor Sinara die Göttin Seraphin, welche Tadur im Schlaf mit einem mächtigen Spruch in der alten Sprache versiegelte. Er war zwar nicht tot, wurde aber aus dem Reich der Sterblichen verbannt.

Die Geschichte war in einer Bilderkette an Neru vorbeigezogen. Das Versteck der „Schwarzen Wölfe" nahm allmählich Gestalt an. Sinaras Antlitz verblasste in Sarais Gesicht. Neru blickte sie hasserfüllt an.

So war ihr diese Zeit nicht in Erinnerung geblieben und doch wusste die dämonische Befehlshaberin, dass Rashi ihr die Wirklichkeit gezeigt hatte.

Erst nimmt sie mir Akatari und dann auch noch den Teufel?! Neru biss sich wutentbrannt auf die Unterlippe.

„Sie ist es!", schrie die Kriegsherrin und deutete erbost auf die benommene Sarai. „Sie verführte Akatari zum Verrat an seinem Vater und sie ist der Schlüssel."

Rashi kannte die Vergangenheit, doch den Schlüssel hatte er trotz seiner Bemühungen nie in Erfahrung gebracht. Höchst erstaunt richteten sich seine Augen auf Sarai.

Ein Mensch sollte der legendäre Schlüssel sein? Sie, dieses Mädchen, sollte über die Macht von Leben und Tod verfügen? Auferstehung und Untergang?

Neru schlussfolgerte: „Das bedeutet, sie wurde noch nie umgebracht, starb stets auf natürlichem Weg. Ändern wir das und der Fluch wird gebrochen!"

Neru hastete zu dem Tierkrieger, zog seinen Dolch aus der Scheide und rannte schreiend mit erhobener Klinge auf Sarai zu: „Das ist die Rache."

Die Holztür krachte unerwartet zu Boden. Karkara hatte sie eingetreten. Akira schob den Barbaren beiseite. Mit dem aufleuchtenden Zeichen des Teufels auf seiner Stirn betrat Akira den Unterschlupf mit einem Zorn, den die Welt noch nicht erlebt hatte. Was er ausstrahlte, war nicht einfach Wut, sondern absolutes Grauen, das allein sechs schwarze Priester vor purer Angst niederstreckte.

Akira griff sich Neru, drückte ihr mit einer Hand die Kehle zu. Wenige Zentimeter über dem Erdboden baumelnd versuchte sie, ihn zu besänftigen. Vergeblich, die Befehlshaberin hatte die Grenze überschritten.

Letztlich schleuderte Akira die rothaarige Neru brutal gegen die Wand. Der tierische Krieger und die restlichen „Schwarzen Wölfe" ergaben sich.

Akira löste Sarais Fesseln. Sie sank in seine Arme. Auf ihnen trug er sie aus diesem stickigen Loch heraus.

Karkara ließ eine Weile auf sich warten, bis er folgte. Derweilen drangen dumpfe Geräusche und verängstigte Schreie nach draußen.

„Erst wollte ich es euch nicht sagen", plapperte Fide schnippisch. „Spuck es aus!", drängte Karkara. Akira hielt ihn zurück, als dieser sich das Mädchen gefügig machen wollte.

Sie neckte: „Glaubt bloß nicht, ich sage euch das aus Nettigkeit. Seht es als eine Art Mitleid. Immerhin versucht ihr Double uns ja ständig nachzulaufen, obwohl ihr wisst, dass es vollkommen sinnlos ist. Schließlich sind wir die wahren Auserwählten."

Karkara drohte: „Ich stopf dir das Maul, wenn du nicht bald was Nützliches erzählst."

„Ruhig Blut, Hitzkopf."

„Na warte, du vorlaute Göre!"

Akira drückte Karkara zu Boden und stützte sich auf ihn, sodass er sich nicht erheben konnte. Karkara zappelte wie ein wilder Käfer.

Fide riss den Arm hoch und zeigte nach Süden. „Wenn sie es tatsächlich war, dann müsst ihr dort lang."

„Über den Pass?" Akiras Ausdruck wurde ernst und verbissen. Warum sollte ein Tierkrieger Sarai entführen?

„Hab Dank", verabschiedete er sich von Fide.

„Bildet euch nichts darauf ein", streckte sie frech die Zunge heraus und lief davon.

Akiras Blick wanderte vom Fuß des Gebirges, an dem sie standen, bis zu den hohen Bergspitzen Monguls hinauf: „Wir haben einen harten Weg vor uns."

Tag und Nacht waren kaum zu unterscheiden. Durch das beklemmende Dunkel drang kaum ein Sonnenstrahl.

Sarai klammerte sich zitternd an einen Becher Tee. Akira hatte ihr eine Decke umgelegt.

Sie war schweigsam. Oft stierte sie gedankenverloren in ihren Trank und dann rollten irgendwann einzelne Tränen hinab.

Unter dem Sternenhimmel schwor sie aufs Neue jeglichen Göttern ab. Sie entsagte ihrer eigenen Zukunft. Für Sarai stand fest, dass sie diese Angelegenheit nicht überleben würde. Und sie leistete einen Eid, auf dass sie nie wieder einer Weissagung Folge leisten werde.

Der Pass von Mongul verlief auf und ab, steil und eben. Ab und zu endete er abrupt und fing an einer gänzlich anderen Stelle wieder an. Diesen Pfad bei Zwielicht zu bewandern, war ein äußerst waghalsiges Unternehmen.

Akira führte. Sein Gespür lenkte ihn sicher.

Karkara rammte sein Schwert in den staubigen Boden. Sarai und Akira schauten aufmerksam zurück. Der Barbar klammerte sich mit beiden Händen hartnäckig am Griff fest. Das linke Bein kniete, das rechte versuchte, wacklig seinen Stand zu wahren.

Sarai ging ihm entgegen. „Nein", keuchte er und hob die gestreckte Hand, woraufhin sie stehen blieb. „Es geht gleich wieder", murmelte Karkara erschöpft. Was war mit ihm? Sarai war besorgt und erstaunt. So kannte sie ihn gar nicht. Für Sarai war er stets der harte und starke Typ gewesen. Nun schwächelte er wie ein ganz normaler Mensch nach langen Strapazen.

Pferdegewieher riss Sarai aus ihren Gedanken. Karkara erhob sich schwankend und zog das stützende Schwert aus dem Grund heraus.

„Es sind drei", Akira sichtete Näherkommende in der Ferne. Graue Mäntel wehten im Wind. Zwei Rappen und ein Schimmel wurden zu Höchstleistungen angetrieben.

Ein Morgenstern zog seine Kreise in der Luft. Ein Streitkolben folgte der Bewegung der Tiere. Die mittlere Person hielt ein Banner.

„Die Ritter der Apokalypse“, stieß Sarai angsterfüllt hervor. Akira packte sie am Pullover und zerrte sie in Richtung Hängebrücke. „Karkara, komm schon!“

Die Gruppe rannte um ihr Leben. Es war zweifellos, dass der Clan „Grauer Schatten“ ihnen nicht gerade freundlich gesonnen war.

Mit mulmigem Gefühl betrachteten die gehetzten Auserwählten den instabilen Zustand der Brücke.

Akira hatte die Todesschlucht von Mongul umgehen wollen. Doch jetzt blieb ihnen kein anderer Ausweg, als den klapprigen Weg über das schwarze, reißende Wasser in über einhundert Meter Tiefe zu nehmen.

Zwei Holzbalken dienten als Pfeiler auf jeder Seite. Dicke, aber verschlissene Seile hingen lasch durch. Die Bretter wirkten morsch und verrottet.

Die Reiter brauchten höchstens noch zwei Minuten, um die Unentschlossenen zu erreichen.

Circa dreißig Meter riskanten Weges mussten sie überbrücken, um ihren Verfolgern zu entkommen und an das andere Ende der Schlucht zu gelangen. Einer musste den Anfang wagen. Karkara tat es.

Konzentriert setzte er einen Fuß vor den anderen. Unter seinem bedächtigen Schritt knackte das morsche Holz. An den rauen Tauen fand er keinen festen Halt. Karkara hatte bereits die Hälfte des Weges gemeistert, da begann die Brücke bedrohlich zu schwanken. Dem nächsten Schritt hielt das dünne Holz nicht mehr stand. Karkara brach bis zur Brust ein und baumelte über den pechschwarzen Fluten. Mit letzter Kraft hievte er die Last seines Gewichts zurück auf die einsturzgefährdete Brücke.

„Geh!“, Akira schob Sarai auf die Überführung. Sie zögerte. Er flüsterte ihr zu: „Ich bin hinter dir. Habe keine Angst.“

Sie betrat vorsichtig die erste Latte. Karkara sprang derweilen mit einem gewaltigen Satz an das gegenüberliegende Ufer.

Akira schlug die magischen Armbänder gegeneinander. Mit Feuerbällen hielt er die Anhängerschaft des „Grauen Schattens“ auf Distanz. Dennoch würden sie in wenigen Sekunden die Brücke erreichen. Rückwärtsgehend betrat Akira die Überführung. Plötzlich löste sich eines der Armbänder von seinem Handgelenk und fiel durch das Loch einer Leiste in die Tiefe. Diesen Moment nutzte einer der Ritter, ließ das Banner fallen, zog sein Schwert und trennte mit zwei sauberen Hieben die Stränge von den Pfosten.

Die Hängebrücke prallte gegen die Bergwand. So gut Sarai sich auch festgehalten hatte, der Wucht des Aufschlags war sie nicht gewachsen. Sie stürzte hinab.

Ein Rucken und ein Schmerz wie tausend Messerstiche pflanzte sich von ihrem linken Arm bis zu den Beinen fort. War sie tot? Sarai blinzelte.

Akira hatte sie im letzten Moment abgefangen. Die eine Hand war um den Strick gewunden, die andere umfasste Sarais Handgelenk. Ein flüchtiges Lächeln der Erleichterung lag auf seinen Lippen.

Die Ritter spornten die Pferde an und suchten den Rand der Schlucht nach einem sicheren Pfad zum gegenüberliegenden Ufer ab, um die Drei einzuholen.

Huckepack klammerte sich Sarai an Akira. Wie viel Kraft mochte wohl noch in ihm schlummern, wenn er sogar fähig war, sich *und* seine Gefährtin zehn Meter hinaufzuziehen?

Karkara half Sarai über das letzte Stück und reichte dann seinem Freund die Hand. Nach Atem ringend hatte Akira es schließlich geschafft.

Nach einer knappen Verschnaufpause richtete Akira seinen Blick von der ebenen Erde auf. Die nächsten Sekunden sollten sich unauslöschlich in die Erinnerung zweier junger Menschen einbrennen.

Akira rappelte sich voller Entsetzen auf, rief: „Weg da!“, und stieß Sarai fort. Jaseri, die weiße Dämonin des Lichts, aus dem Nichts erscheinend, prallte stattdessen mit *ihm* zusammen und riss ihn in die Schlucht.

Starr vor Schreck beugte sich Sarai über die Klippe. Sie hörte ihren Herzschlag.

Jaseri und Akira waren wie vom Erdboden verschluckt. Der dunkle Schlund des tosenden Flusses hatte sie verschlungen.

„AAAAAKKKKKIIIIIRRRRRAAAAAAA!!!!!!“

Kapitel 12

Vertrauter Feind

Immer und immer wieder rief Sarai seinen Namen. Auch wenn sie wusste, er würde, konnte ihr nicht antworten, so wollte sie es dennoch nicht wahrhaben. Sie konnte ihn nicht einfach aufgeben. Sie suchte das Wasser mit ihren Augen Stück für Stück nach einem Anhaltspunkt ab. Der Abstand zwischen ihr und Blacksha war zu groß, als dass sie mit bloßem Auge Genaueres hätte erkennen können.

Karkara kniete wie versteinert neben ihr. Stumm beobachtete er den rasanten Lauf des Flusses.

Es dauerte eine ganze Weile, bis er sich endlich erhob. „Komm!", er stieß sie unsanft in den Rücken. Sarai schüttelte vehement den Kopf.

„Steh auf!", forderte er. „Ich kann nicht."

„Steh auf!", wiederholte er unnachgiebig.

„Nein", sie sah ihn mit verquollenen Augen an. „Es geht einfach nicht."

Karkara packte sie am Oberarm und versuchte, sie gewaltsam auf die Beine zu ziehen. Sarai stieß ihn von sich: „Wie kannst du nur so eiskalt sein?!"

Seine Augenlider und die Brauen zuckten kurz. Diese Äußerung schien ihn getroffen zu haben.

„Wenn wir diese Scheißaufgabe nicht hinter uns bringen, ist Akira umsonst gestorben", brüllte er sie schonungslos an. Sarai weinte jämmerlich und kauerte sich am Abgrund zusammen.

Für einen kurzen Moment glaubte Karkara, sein treues Wolfsmädchen Hiwu an Sarais Stelle zu sehen und seine Gedanken schweiften ab. Wie es ihr wohl erging?

„Du bleibst da und passt auf die Kleine auf. Das ist sehr, sehr wichtig. Wenn ich wiederkomme, nehme ich dich mit mir. Einverstanden? Du hast gewonnen. Wenn ich wiederkomme, darfst du bei mir bleiben und mich begleiten." Hiwu blickte ihn unwissend an. Hatte sie ihn verstanden? Karkara schmunzelte. Er redete tatsächlich mit einem Tier.

Liebevoll kraulte der Barbar die kleine Wölfin, die inzwischen die Größe einer ausgewachsenen Katze hatte, hinter ihren kurzen, spitzen Ohren.

Karkara überließ Hiwu dem verwaisten Mädchen aus dem verbrannten Dorf. „Dort, wo wir hingehen, ist es zu gefährlich für euch. Wir werden deine Eltern, deine Freunde, die ganzen Bewohner, die ihr Leben lassen mussten für diesen sinnlosen Kampf, rächen."

„Versprochen?", sie reichte ihm ernst die Hand. Karkara zögerte, dann schlug er ein. „Der Teufel wird untergehen", er streichelte ihr Haupt.

„Sie heißt Hiwu. Sei gut zu ihr!"

„Wenn wir diese Scheißaufgabe nicht hinter uns bringen, ist Akira umsonst gestorben", dröhnte es in Sarais Gedanken. Sie wischte sich die Tränen weg. Ein Windhauch zog an ihr vorbei. *Akira?* Nein, er nicht. Eine Greisin schwebte plötzlich vor ihr. Ihr langes, in Wellen gelegtes Haar, das das hohe Alter gänzlich weiß gefärbt hatte, stand trotz der leichten Böen vollkommen still.

Eine verschlissene Bluse, ein dicker Rock, ein verzierter Stab und etliche Ketten, Bänder und Ringe schmückten die seltsame Erscheinung.

„Fürchtet euch nicht, meine Kinder“, sprach die Alte sanft mit ihrer kratzigen Stimme. Seltsamerweise empfand Sarai wirklich keine Angst. Karkara vermied jeglichen Blickkontakt mit ihr. Er kannte sie und sie kannte ihn.

„Du hast mich vor einem Unglück bewahrt“, atmete sie erleichtert auf, „Sonst wäre ich diesen Hang hinuntergefallen.“

„War Zufall, keiner Rede wert“, tat Karkara das Geschehene ab. Die Greisin antwortete amüsiert: „Du bist nicht so hart, wie du vorgibst zu sein. Das hast du eben bewiesen.“

„Pah! Du kennst mich doch gar nicht, Alte.“

„Das stimmt, aber ich habe in dein Herz gesehen. Großes liegt vor dir. Jede Sekunde könnte sich dein bisheriges Leben komplett verändern. Wenn du dem Jungen und dem Mädchen begegnest, wirst du wissen, wann es für dich an der Zeit ist, dein Schicksal anzutreten.“

„Mein Name ist Nirva Soll. Ich bin die Hexenmeisterin des ‚Roten Nebels‘. Jerf Grel, mein fleißiger Lehrling, berichtete mir von eurem Treffen. Er sagt, dass Nila sein Dasein bereichere. Gern wäre ich euch persönlich begegnet, jedoch sind wir zu weit auseinander. Deshalb trete ich euch als eine Geistgestalt gegenüber. Die Stunde drängt. Der Teufel hat seinen Thron bestiegen. In einer Vision habe ich seinen Triumph gedeutet, stirbt er nicht in der heutigen Nacht.“ *Was?*

Sarai verkrampfte sich. „Diese Nacht?“, wiederholte Karkara zweifelnd. Er stellte sich vor Nirva. „Wie soll das gehen? Wir benötigen wenigstens drei Tage, um bei der Festung anzukommen.“

Die Hexe sprach: „Ich habe jemanden beauftragt, der euch Unterstützung geben wird.“ Nirvas Gestalt wurde transparenter. „Warte!“, bat Sarai. Sie fühlte sich überrumpelt, wusste sie doch überhaupt nicht, wie sie bis zu Tadur vordringen sollte. Nirva Soll hatte sich bereits wieder aufgelöst, als wäre sie nie da gewesen.

Ein kräftiger Windstoß spielte mit Sarais Haaren. Karkara schob seinen Haarpony fort und spähte hinauf in den Himmel.

Ein tiefes Grollen donnerte in der wachsenden Finsternis. Durch die düsteren Wolken schoss ein weißer Lichtpunkt hervor.

Das Helle näherte sich den beiden Auserkorenen. Karkara stellte sich sicherheitshalber dicht neben seine Gefährtin. Sie, die der Schlüssel war – wie Sarai Akira und ihm berichtet hatte, denn sie war zwar gelähmt, aber im entscheidenden Augenblick bei klarem Verstand gewesen –, durfte unter keinen Umständen ums Leben kommen. Karkara war ihr Schutzschild.

Ein riesiger Drache ließ sich mit sachten Flügelschlägen majestätisch nieder. Seine Schuppen glänzten silbern. Sie erleuchteten die Dunkelheit.

Sein Schädel war schmal. Hörner bogen sich spitz nach hinten. Krallen fuhren über den Boden und wirbelten Staubwolken in die Luft.

„Ich grüße euch, Retter der Welt.“ Ein Mann mittleren Alters kletterte vom Rücken des herrschaftlichen Tieres. „Es ehrt mich sehr, euch helfen zu dürfen. Wir wären schon längst gekommen, hätten wir gewusst, wo wir euch finden.“

Er trug einen langen, dunkelgrünen Mantel, hohe Stiefel und eine wettergegerbte Hose. Ein Bart zog sich von dem einem Wangenknochen über Kinn und Mund zu dem anderen.

„Darf ich euch vorstellen? Das ist Arkas, der legendärste aller Drachen.“ Sarai war verblüfft: „Ich habe vieles, sehr vieles über ihn gehört.“ *Meine Eltern erzählten mir Geschichten vor dem Schlafengehen.*

Sie stand auf, sah ihn beeindruckt an und flüsterte: „Ich wünschte, ich hätte dich eher kennengelernt.“ Der sagenhafte Drache erwiderte mit einer tiefen, aber sanften Stimme: „Das wird nicht unsere letzte Begegnung sein.“ Seine Güte und Ruhe gaben Sarai das Gefühl von Sicherheit.

„Du kannst also wirklich sprechen?“, rief sie überrascht zu ihm hinauf.

„Meine Wenigkeit ist übrigens Urkan“, stellte sich der Drachenreiter vor und half Sarai auf Arkas’ Rücken. Karkara kam allein zurecht.

„Früher war das ganze Land mit Drachen übersät. Ein paar Kilometer von hier entfernt befand sich einst ihr Nest. Tadur vernichtete es. Er hatte Angst vor den geflügelten Wesen – vor einem Angriff aus der Luft, der ihm das Genick brechen könnte“, berichtete Urkan bedrückt.

„Nur wenige Drachen haben überlebt. Heute gibt es noch knapp zehn ihrer Art, die sich auf den anderen Kontinenten verstecken, seitdem sie die Nachricht von des Teufels Erwachen einholte. Inzwischen sind die meisten schwach und alt geworden. Gegen Tadur könnten sie sich nicht mehr zur Wehr setzen.“

Sarai hörte Urkans Erzählung aufmerksam zu. Die drei saßen im Windschatten von Arkas’ Kopf.

Urkan hielt sich stehend an den mächtigen Hörnern fest. Er gebrauchte sie wie Zügel, um seinen geflügelten Freund zu lenken.

Sarai saß auf einer der großen Schuppen. Karkara war neben ihr, hielt sie fest, damit sie nicht herunterfiel.

Das Gebirge von Mongul zog rasant unter ihnen vorbei. Die Ritter der Apokalypse hoben verärgert ihre Fäuste in die Höhe, als sie ihre Beute entwischen sahen.

Ein Unwetter wütete über dem höchsten Berg. Blitze waren von weitem zu erkennen.

Das war gewiss Gar, der Berg, in dessen Tal sich der Teufel in einer verhängnisvollen Burg ein eigenes Imperium geschaffen hatte.

Endstation.

Arkas schlug gleichmäßig mit den Flügeln, ließ sich dann gleiten. Sarai kraxelte mit seiner Erlaubnis auf seinen Schädel. Sie hielt den Atem an. Von hier aus konnte sie alles überblicken, das Tal, die Festung und den davor tobenden Krieg.

Menschen gegen Ungeheuer. Die Armeen der Könige hatten sich nicht zurückgezogen, was den Auserkorenen möglicherweise erleichterte, unbemerkt und lebendig bis in das Gebäude vorzudringen.

„Bereit?“, rief Urkan ihr zu. Sie schluckte kräftig. Ihr Herz tat weh. *„Wenn wir diese Scheißaufgabe nicht hinter uns bringen, ist Akira umsonst gestorben“,* hallten Karkaras Worte in ihren Gedanken.

„Ja.“

Arkas düste los, quer durch die Menge, durch die Schlacht.

„Du brauchst keine Angst zu haben. Ich bin bei dir und werde dich beschützen.“ Ich habe Furcht, schreckliche Furcht. Wo bist du, Akira?

Die menschlichen Krieger und Söldner bemerkten mit Freude den Drachen. Sein Erscheinen verkündete stets etwas Positives. Nun, endlich, brachte er die Auserwählten. Und der General Zark sowie die Soldatin Viril waren es, die veranlassten, der Legende den Weg freizuräumen.

Jegliche Kreaturen, die ihren Pharao verteidigen wollten, waren auf dem Schlachtfeld. Die Burg barg demnach womöglich nur noch *ihn* selbst. In einem günstigeren Moment hätten die Auserkorenen nicht eintreffen können.

Wenige Meter vor dem Eingang der Burg setzten Arkas und Urkan die beiden ab. „Erledigt ihn!", Urkan drückte ihnen die Daumen und erhob sich mit dem Drachen in die Lüfte.

Ein grünlicher, magischer Schutzwall umgab die Festung. Sarai spürte, wie ihr Zeichen auf dem Rücken zu glühen begann. Karkara drängte sie zur Eile, als ihr Blick auf ein blondes Mädchen fiel. Dieses lag in einer schrecklichen Haltung, linkes Bein und linker Arm waren verdreht. „Fide!", Sarai stürzte zu ihr.

Fide war tot. „Versagt …", hustete jemand kläglich. Ginta lehnte schwer verwundet an einem Findling. Blut quoll aus seinen Mundwinkeln. „Wir sind es nicht. Wir sind nicht die Auserwählten. Das Schutzschild ließ uns nicht durch", wisperte er bedauernd.

Sarai hechtete zu ihm: „Wir haben keine Arzneimittel bei uns, aber ich werde sehen, was ich für dich tun ka …" Ginta blockte ihre Fürsorge ab: „Ihr habt Wichtigeres zu erledigen."

„Wo ist Veri?", fragte Karkara ungerührt. Ginta zuckte mit den Schultern. „Ich bin müde, hab schon lange nicht mehr geschlafen", er beugte sein Haupt zurück.

Was bislang keinem Menschen gelungen war, glückte einer jungen Frau und ihrem fast gleichaltrigen Patron. Sie, die sie die wahren Auserwählten waren, überschritten die Grenze zum Bannkreis, an der so viele den Tod gefunden hatten.

Sie, die sie einst Verbündete des Teufels waren und deshalb auch sein Symbol an ihrem Körper trugen, hatten das Innere der Festung erreicht.

Ein langer Gang, gesäumt von zahlreichen Kerzenleuchtern, erstreckte sich bis zu einem gewaltigen Tor. Das Kampfgeschrei von draußen war hier kaum zu hören.

Nebeneinander beschritten sie den Weg. Ihre Schritte hallten durch den Flur und verkündeten ihr Kommen.

Die Pforte öffnete sich wie von Geisterhand. Ein Saal lag vor ihnen. Hinten, in der Mitte, thronte eine Person. *Ein Mensch?*

Zu ihrer rechten und linken Seite hatten sich tierische Krieger postiert.

„Willkommen, Auserwählte." Dieser markerschütternde Ton …

Sarai traute ihren Augen nicht, als sie ihren verloren geglaubten Akira dort drüben sah. „Du bist tot?!", stotterte sie verunsichert. Karkara, anfangs entgeistert, ließ sich aber von diesem düsteren Schauspiel nicht einschüchtern: „Was soll das werden?"

Akira verkündete: „Ich bin der Teufel. Ihr müsst mich töten, um der Welt Frieden zu bringen."

Sarai spürte, wie sie innerlich zu zerbrechen schien. *Das soll mein Akira sein? Das ist doch nicht möglich!!!*

„Aber …Wieso, Akira? Warum?", rief sie hoffnungslos. Ihre Stimme war kraftlos, sie musste sich beherrschen, nicht in Tränen auszubrechen.

Er reagierte gefühllos: „Seine Feinde genau zu kennen ist die beste Taktik, um nicht zu unterliegen." Sie stockte: „Dann war alles nur eine Lüge?"

Karkara griff zu seiner Waffe. „Du warst von Anfang an seltsam. Mir doch egal, wer oder was du bist. Wenn du der Teufel bist, wirst du heute sterben."

Karkara ignorierte jegliche Erinnerung an gemeinsame Zeiten mit ihm. Das war beendet. Er durfte keine Gefühle zulassen. Die Fronten hatten sich neu geklärt.

Ein Soldat reichte seinem Herrscher ein Langschwert. „Haltet euch im Hintergrund!", wies Akira seine Untergebenen an.

„Jetzt bekommst du den versprochenen Zweikampf", kam er Karkara lässig entgegen. Dieser zögerte keinen Moment und preschte los. Der Kampf begann.

„Du schlägst ja wie ein Mädchen. Doch nicht so rigoros wie sonst?", stichelte Akira. Karkaras Blut brodelte vor Zorn: „Verräter!"

Fassungslos verfolgte Sarai das Geschehen, ohne wirklich etwas davon wahrzunehmen. „Sinara!", krächzte eine Frauenstimme. Neru brach schwer verletzt unmittelbar hinter Sarai zusammen. Die Heerführerin hielt sich verkrampft an dem Pullover der Auserwählten fest.

Nerus Körper war mit Stichwunden und Striemen übersät. Ihr Leib zitterte vor Schmerzen. Mit großer Mühe holte sie einen Dolch, der Symbole der alten Sprache auf seiner Klinge trug, hervor. „Du wirst ihm nichts antun", schnaubte sie erschöpft.

Im nächsten Augenblick zerfiel Neru zu Staub. Ein jahrhundertelanges Leben war ausgelöscht.

Karkaras Breitschwert rutschte über den glatten Boden. Der Barbar war unglücklich gestolpert, sodass er unbewaffnet seinem diabolischen Gegner ausgeliefert war. Als Akira sein Schwert hob, um die Sache mit einem gezielten Todesstoß zu beenden, bohrte sich Nerus Dolch in seinen Rücken. Blut spritzte auf Karkara hinab. Akiras Gesicht verzerrte sich vor Schmerz.

„Verzeih mir", wimmerte Sarai und zog die Waffe, welche sie geführt hatte, aus Akiras Leib.

Murmelnd brach er zusammen: „So ist es richtig." Karkara erhob sich. Sarai kniete sich zu dem gefallenen Herrscher nieder.

„Warum, Akira?", schluchzte Sarai.

Er sah in ihre tränenüberlaufenen Augen. Nach einem Moment der Stille erzählte er: „Ich durfte mein Volk nicht im Stich lassen. Ich bin der Prinz der Unterwelt und, glaube mir, dein Platz wird im Himmel sein. Du bist anders als die übrigen Menschen. Schade, dass ich dich in diesem Leben nicht unter anderen Umständen kennenlernen konnte, doch dies ist mein Schicksal. Ich muss ihm folgen. Ich kehre zu meinem Vater in die Unterwelt zurück. Deine Welt ist gerettet."

Er streichelte liebevoll ihre Wange und wischte die Tränen weg. „Irgendwo hätte ich gern ein neues Leben mit dir begonnen. Sarai, vergib mir alles, was ich dir und deinem Planeten an Leid zufügte. Dir zu begegnen war das Beste, was mir je passiert ist. Lebe wohl."

Seine Hand schlug leblos auf den Grund. Die Augen schlossen sich. Akira starb in Sarais Armen.

Akira verachtete Gewalt, Rache und Mordlust, doch er kannte seine Bestimmung. Tadur, sein Vater, erschuf nach der Verbannung eine neue Monarchie, die Hölle.

Er verfluchte die Menschheit. Durch die Verwünschung verlor Zeder seine Jahreszeiten.

Und was keiner der Sterblichen oder Götter wusste, war, dass das Siegel, welches auf dem Pharao lag, ihn auf ewig von Ziron fernhielt. Somit schickte er seinen Sohn Akira, der beauftragt war, es den Völkern heimzuzahlen und ein Paradies für das Böse zu fertigen.

Vier trugen das Zeichen des Teufels. Tadur ließ die Identitäten der Auserwählten auskundschaften. Die „Schwarzen Wölfe" standen stets mit ihm in Kontakt und sie fanden nur einen. Diesen ermordete Akira, als das Kind gerade erst fünf Jahre alt war, und er nahm dessen Platz ein. Denn er, der Prinz, verfügte auch über das stigmatisierende Symbol und niemand würde an seinem Status zweifeln.

Als das Mädchen ausfindig gemacht worden war, konnte die Invasion beginnen. Bei ihrem Clan war sie nach dem Angriff auf ihr Dorf nicht mehr aufzuspüren.

Akira war in seinem Herzen nie ein Priester gewesen. Er mied die Kirchen Gottes nicht deshalb, weil er Ehrfurcht empfand oder gar sein vorgegaukelter Glaube an Selene es verboten hätte, sondern aufgrund seiner Abstammung. Einen Schritt in das geweihte Haus und er, als Abkömmling der Unterwelt, wäre verbrannt.

Die Katzengöttin Shir war es, die ihm den Weg zu Sarai zeigte, als die Barbaren sie entführten. Und einzig Akiras Anwesenheit bescherte ihr und ihrem Volk in den Tempeln das Leben, nicht Karkaras respektloses Verhalten.

Akiras Verletzungen heilten von allein, weil er kein einfacher Sterblicher war. Ebenso hatte er die Macht, Wunder zu vollbringen, wie die Heilung anderer.

Jaseri hatte sich bei dem Sturz in die Schlucht für ihn geopfert, wodurch er überlebte. Sakobi und die anderen Befehlshaber bemühten sich oft um ihn, bis einige aus Ungeduld und Unwissenheit gegen den jungen Herrscher zu meutern begannen. Sie hatten lange auf Befehle gewartet, doch Akira verbot ihnen jegliche Kampfhandlung, fast so als wollte er, dass Karkara und Sarai die Festung erreichten und ihn besiegten. War das von Anfang an geplant oder entschied er sich im Laufe der Reise dazu? Die Antwort nahm er mit in den Tod, Ziron aber ist gerettet.

Kapitel 13

Stille

Die Kreaturen der Dunkelheit verschwanden mit Akiras Leichnam. Ziron wurde vom Hass gesäubert.

Sarai trat aus der Festung heraus. Der Bannkreis hatte sich aufgelöst. Die Schlacht war für die Krieger unerwartet zum Abschluss gekommen.

Sonnenstrahlen durchbrachen die finsteren Wolken. Der düstere Himmel lichtete sich.

Sarai sog die frische Luft tief ein. Karkara kam zu ihr.

Schneeflocken fielen wie zigtausende kleine Kristalle vom Himmel hinab. Eine landete auf Sarais Handfläche. Die Jahreszeiten waren zurück.

„Was wirst du jetzt tun?", fragte er sie und wollte ihr beinahe anbieten, ihn zu begleiten. „Ein neues Leben beginnen." Und so ging sie dahin, allein in eine ungewisse Zukunft, jedoch mit dem Wissen, dass es eine für sie gab.

Akira lebt in mir.

Karkara sah ihr eine Zeit lang nach, bis er sich abwandte und sich aufmachte, Hiwu zu holen und zu seinem Clan zurückzukehren.

Am Ersten des Ambros im Jahre des Drachenblutes 56 wurde der Teufel vernichtet.

GLOSSAR

DIE CHARAKTERE

Die in Klammern gesetzten Zahlen sind die Altersangaben der Personen zu Beginn der Geschichte.

Die Hauptcharaktere:

Sarai	Auserwählte vom Clan „Schrei der Welt“ (17)
Akira	gehört zu den „Priestern der alten Zeiten“ (17)
Karkara	Barbarenjunge (18)
Tadur	der so genannte Teufel, der die Menschheit knechten will

„Die Priester der alten Zeit“:

Sa de Fra	Hohepriester (82)
Rassu le Pier	Nachfolger des Hohepriesters (56)
Olong van Ga	Ausbilder der Schüler; Gelehrter (32)
Jin de Gross	Schüler (15)
Grimm	alter, grimmiger Mönch (84)

„Die Barbaren“:

Buras	Anführer (38)
Hasaff	Buras’ treuster Verbündeter und Stellvertreter (39)
Loskat	Karkaras Rivale und Zeltgenosse; Spitzname: Kat (19)

Der Clan „Subaru“:

Donmingo	verteilt und überwacht die Erfüllung der Aufträge (33)
Imil	Bote, der nur für König Richard zuständig ist (26)

Die Mitglieder des „Gelben Kleeblatts“:

Kessler	Anführer (35)
Miku	Tochter von Kessler (16)
Taran	Boleers Geliebter; verlor sein Gedächtnis (21)

Die Angehörigen vom „Roten Nebel“:

Nirva Soll	Hexenmeisterin (91)
Jerf Grel	Lehrling auf Wanderschaft (20)

Anhänger der „Klinge des Donners“:

Zark	hoch geachteter, ruhmreicher Befehlshaber (46)
Viril	starke Einzelkämpferin (24)

Die Herrscher:

Richard	der Unbesiegbare; König von Langsa (60)
Victri	die Schöne; Königin von Xander (36)
Leon	der Ängstliche; König von Ismahl (44)
Arrak Smura el Rabbat	Sultan in Andúl (53)

Dämonische Befehlshaber der Geistertruppen:

Die vier Heerführer unterstehen dem Teufel. Ihre Geistertruppen bestehen aus Monstern und Tierkriegern, aber auch aus Menschen, deren Wille gebrochen wurde.

Sakobi	Hexenmädchen; setzt die „Druckwelle“ ein
Casca	feuerfanatisch; unberechenbar
Jaseri	„Weiße Dämonin des Lichts“; kann ihre Gegner blenden
Neru	treuste Untergebene des Teufels; ist oft mit ihrem verbündeten Tierkrieger anzutreffen

Die bedeutungsvollsten Götter:

Seraphin	Schutzgöttin des Planeten Ziron; von den einfachen Menschen sehr verehrt
Selene	Mondgöttin; wird von den „Priestern der alten Zeit“ angebetet

Shir	versteinerte Katzengöttin; Herrscherin über die Scharame; Verbündete des Teufels

Nebencharaktere:

Arkas	heiliger Drache
Boleer	sucht ihren geliebten Taran (18)
Fide Astero	Anhängerin von „Rad der Zeit"; Auserwählte (?) (16)
Ginta	gehört zum Clan „Flügelschlag"; Auserwählter (?) (20)
Gorlois	Anführer des Clans „Schrei der Welt" (52)
Hiwu,	Wolfsgeschwister der seltenen Rasse
Nila & Capu	„Torba Marey"
Korab	Bauernjunge; Anführer der „Zwiebelbande" (13)
Pilgrim	Pferd (ein Rotfuchs)
Rashi	Anführer der „Schwarzen Wölfe" (56)
Scharame	versteinertes Katzenvolk
Theosus	Mensch, der sich zum „Lichtgott" ernannte; residiert im „Tempel der Sonne" (37)
Tierkrieger	Soldaten aus Mensch und Tier geformt; gehorchen dem Teufel
Urkan	Drachenreiter (41)
Veri	Mitglied von „Diamantenstaub"; Auserwählter (?) (19)

DIE ORTE

Der Name des Planeten lautet Ziron. Dreizehn Kontinente erstrecken sich auf ihm. Die Geschichte trägt sich auf dem kleinsten dieser Kontinente zu – auf Zeder. Alphabetische Ordnung.

Städte von Zeder:

Angora	Oase mit Kleinstadt
Barbohl	kleines Handwerkerdorf
Kanan	Andúls größte Stadt; Sitz des Sultans
Kasemo	Städtchen
Kukos	Fischerdörfchen
Sagem	Hauptstadt von Cark Ta Mon
Smaragd	Hauptstadt Xanders

Hauptsitze (Gebiete) der Clane in Zeder:

Clifftown	Territorium des Clans „Schrei der Welt“
Herras	Region der „Gesandten des Himmels“
Monshire	Gebiet der „Priester der alten Zeit“
Roskil	Hauptsitz der „Subarus“
Zarak	Stammort der „Klinge des Donners“

Länder Zeders:

Agram	verdorbenes, düsteres Land; birgt die Festung
Andúl	orientalisches Land; Kalifenreich
Cark Ta Mon	größtes Land; auch „Catamo“ genannt
Ismahl	Land des Untergangs; Königreich
Langsa	Land des Kampfes; Königreich
Xander	Land der Herrlichkeit; Königreich

Bestimmte Orte innerhalb Zeders:

Blacksha	schwarzer Fluss; schlängelt sich durch das Gebirge von Mongul bis zur Südküste von Zeder
Gar	höchster Berg von Zeder; in seinem Tal liegt die Festung
Mongul	„Gebirge der Verlorenen“ mit tiefer Schlucht
Respa	Fluss, der sich von Kukos bis Langsa erstreckt
Shantall Mi Norett	weißer Tempel in Sagem
Tempel der Sonne	Sitz des Schein-Gottes Theosus

Orte außerhalb von Zeder:

Hûmar	nordwestlicher Nachbarkontinent von Zeder
Ra Bu	eine Insel nordöstlich von Zeder
Usar	zweitkleinstes Erdteil; westlich von Zeder

Sonstiges:

Teg	Geldeinheit

DIE CLANE

Die elf (Haupt-)Clane:

Die elf Clane haben die größte Anhängerschaft weltweit. Ihre Hauptsitze befinden sich jedoch allesamt auf dem Kontinent Zeder.

Schrei der Welt	helfen Bedürftigen; sind stets auf Frieden aus
Die Priester der alten Zeit	beten die Mondgöttin Selene an
Die Barbaren	Gesetzlose
Gesandte des Himmels	Gottesanbeter
Die Schwarzen Wölfe	Teufelsanbeter
Subaru	Boten (der Könige)
Klinge des Donners	Söldner
Gelbes Kleeblatt	bewahren die Natur; Waldmenschen
Roter Nebel	Zauberkünstler
Drachenklaue	Schutzherrn der letzten Drachen
Grauer Schatten	streben nach der Apokalypse

Weitere Clane:

Rad der Zeit	Wissenschaftler für technische Bereiche
Diamantenstaub	Schatzjäger
Flügelschlag	wollen wie Vögel den Himmel bevölkern

DIE ZEITRECHNUNG

Eine komplette Jahresrechnung umfasst 12 Jahre. Wenn geschrieben steht „Im Jahre des Einhornschweifes 74" erhöht sich die Rechnung auf 75 erst, wenn die weiteren Jahre (also 12) durchschritten sind.

Im Jahre des/der …

Jahr	Bezeichnung
1	Einhornschweifes
2	Katzenkralle
3	Schlangenbisses
4	Hirschgeweihes
5	Pfauenrades
6	Wolfsschädels
7	Krebsschere
8	Drachenblutes
9	Krähenschnabels
10	Falkenflügels
11	Fuchspelzes
12	Jägers

Die Jahreszeiten

Der Kontinent Zeder verlor die Jahreszeiten unmittelbar nach der Versiegelung des Teufels in längst vergangenen Zeiten. Seither gibt es die Jahreszeiten nur noch auf den anderen Erdteilen. Jeder Monat wurde einem Gott oder einer Göttin gewidmet.

Magenta – Name der heiligen Schildkröte; Element: Wasser; meistens Regenschauer; Magenta unterstehen die ersten drei Monate im Jahr:

Vil Cemie	(Januar) Göttin der Neuanfänge
Fairus	(Februar) Gott der Freiheit
Märäne	(März) Göttin der Dämmerungen

Raspid – nach dem erstem Drachen benannt; Element: Feuer; trockenes, warmes Klima; vierter bis sechster Monat:

Thoras	(April) Gott des Schweigens
Mireyu	(Mai) Göttin der Unbefangenheit
Jukos	(Juni) Gott der Verführung

Hospeia – legendäres Flugtier; Element: Luft; Stürme, zunehmende Frische; drittes Quartal:

Wikim	(Juli) Göttin der Herrlichkeiten
Ambros	(August) Gott der Abenteuerlust
Samue	(September) Göttin der Natur

Zasra – Schlange des Erdengottes Miolus; Element: Erde; Erdbeben, Kälte; letzte drei Monate:

Rauvo	(Oktober) Gott der Ungezähmtheit
Liviane	(November) Göttin des Schabernacks
Xagan	(Dezember) Gott der Unnahbarkeit

DIE EINMALIGE WELTKARTE ZU „FESTUNG DES TEUFELS“

Welchen Weg haben die Auserwählten beschritten? Welche Orte liegen vor und welche weit hinter ihnen? Welche Geheimnisse umgeben diese Welt?

Die detaillierte Weltkarte zum Fantasy-Roman „Festung des Teufels“ lässt dich noch tiefer in die ergreifende Geschichte eintauchen.

Die Weltkarte ist im DIN-A3-Format in Farbe gedruckt.
Sie ist exklusiv erhältlich über: info@elfator.de
Preis: 3,50 Euro.
Die Bezahlung erfolgt per Vorkasse, zuzüglich Versandkosten.

Die Autorin

Elisabeth Vinera wurde 1988 in Deutschland geboren und arbeitet als Medium und Reiki-Meisterin/-Lehrerin. Sie schreibt seit ihrer Kindheit und veröffentlichte ihren ersten Roman bereits mit 13 Jahren. Die Geschichten ihrer Bücher sind die Schauplätze ihrer geistigen Wanderungen. Ihre Gabe des „Kontakts" ermöglicht ihr einen Blick in ferne Welten und in die Seele anderer Menschen. In ihrer Freizeit betätigt sich die Autorin gerne sportlich oder unternimmt etwas mit Familie und Freunden.

FSC
www.fsc.org
MIX
Papier | Fördert gute Waldnutzung
FSC® C083411

Zeitfracht Medien GmbH
Ferdinand-Jühlke-Straße 7
99095 Erfurt, Deutschland
produktsicherheit@kolibri360.de